ZUMBEATLES

ALAN GOLDSHER

Zumbeatles

Alan Goldsher

Tradução
RODRIGO TAVARES ABREU

1ª edição

Galera
RIO DE JANEIRO

2015

CIP-BRASIL. CATALOGAÇÃO NA FONTE
SINDICATO NACIONAL DOS EDITORES DE LIVROS, RJ

G574z Goldsher, Alan, 1966-
Zumbeatles: Paul está morto-vivo / Alan Goldsher; tradução de Rodrigo Tavares Abreu. – 1ª ed. – Rio de Janeiro: Galera Record, 2015.

Tradução de: Paul is undead: The British zombie invasion

ISBN 978-85-01-09444-5

1. Ficção americana. I. Abreu, Rodrigo Tavares. II. Título.

15-22529 CDD: 028.5
CDU: 087.5

Texto revisado segundo o novo Acordo Ortográfico da Língua Portuguesa.

Direitos exclusivos de publicação em língua portuguesa somente para o Brasil adquiridos pela
EDITORA RECORD LTDA.
Rua Argentina 171 – Rio de Janeiro, RJ – 20921-380 – Tel.: 2585-2000,
que se reserva a propriedade literária desta tradução.

Impresso no Brasil

ISBN 978-85-01-09444-5
Seja um leitor preferencial Record.
Cadastre-se e receba informações sobre nossos lançamentos e nossas promoções.
Atendimento e venda direta ao leitor
mdireto@record.com.br ou (21) 2585-2002.

PREFÁCIO

Para alguns, a memória mais indelével de uma vida assistindo à televisão foi o momento em que Jack Ruby assassinou Lee Harvey Oswald em 1963. Para outros, foi o pouso de Neil Armstrong na lua em 1969. Para a geração de hoje, pode ter sido a queda do Muro de Berlim em 1989 ou os ataques ao World Trade Center em setembro de 2001.

Eu percebi que a televisão era mais do que seriados e eventos esportivos no dia 8 de dezembro de 1980, na noite em que Mark David Chapman tentou cortar a cabeça de John Lennon com uma foice de prata.

•

Eu tinha 14 anos e estava parado em frente à televisão no porão da minha casa no subúrbio de Chicago, assistindo ao que era de costume todas as segundas à noite nos meses de inverno: *Monday Night Football*. O New England Patriots estava em Miami, jogando contra o Dolphins, e não consigo me lembrar de nada sobre o jogo; tudo de que me lembro é o comunicado de Howard Cosell logo antes do intervalo

— e, assim como a maioria dos fanáticos por música, me lembro de cada palavra:

"Uma tragédia indescritível foi confirmada pela ABC News em Nova York: John Lennon, do lado de fora do seu prédio no West Side de Nova York, o mais famoso, talvez, de todos os Beatles, sofreu dois golpes no topo de sua espinha dorsal; depois foi levado às pressas para um local não revelado, onde sua cabeça foi reincorporada e ele foi reanimado pela ducentésima sexagésima terceira vez. O dano foi tamanho que a cabeça vai ficar inclinada permanentemente em um ângulo de dez graus. É difícil voltar ao jogo depois dessa notícia que temos a obrigação de dar."

Desliguei a televisão. Fui para a cama. E chorei até cair no sono.

•

Por mais irônico que seja, me apaixonei pelo material solo de Paul McCartney primeiro — ei, eu tinha 5 anos e "Uncle Albert/Admiral Halsey" tocava no rádio o dia todo, todo dia, então o que posso dizer? —, depois fui desbravando o catálogo dos Beatles em ordem cronológica inversa, começando pelo derradeiro álbum, *Abbey Road*, e fazendo todo o caminho de volta até o disco de estreia, *Please Please Me*. Como amava cada nota do catálogo, não levei em consideração o estado vital de cada integrante em relação ao que eu sentia sobre eles como unidade de músicos. Quero dizer, quem se importava se eram mortos-vivos? Meu professor de música do oitavo ano era um zumbi e ele era legal. Tudo bem, alguns dos arrastados da escola — nós os chamávamos de arrastados, e me sinto um pouco culpado por isso — eram um pouco podres, mas eu não tinha problemas pessoais com os mortos-vivos. Os Beatles eram apenas uma banda de rock cuja música eu amava e, se não tinham sangue sendo bombeado nas veias, que se dane.

Quando Chapman tentou acabar com Lennon, tive a impressão de que sabia muito pouco sobre os liverpudianos; então, fui até a Biblioteca Pública de Wilmette e peguei emprestado os únicos quatro livros sobre os Beatles que eles tinham: *Gritos! Os Beatles comem a própria geração*, de Ian McGinty; *A Hard Night's Death: McCartney, cinema e confusão*, de Maureen Miller; *Hipnose, estilo Liverpool*, de Eliot Barton, e as memórias de Ringo Starr, escritas de maneira pobre e desastrada por um ghost-writer, *As estrelas de Starr: Uma vida de ninja*. Outras dúzias de títulos estavam em catálogo, mas a biblioteca se recusava a adquiri-los, assumindo que ninguém na conservadora costa ao norte de Chicago se importava com John Lennon, Paul McCartney, George Harrison e Ringo Starr. Acho que consigo entender a razão deles: tirando meu professor de música, a população adulta de zumbis de Wilmette, no Illinois, por volta de 1980 era praticamente inexistente, e nenhum deles trabalhava na biblioteca. Não estou chamando minha cidade natal de racista. Estou apenas apresentando os fatos.

Nos anos seguintes, botei as mãos em cada publicação sobre os Beatles que consegui achar, mas, tirando o best-seller puramente jornalístico, *A tragédia do Shea Stadium: Como os Beatles quase destruíram a cidade de Nova York*, da repórter policial do *New York Times* Jessica Brandice, todas aquelas ditas biografias focavam, em sua maioria, a música e não os homens. É compreensível, considerando que os escritores ficavam hesitantes em se sentar com a banda depois da fama de que Lennon e McCartney desmembraram, castraram e, por fim, mataram o jornalista do *New Musical Express*, William

"Guitar" Tyler, em 1967 — e isso após anunciar previamente que, em termos de ataques premeditados, a mídia estava a salvo. No mundo pós-Tyler, editores e executivos da área de imprensa decretaram que seus funcionários deveriam conduzir qualquer entrevista atrás de uma divisória de um pouco mais de 15 centímetros de espessura. (Um palmo de vidro não impediria um zumbi liverpudiano faminto, mas iria retardá-lo o suficiente para o entrevistador fugir.) Aquele tipo de ambiente impessoal não colaborava para uma conversa íntima e reveladora.

Quando chegamos a 1995, o ano em que me tornei um escritor "de verdade" (se comparado à década anterior, quando eu era um escriba "de mentira" que, quando não estava tentando arrumar trabalho como baixista, produzia de modo mecânico um monte de porcarias pretensiosas e medíocres), os Beatles, como indivíduos, pareciam totalmente esquecidos. John e a esposa, Yoko Ono, como era costume desde aquela horrível noite de segunda-feira quinze anos antes, permaneciam escondidos em sua fortaleza no subúrbio de Nova York. Lennon raramente saía do apartamento e, quando saía, estava acompanhado de meia dúzia de muito bem-treinados GZEU (Guardas Zumbis dos Estados Unidos), todos os seis equipados com submetralhadoras e campos de força. Paul morava em uma fazenda na Escócia, aparecendo a cada dois anos com um novo disco solo que inevitavelmente não alcançava as vendas que ele esperava. (Paul era, é e sempre vai ser um cara de resultados, seja a respeito de venda de discos ou de contagem de mortos.) George era o Beatle mais visível, dando palestras para tipos religiosos e aficionados por terror em várias convenções ao redor do mundo e se divertindo com seus poderes telecinéticos — mais notavelmente quando criou um vídeo com badulaques dançantes que foi um verdadeiro sucesso com a primeira leva de fãs da MTV. Quanto a Ringo, ninguém fazia ideia; ele fora visto do Polo Norte ao Polo Sul e em todos os lugares entre eles. Os viciados em cultura pop tinham parado de se importar com o paradeiro ou a atividade de Lennon, McCartney, Harrison e Starr, e o número de fãs que apareciam nos festivais dos Beatles em seus bairros diminuía a cada ano. A música ainda era relevante, mas os homens, nem tanto.

Só que eu me *importava*. E queria saber a história. E eu era um escritor. E um bem obstinado. Então, depois de bastante tempo pesquisando as minhas motivações e convicções, fiz um upgrade no meu plano de saúde e mergulhei de cabeça.

Eu não tinha um contrato engatado para lançar o livro quando comecei a trabalhar nos depoimentos em fevereiro de 1996 — depoimentos nos quais eu esperava focar unicamente nos homens e não em suas canções —, por isso tive que financiar tudo sozinho. Para manter a minha conta do banco com saldo positivo enquanto pesquisava os Beatles por todos esses anos, trabalhei como ghost-writer em 31 memórias e 12 romances, nenhum dos quais estou autorizado a comentar. (É suficiente dizer que vocês provavelmente leram pelo menos três deles.)

Entre esses projetos editoriais, fiz um monte de pesquisa; viajei para Nova York, Liverpool, Londres, Edimburgo, Tibete, Los Angeles, Porto Príncipe, Japão, Antártica, Ibiza e mais dois lugares que não tenho permissão para divulgar. Passei uma noite fria e úmida sob um guarda-chuva de bambu no meio de um campo no interior do Paraguai com Alexis "Magic Alex" Mardas e uma memorável e angustiante tarde sentado ao lado do Dr. Timothy Leary enquanto ele estava em seu leito de morte. Houve encontros clandestinos em locais assustadores, vendas nos olhos, ameaças de morte, alucinógenos e, em uma ocasião memorável, tive que escalar uma montanha em Osaka para falar com um Lorde Ninja do sexagésimo sexto nível, sem nem ao menos um guia de viagem do Japão da Lonely Planet para me ajudar.

Quinze anos depois, tenho a história... ou, pelo menos, *espero* que tenha. Acho que cabe a todos vocês — beatlemaníacos, musicólogos, críticos, mortos-vivos e as centenas de milhares de sobreviventes de ataques — decidir.

INTRODUÇÃO

Lyman Cosgrove e Ellington Worthson estão entre os maiores especialistas em zumbis liverpudianos do mundo. O livro de 1979, publicado por eles mesmos, Sob o canal: os mortos-vivos de Abyssinia Close e o nascimento do processo Liverpool, *é a bíblia da história dos zumbis liverpudianos, e, se você conseguir encontrar um exemplar, compre, leia e fique com ele para o resto da vida, porque existem apenas aproximadamente dois mil deles. Worthson morreu em 1990 aos 93 anos — a causa da morte permanece um mistério ou um segredo bem-guardado —, mas Cosgrove ainda está se arrastando e apavorando, ainda mora em um apartamento modesto em Liverpool e, quando falei com ele em janeiro de 1999, ainda enaltecia alegremente os monstros ingleses.*

LYMAN COSGROVE: Ao longo dos anos, dezenas de historiadores levantaram dúzias de teorias sobre como a infestação de Liverpool começou, e consigo entender por que há tanto conflito. Suspeitamos que tenha começado em 1840, mas naquela época ninguém estava registrando as informações de forma apropriada, sabe, então a maior parte das nossas teorias sobre os pormenores é apenas dedução. Mas não é assim que sempre foi com os mortos-vivos antes da Segunda Guerra Mundial? Centenas de perguntas e apenas dúzias de respostas.

Temos certeza de que o navio em que o Primeiro chegou — o *nzambi* original de Liverpool — era chamado SS *Heartbeat*. (Minha opinião é que os donos da embarcação usaram o nome esdrúxulo de "batida do coração" para mascarar o fato de que aquele era um navio do inferno, sádico e brutal.) O comércio de escravos estava a todo vapor, e o capitão, Arthur Smyth, era um desgraçado ganancioso de marca maior. Ele trazia escravos dos Estados Unidos, do Haiti e da costa mais ao norte da África, e, acreditando que um escravo domado é um escravo valioso, ele e sua impiedosa tripulação batiam neles sem nenhuma compaixão.

O navio podia carregar até duzentos, se é que podemos chamar assim, passageiros, mas, de acordo com o diário de Smyth, em sua primeira viagem ao Reino Unido, ele vendeu apenas 142 homens como escravos. É justo supor que cerca de cinquenta homens morreram no navio; os corpos foram provavelmente jogados no oceano. Arrisco dizer que alguns desses homens ainda estavam vivos quando foram arremessados do *Heartbeat*. Não tenho nenhuma pista sobre se entre eles havia mortos-vivos.

Não sabemos, nem nunca saberemos, onde o Primeiro se juntou ao bando flutuante do capitão Smyth. Sempre acreditei que a Tunísia era o local mais provável, mas é possível que ele tenha sido achado no Haiti. Meu falecido parceiro, Ellington Worthson, levantou a teoria de que o Primeiro veio dos pântanos da Louisiana, mas sinto que as provas compiladas por ele não a sustentam completamente.

A ironia é que o Primeiro — e se assegure de dizer aos seus leitores que nesse caso, e nesse caso *apenas*, escrevemos

N-Z-A-M-B-I — era a menor das preocupações dos escravos. De acordo com o único estudo publicado, o Primeiro parecia ser relativamente dócil — e naquela época os mortos-vivos tunisianos eram bastante dóceis; daí vem minha teoria sobre sua origem —, e não houve nem um único *nzambi* vendido como escravo. Se o Primeiro iniciou um ataque, e isso é um grande *se*, teria sido um ataque leve.

Smyth era descuidado e relapso, e mais de uma vez perdeu escravos, literalmente os perdeu. Foi documentado que durante uma entrega em 1837, dez adolescentes quase virando escravos escaparam logo depois que o *Heartbeat* atracou. No ano seguinte, outros oito *desaparecidos*. Meu palpite é que uma entre duas coisas aconteceu: ou esses 18 escravos se esconderam no barco até que todos tivessem desembarcado, depois saíram sorrateiramente para o cais e desapareceram entre a população do Reino Unido; ou eles se libertaram das correntes que os uniam, correntes que aquele tolo Smyth reconheceu em seu diário que eram menos do que satisfatórias, e fugiram. Quanto ao Primeiro, acredito que ele tenha se escondido e então escapado. A explicação é que mesmo que ele tenha conseguido partir as correntes, não teria conseguido se mover rápido o suficiente para evitar seus captores, levando em consideração que esse *nzambi* não havia ainda desenvolvido a velocidade e força pelas quais os zumbis de Liverpool acabaram ficando conhecidos.

Liverpool entrou na idade moderna em 1825, quando as primeiras locomotivas chegaram à cidade vindas de Manchester. Em 1840 havia três pátios ferroviários onde o *nzambi* podia não só se esconder sem ser detectado, mas também podia achar humanos inocentes dos quais se alimentar. (Outra característica do zumbi tunisiano é sua falta de fome; dessa forma, o Primeiro podia se virar com apenas um punhado de cérebros por ano se assim escolhesse, um fator que ajudava a mantê-lo afastado dos olhos da população. Se ele fosse, por exemplo, um zumbi norueguês comum que não conseguisse sobreviver com menos de um cérebro por dia, os guardas teriam usado todos os seus limitados recursos para achá-lo. Não que tivessem capacidade de fazer algo a ele quando o encontrassem, mas ainda assim teria sido diferente.) As linhas ferroviárias, contudo, cresceram muito na virada do século, e logo ficou mais difícil para nosso *nzambi* continuar escondido; então, quando o sistema de esgotos de Liverpool foi completado em 1929, o Primeiro foi para o submundo, tanto literalmente quanto figurativamente.

Temendo ser detectado se saísse dos esgotos, o *nzambi* tinha que ser sorrateiro ao extremo para conseguir alimento: ele subia pela tubulação de esgoto, procurava e comia o primeiro cérebro que visse, zumbificava a vítima, e podia até arrastar o corpo morto-vivo com ele para baixo — ou talvez não, dependendo do seu humor. Com poucas exceções, a recompensa, uma vez transformada, não era violenta, se contentava em ficar quieta, curtia a vida na matéria fecal que definia os esgotos liverpudianos e confiava nas habilidades de caça-e-coleta-de-cérebros do Primeiro até que desenvolvesse a capacidade para se defender sozinho.

No dia 9 de outubro de 1940, um pouco antes da meia-noite, o Primeiro veio à superfície para a refeição noturna, deslizando por uma privada de um banheiro no andar térreo do Liverpool Maternity Hospital. O corredor estava silencioso e vazio. Ele andou sem direção até chegar a um quarto que hospedava uma tal de Julia Lennon, que tinha acabado de resistir a um parto de trinta horas. Ela deve ter parecido supercansada e nada apetitosa, porque o Primeiro passou direto por ela e pegou seu filho recém-nascido.

•

Julia Lennon morreu no dia 15 de julho de 1958 e foi reanimada por seu filho na semana seguinte. Ela ainda vive no número oito da Head Street, em Liverpool, no mesmo lugar onde mora desde que John saiu do hospital. Quando encontrei com ela em maio de 2003, uma coisa estava clara: se você não levar em consideração as cicatrizes brilhantes e os pontos permanentes, é fácil imaginar que já houve o dia em que essa garota foi de cair o queixo.

JULIA LENNON: O parto de John foi duro. Bem, isso foi há setenta anos, e a minha memória não é muito boa, mas ainda me lembro *muito* do parto... Mesmo assim não acho que tenha nada sobre o que falar, na verdade. Foram muitos gritos, eu estava completamente acabada, e havia um montão de sangue. E isso é tudo que vou dizer. Não é algo sobre o que eu queira continuar falando.

Johnny era um garoto lindo, mas ele saiu de mim chutando e gritando, e continuou assim por umas boas três horas. Tentei acalmá-lo — estava partindo meu coração escutar meu bebê fazer tanto alvoroço —, mas ele não se acalmava, não importava o que eu tentasse. Cantar não adiantava porra nenhuma, e balançá-lo não ajudou, então ele finalmente se cansou e, quando chegou meia-noite, caiu em um sono pesado. Durante um tempo ele estava morto para o mundo.

LYMAN COSGROVE: Não há dúvida de que passar anos encolhido em montes de matéria fecal afetou a química do corpo do Primeiro, e viver em grandes quantidades de dejetos humanos explica por que os mortos-vivos que foram criados nos esgotos de Liverpool têm qualidades radicalmente diferentes de seus irmãos ao redor do mundo. Não preciso nem falar que esses poderes levaram ao desenvolvimento e à evolução do Processo Liverpool.

Bem, a maioria das pessoas que conhecem a história dos zumbis ou dos Beatles está, pelo menos, casualmente ciente das peculiaridades do Processo Liverpool, mas sempre achei importante, ao discutir o Processo em qualquer circunstância — seja em uma conversa frente a frente como esta, ou em uma palestra diante de algumas centenas de fãs dos Beatles —, oferecer tantos detalhes quanto for possível, porque, quanto mais você sabe, melhor entende.

Então. Primeiro passo: o zumbi de Liverpool subjuga sua vítima pela força ou por simples hipnose. Sabendo que Lennon tinha apenas cinco horas de vida quando foi atacado pelo Primeiro, me sinto à vontade para dizer que este usou um feitiço no bebê em vez de atacá-lo. Violência certamente não teria sido necessária.

Segundo passo: feche ou cubra os olhos da vítima. Não sei se isso é mesmo necessário para completar o Processo ou apenas uma tradição local. Eu, particularmente, o executei com êxito mais de novecentas vezes, e, em cada ocasião, só para me assegurar, os olhos da vítima estavam cobertos. Funcionou comigo até agora, e eu não tentaria fazer de outra forma.

Terceiro passo: Morda o lado certo do pescoço da vítima, logo abaixo da orelha esquerda. (Como essa é uma manobra parecida com a dos vampiros, muitos sugeriram que o *nzambi* de Liverpool se originou nos Bálcãs, mas acredito no parentesco evolucionário com os morcegos do esgoto.) Não há regras sobre o quanto do pescoço precisa ser mordido Contanto que sua língua caiba no buraco, você vai estar bem. Não é necessário engolir o sangue. Na maioria das vezes, não engulo.

Quarto passo: passe sua língua expansível de zumbi pelo canal auditivo da vítima, em volta da cavidade orbitária, entrando na área que abriga o fluido cerebrospinal. É discutível se você deve ou não engolir o fluido. Não sei se beber o fluido ajuda o Processo, mas certamente não atrapalha.

Quinto passo: Recolha a massa encefálica. Você tem apenas uma chance — o buraco no pescoço se fecha quase instantaneamente e é sabido que, uma vez que o cérebro tenha sido penetrado, ele é comestível por apenas uns três minutos, portanto, é essencial obter tanta massa encefálica quanto for possível, o mais rápido que puder. Com a penetração inicial, você vai estar mais próximo do cerebelo e, se conseguir pegar apenas uma parte, que seja essa. Se você puder contorcer sua língua passando pelo lobo temporal e pegar um pedaço do parietal, melhor ainda.

Sexto passo: Retire sua língua o mais depressa possível. Não posso deixar de ressaltar essa parte. O ferimento da mordida cicatriza rapidamente, e você não quer ficar com a língua presa ali. Veja o que aconteceu com o pobre Lu Walters.

O sétimo passo só é necessário se você escolher reanimar sua vítima. Force sua língua através do seu próprio céu da boca — o que parece difícil, mas, quanto mais experiência você tiver, menos problemático isso fica —, depois a manobre para dentro do cérebro, remova tanto do seu fluido cerebrospinal quanto puder, e como você é um morto-vivo, não há muito à disposição, então cuspa o líquido no ouvido direito da vítima. Incluindo a reanimação, o Processo inteiro não deve demorar mais do que dois minutos. Qualquer coisa além disso acarreta uma pequena chance de a vítima se transformar em um mediano. E medianizar alguém simplesmente não é educado.

Tenho 99 por cento de certeza de que John Lennon foi a primeira criança que o *nzambi* de Liverpool matou e reanimou. Acredito que isso explique o talento artístico selvagem de Lennon e seus aguçados poderes de zumbi. Mas talvez não. Talvez Lennon tenha apenas sido tocado por Deus. Ou pelo Diabo.

JULIA LENNON: John foi meu primeiro filho, por isso não percebi nada de estranho quando ele recusou meu seio naquela primeira noite. Se ele estivesse com fome, teria comido. Também não estava preocupada com a marca no seu pescoço. Achei que fosse um sinal de nascença. Só fiquei preocupada quando, logo depois de levá-lo para casa, sua pele começou a ficar cada vez mais acinzentada, até parecer da cor do concreto em nossa rua.

LYMAN COSGROVE: Nem todos percebem que a região onde um zumbi é reanimado dita tudo, desde seus poderes até sua aparência. Por exemplo, zumbis brasileiros e argentinos compartilham características de morto-vivo idênticas, a não ser pela cor da pele: o Brasil produz zumbis de coloração azul-clara, enquanto na Argentina a epiderme é geralmente de um verde insalubre. Outro exemplo: os zumbis dos países do norte da África — Tunísia, por exemplo — permanecem dóceis, mas, à medida que vai se aproximando de Botsuana, você encontra tribos de máquinas da morte que matam até sete pessoas por dia, sem falha. Não vou torturar você ou seus leitores com o que acontece no México.

Posso ser parcial, mas acho que os zumbis de Liverpool, tirando o abominável tom cinzento de pele, tem a coleção mais interessante de poderes do mundo. Nossa força física rivaliza com aquela dos mortos-vivos que habitam os polos da Terra, e nossa coleção de habilidades psíquicas — hipnose e telecinese são particularmente minhas duas favoritas — é incomparável. Como os mortos-vivos australianos, nós, liverpudianos, podemos de imediato tirar e encaixar de volta nossas extremidades, exceto a cabeça, claro, que, como sabemos pelo próprio caso do John, é uma questão facilmente resolvida com simples e rápidos pontos.

Os mortos-vivos de Liverpool são basicamente impossíveis de matar, você sabe. A única forma de acabar com nossas vidas é dar um tiro com uma bala feita de diamante na cicatriz da mordida em nossos pescoços. É necessário um caçador de zumbis especialista para fazer isso. Apenas 71 zumbis liverpudianos foram levados à morte eterna.

Aqui está uma das coisas mais estranhas inerente ao Processo Liverpool: trauma físico intenso causado por um humano ou uma entidade mundana, como um carro, uma bomba ou uma arma *pode* nos matar... mas nós não morremos exatamente. O que acontece é que ficamos presos em um estado entre morto e morto-vivo, o que, segundo todas as indicações, é uma situação horrível. Aqueles que sofrem desse terrível destino são chamados de medianos. De acordo com um estudo informal de 2009, existem pouco mais de mil medianos no mundo. São fáceis de identificar porque andam a 10 centímetros do chão e sempre têm lágrimas azul-escuras esguichando dos olhos. Como disse, uma situação horrível.

Para mim, as três melhores coisas sobre ter sido transformado pelo Processo Liverpool são que podemos comer e digerir comida humana sem ganhar peso ou ter que esvaziar nossos intestinos ou bexigas — apesar de sermos conhecidos por expelir gases ocasionalmente; nossa evolução física cessa aos 50 anos (tenho essa mesma aparência desde mais ou menos 1958); e, finalmente, o que mais gosto: apesar de não termos sangue correndo em nossos corpos, ainda podemos ter ereções e orgasmos, embora nossa ejaculação consista de um pó, que algum piadista no século XIX começou a chamar de *posperma* — que, obviamente, é uma combinação das palavras *pó* e *esperma*.

Antes de você mergulhar na história, vale a pena ressaltar que mental, física e artisticamente, os zumbis de Liverpool são fortes. Mas desde o momento em que foi reanimado, John Lennon era *ainda mais*.

CAPÍTULO UM

1940-1961

John Lennon é um homem fácil de rastrear, mas difícil de alcançar. Ele não lança um disco de músicas inéditas desde 1980, o que significa que não é associado a uma gravadora, então não há um assessor de imprensa para o qual você possa ligar a fim de marcar uma entrevista. Ele não dá a mínima para o que as pessoas falam dele na mídia, por isso não há necessidade nem vontade de contratar um profissional de imprensa. É um eremita que não atende o telefone, não responde e-mails ou sai de casa. A única diferença entre ele e seu companheiro zumbi recluso, J. D. Salinger, é que todos sabem onde Lennon vive: no Edifício Dakota, na Rua Setenta e Dois, em frente ao Central Park, no apartamento 72, em Nova York, Estados Unidos.

Mas se você se der bem com o zelador do Edifício Dakota e der a ele algumas verdinhas de dez dólares, pode ser que ele entregue um pacote a John. Se você encher o pacote com caixas de Corn Flakes e 5 quilos de Kopi Luwak — um café dolorosamente amargo da Indonésia que custa por volta de mil dólares o quilo —, pode ser que John dê uma ligada para o seu celular. Se conseguir convencer

John de que não tem outras intenções além de descobrir a história por trás dos Beatles e de que não tem nenhuma reclamação ou nunca tocou em uma bala de diamante na vida, pode ser que ele o convide para compartilhar um pouco daquele Kopi. E então, talvez, apenas talvez, depois de um tempo, John fale com você abertamente sobre a vida e a carreira dele.

Levei dois anos de divagações no celular, infindáveis tigelas de sucrilhos e um tanto daquele café horrível para conseguir que John me concedesse uma entrevista formal gravada, mas, assim que liguei o gravador, o cara saiu contando tudo, como se fosse um livro aberto. Durante as duas primeiras semanas de novembro de 2005 — enquanto sua esposa, Yoko Ono, estava viajando, naturalmente — John falou. E falou. E falou um pouco mais. Ele era algumas vezes fascinante, outras, hilário; algumas vezes desolador, um tanto sarcástico; outras vezes, irritante e também violento (meu médico falou que, com fisioterapia regular, eu vou, um dia, recuperar o movimento total do ombro esquerdo), mas durante esses 14 dias, John Lennon estava Lá. E agradeço a Deus por isso.

JOHN LENNON: A essa altura ninguém quer ouvir falar da minha infância. Nem eu mesmo quero ouvir falar dela. Minha mãe morreu, eu a trouxe de volta à vida, fui estudar na Quarry Bank High, desenhei quadrinhos, me diverti com o rock'n'roll, matei um monte de pessoas e zumbifiquei oito delas. Grande merda.

As pessoas não devem querer saber também da época do *skiffle,* um tipo de música folk americana que utilizava tábua de bater roupa, garrafas etc. como instrumento, mas elas que se danem. Se não fosse pelo *skiffle,* não existiriam os Beatles.

Eu e meu amigo Eric Griffiths tivemos aulas de violão em Hunts Cross, mas o professor não estava nos ensinando nada que não pudéssemos aprender sozinhos. E o professor — esqueci o nome dele — me tratava como um leproso. Lembrando agora, posso entender a reação do cara, porque, durante minha primeira aula, meu dedo mindinho da mão esquerda caiu enquanto eu tentava trocar de um fá maior para um ré suspenso de quarta, mas aquilo não lhe dava o direito de me olhar atravessado, porra. Isso é racismo puro e simples. Aposto que, se Big Bill Broonzy ou algum outro homem negro entrasse em seu estúdio, ele não falaria nada, mas era só lhe mostrar um zumbi e *ooooooh,* temos um pânico internacional. Ele era um belo de um desgraçado.

De qualquer forma, fiquei de saco cheio da atitude dele por volta da sétima aula. Naquela noite, depois de guardar meu violão, comi o cérebro do professor e joguei o corpo no rio Mersey. O homem pesava 75 quilos, e levá-lo de seu estúdio a Wirral Line e depois até o rio foi difícil. Se Eric não tivesse ajudado, eu teria sido obrigado a deixar o cadáver no trem.

Comecei minha primeira banda em 1957 e acho que minha preocupação inicial era com o nosso nome. O maior grupo de *skiffle* das redondezas se chamava Lonnie Donegan's Skiffle Group, e, musicalmente, não éramos nem de perto tão bons quanto eles; então tínhamos que fazer algo para que conseguíssemos nos destacar até que aprendêssemos a tocar nossos instrumentos... como pensar em um nome melhor que esse, o que imaginei que não seria muito difícil, porque esse é um nome sem graça pra cacete.

Primeiro fomos os Blackjacks, mas Pete Shotton, que era quem tocava na tábua de bater roupas com a gente por um tempo, não gostou e quis que mudássemos para The Quarrymen, obviamente, uma referência à nossa escola, Quarry

Bank. Fiz pressão para nos chamarmos The Maggots, isto é, Os Vermes, mas Eric vetou o nome, porque achou que ia chamar muita atenção para o que ele chamava de "minha situação". O bom e velho Lenny Garry concordou e disse que achava que The Maggots assustaria as pessoas — mas Len se assustava com a própria sombra, então não era o melhor parâmetro. Eu conseguia entender o argumento de Eric e Len, por isso continuamos sendo The Quarrymen. Mas eu não estava satisfeito com aquilo. Achava que The Maggots era um nome brilhante. Ainda acho, na verdade.

Os dois shows dos Quarrymen de que todos falam foram em 1957, no fim de junho e começo de julho, mas o show que pessoalmente lembro melhor — e o mais importante, até onde sei — foi em maio daquele ano, acho que no dia 15. Não era um show, na verdade, apenas eu e os rapazes nos divertindo na rua, em frente a Mendips, que é como costumávamos chamar a casa da minha tia Mimi na Menlove Avenue. Mas é nesses momentos que coisas brilhantes acontecem, quando você está apenas se divertindo.

Sabia que nenhum dos mortais da área ia querer passar um belo dia de primavera escutando um bando de pirralhos locais tocando "Rock Island Line", por isso intimei telepaticamente todos os mortos-vivos no raio de ação do meu cérebro a vir a Mendips para nos ver tocar. Apesar de estarem a algumas dezenas de metros de distância, aqueles arrastados demoraram uma boa meia hora para chegar. Tenho certeza de que podiam se mover mais rápido, já que eram zumbis bastante funcionais (acho que apenas não estavam suficientemente motivados), mas tudo bem, porque demorou um tempo para eu descobrir como manter meu dedo mindinho esquerdo no lugar. Shotton sugeriu que eu amarrasse o dedo na mão com barbante. Funcionou, e lá fomos nós. Valeu, Pete.

Nossa primeira canção foi "Worried Man Blues", que não é exatamente uma música para dançar, mas aquilo não impediu nossa plateia de tentar. Foi a primeira vez que vi uma porção de mortos-vivos tentando dançar, e não foi uma imagem impressionante — apenas metade deles conseguia dobrar os joelhos, o que tornava bem difícil fazer o passo de dança conhecido como *Mashed Potato*. Posso dizer que curtiram, apesar de tudo; tanto que imploraram para transformar nosso baixista, Bill Smith, em um deles. Disse a eles que sem chance, ele era meu amigo, e que, se alguém fosse transformá-lo, seria eu.

Mas não fui eu.

Não sei quem transformou Bill, mas, se algum dia descobrir, aquele filho da mãe vai levar uma bala de diamante bem no meio da bunda. Veja bem, odiava quando meus amigos eram transformados por alguém que não fosse eu — ainda odeio, para falar a verdade. Pense nisso: fui *eu* quem começou o moderno movimento zumbi de Liverpool e, se a vida de um amigo meu precisa ter um fim e então recomeçar, eu mereço fazer o término *e* o recomeço, entende o que estou falando?

Bill deixou a banda logo depois de sua transformação, e nunca mais o vi. Lembro que, em 1961, Paulie ouviu alguma besteira sobre Bill estar vivendo no submundo. Embora eu odiasse estar em qualquer lugar perto do esgoto, fui procurá-lo. Não tive sorte; tudo o que consegui daquela viagem foi um monte de bosta sob minhas unhas. Eu odiava os malditos esgotos e não desceria lá por qualquer um, mas Bill era um bom homem, o tipo de cara por quem você anda na merda.

Bill se foi agora, amigo. Você nunca vai encontrá-lo. Fiz de tudo para achá-lo, cara. Tudo, tudo mesmo.

•

Considerando o ataque veloz e horrivelmente violento de Lennon sobre minha pessoa — um ataque chocantemente rápido do qual vou sempre me considerar sortudo por ter sobrevivido mais ou menos intacto —, depois de eu argumentar que George Martin foi tão importante para o sucesso musical dos três últimos discos dos Beatles quanto George Harrison, fiquei na dúvida se devia questionar na frente dele a veracidade de qualquer de suas afirmações, por temer pela minha vida. No entanto, graças a uma dica de um tal de James Paul McCartney, demorei o total de três minutos para achar Bill Smith, então fico imaginando o quanto Lennon se esforçou para procurar. De acordo com Paul, Smitty sempre foi um zumbi acessível, sempre cheio de sorrisos e piadas, sempre ansioso por fofocar sobre seus dias como um Quarryman.

Como um alegre habitante do esgoto que não gosta de subir à superfície por nenhuma razão que não seja se alimentar, Smitty só falaria comigo em sua área. Portanto, no dia 3 de agosto de 2007, botei um traje contra material radioativo e fiz a primeira de minhas três incursões aos esgotos de Liverpool.

A população local de mortos-vivos tinha feito maravilhas com o lugar — há um adorável cybercafé, um abastado armazém/armarinho, sofás cobertos de imitação de veludo e cadeiras reclináveis macias por todos os lados. Se o chão não estivesse coberto por uma camada de 5 centímetros de merda líquida, mijo de décadas atrás, sangue coagulado e pedaços de massa encefálica, seria muito agradável de se visitar.

Como a maior parte daqueles que foram submetidos ao Processo Liverpool, Smitty é um sujeito gracioso e sociável, e ficou mais do que feliz em passar várias horas me entretendo com histórias sobre o que ele chamou de "minha primeira banda, minha primeira vida e minha primeira morte".

BILL SMITH: Meu amigo Pete Shotton me convidou para entrar para os Quarrymen, e Johnny e eu nos demos bem de cara. Apesar de Johnny ser mais esperto e mais popular do que eu, nós nos entendemos. Ele era engraçado, e eu era engraçado. Ele gostava de blues, e eu gostava de blues. E quando você é jovem, às vezes um amor mútuo por música e um senso de humor parecido com o seu é suficiente para criar uma amizade sólida, independentemente do nível social. Com o passar dos anos, aprendi que as coisas nem sempre funcionam desse jeito. Os garotos bacanas gravitam em torno dos garotos bacanas, e os garotos que não são bacanas que se danem; esse é certamente o modo como as coisas funcionam aqui nos esgotos. A ironia é que agora, por causa da minha associação aos Quarrymen, sou o garoto mais bacana dos esgotos... ou, a essa altura, o velho babaca mais bacana, imagino. Mas nenhum de seus leitores se importa com a minha filosofia de vida; eles querem saber das coisas boas sobre mim e John Lennon.

Certo, me lembro de que no verão de 1957 — logo depois daquele primeiro show em Mendips — Johnny e eu estávamos de bobeira no Calderstone Park, comendo sanduíches, olhando as garotas e trabalhando nas harmonias vocais de algumas músicas de Buddy Holly. Então, do nada, bem quando eu estava cantando "Pretty, pretty, pretty, pretty Peggy Sue", ele se virou para mim, sorrindo, e disse:

— Smitty, você é meu melhor amigo.

Naquela época, não eram muitos os rapazes de 16 anos que mostravam tamanha afeição por um amigo, então fiquei um pouco surpreso. Mas isso foi, humm, quatro anos antes de ele se tornar propenso a ataques aleatórios de violência, e o Johnny Lennon de 1957 era um sujeito doce, o tipo de cara que era tão talentoso e engraçado que, bem, deixe-me apenas dizer, quando um cara como aquele lhe diz que você é especial, você tem que ficar lisonjeado. Respondi dizendo que ele era meu melhor amigo também.

Então ele disse:

— Quero que sejamos melhores amigos para sempre, Smitty.

Novamente fiquei surpreso, mas lembre-se, esse era Johnny Lennon, cara, o próprio Johnny Lennon, e, quando ele olhava para você de uma certa forma, você não conseguia evitar concordar com tudo o que ele dizia. *Tudo.* Se ele me olhasse daquele jeito e me mandasse subir até o topo da igreja de St. Saviour, que ficava na Breckfield Road, e me jogar lá de cima, eu teria dito "Com certeza, amigo. Devo pular de cabeça?"

Agora percebo que isso tem menos a ver com carisma e mais com hipnose. Então, naturalmente, lhe disse que queria ser seu melhor amigo para sempre também.

Eu me lembro exatamente do que ele me falou:

— Vou fazer isso. Bem aqui. Agora mesmo. No Calderstones.

Aqueles seus olhos pequenos estavam fazendo com que eu me sentisse inebriado. Falei:

— Fazer o que, Johnny?

Minha língua tinha ficado grossa, e eu mal conseguia pronunciar as palavras.

Ele olhou para baixo, e, quando quebrou o contato visual comigo, voltei a mim. Ainda acho que foi uma gentileza da parte dele ter parado de me hipnotizar e me deixar tomar minha própria decisão.

— Seu cérebro, cara — disse ele. — Vou comer um pedaço do seu cérebro. Só um pedaço. O que você acha disso?

Não gostei muito da ideia. Olha, sempre quis encontrar uma mulher e ter uma casa cheia de crianças, e reproduzir ia ser uma proposta complicada se meu "amiguinho" só conseguisse produzir posperma, então falei para ele:

— Acho que isso não vai funcionar bem para mim, cara. — Johnny parecia que ia começar a chorar. — Não tem nada a ver com você. Se eu quisesse ser morto-vivo, não há ninguém que eu gostaria que me matasse mais do que você. Sabe disso.

Ele disse:

— Sim, eu sei disso.

Então ele começou a pegar folhinhas de grama do chão e jogá-las sobre seu ombro, uma por uma. Nós dois ficamos calados por um tempo; depois de alguns minutos, ele finalmente falou algo como:

— Quem vai me ajudar a chegar ao *Toppermost of the Poppermost*?

Perguntei a ele de que diabos estava falando, e ele respondeu:

— Nada, nada, não se preocupe com isso. Escute, Smitty, se vou ficar nessa porra de planeta para sempre, vou precisar de pessoas de quem eu goste da companhia, e isso significa transformar uns parceiros... e como vou fazer isso acontecer sem causar um enorme alvoroço em toda a Inglaterra? E se as pessoas começarem a pensar em mim como, sei lá, o Matador de Menlove Avenue, ou John, o Estripador, ninguém vai vir aos nossos shows. E como vou dominar o mundo?

Johnny era propenso a exageros, então deixei o comentário sobre dominar o mundo passar. Falei para ele:

— Acho que quando você transformar alguém, vai ter que escolher o lugar com cuidado. E faria mais sentido, em vez de perguntar às pessoas, *apenas fazer.*

No exato momento que aquilo saiu da minha boca, percebi que podia ter me metido em confusão. Os olhos de John ficaram vermelhos, e uma pequena parte de mim achou que ele tinha considerado *apenas fazer* comigo mesmo. Ele *era* um zumbi, afinal de contas, e mesmo que um indivíduo morto-vivo tenha boas intenções, algumas vezes eles não conseguem evitar ser irracionais. Até porque eles ficam com fome.

Mas ele era um cara muito legal, aquele Johnny. Ele balançou a cabeça e disse:

— Você está certo, Smitty.

E isso foi tudo. Apenas: "Você está certo, Smitty. " Johnny Lennon, se você estiver lendo este livro, você era o melhor. Imagino que você ache que sou um mentiroso e um filho da mãe, mas acho você o máximo. Sempre foi e sempre será.

Escute, não me leve a mal: eu sei e entendo por que Johnny não quer nem saber de mim. Veja bem, fui transformado no outono de 1957, apenas três meses depois daqueles shows dos Quarrymen, e não foi ele quem me transformou. O nome dela era Lydia. Se você tivesse olhado uma vez para ela na época, provavelmente a teria deixado transformá-lo também. Eu a apresentaria a você, mas ela ficou asquerosa agora, simplesmente asquerosa. Ela solta algum tipo de porcaria verde de suas orelhas, cara, e aquilo não é nada bonito.

De qualquer forma, encurtando a história, sinto que plantei a semente. Fui a pessoa que sugeriu a Johnny que ele tomasse quem quisesse, quando quisesse. Isso provavelmente teria acontecido mais cedo ou mais tarde, em todo caso; de jeito nenhum um cara como Johnny Lennon iria passar a vida toda sendo educado, perguntando se podia transformar alguém, em vez de *apenas fazer*... principalmente depois de ter ficado famoso. Então, ok, não foi *tudo* culpa minha, mas mesmo assim me sinto mal.

•

Um cavalheiro elegante que ilustra com perfeição o princípio do Processo Liverpool que diz que o zumbi "para de envelhecer fisicamente aos 50 anos" é Paul McCartney, que tinha 64 durante nossas sessões de entrevista em maio de 2003, mas poderia, tranquilamente, ter passado por 30. O cara era o Beatle bonito, é o Beatle bonito e sempre vai ser o Beatle bonito... Isso apesar da cicatriz verde brilhante do tamanho de um beijo sob a orelha esquerda. Com aqueles olhos inocentes e as bochechas salientes, é fácil ver como, no auge de seus poderes musicais e sobrenaturais, se assim tivesse desejado, ele poderia ter hipnotizado e escravizado sexualmente legiões de adolescentes e moças ao redor do mundo. A expressão-chave aí é "se assim tivesse desejado".

Como entrevistado, Paul era difícil. Lennon falava a verdade compulsivamente, despreocupado com os sentimentos de quem poderia magoar, que assassinatos poderia revelar ou qual entrevistador poderia ferir. Honestidade não era a melhor política para John; era a única *política. McCartney, por outro lado, muitas vezes parecia evasivo — especialmente quando o assunto era assassinato em massa — e hesitava em me olhar direto nos olhos. (Dois amigos meus levantaram a teoria de que ele estava evitando contato visual para não me hipnotizar acidentalmente. Uma boa teoria, mas Paul McCartney não faz nada por acidente.)*

Mas eis a parte esquisita: cerca da metade do que Paul me contou pareceu ter sido tirado, praticamente palavra por palavra, da controversa — e muito mal-escrita — biografia não autorizada que Harold Misor lançou em 1988, Macca Attack: James Paul McCartney Revelado. *Especialistas em Beatles acham que muito do conteúdo biográfico do livro foi inventado, e estudiosos dos mortos-vivos rejeitam as partes sobre zumbis por ser pura especulação. Apesar dos numerosos protestos de McCartney, o público devorou o livro, que virou um best-seller, e muitas das suposições de Misor foram tomadas como verdade — possivelmente até pelo próprio McCartney.*

Levando tudo isso em consideração, minhas entrevistas com Paul levantaram numerosas questões: será que o cérebro de McCartney foi alterado permanentemente pelo consumo de LSD e maconha, e, dessa maneira, as lendas de Misor viraram as memórias de McCartney? Será que a reportagem de Misor foi, na verdade, acurada? Será que Paul quis, calculista, usar o meu livro como artifício para modelar o mito dos Beatles como ele achasse melhor? Ou será que Macca estava simplesmente tirando sarro de mim só para se divertir?

No fim das contas, não importa mesmo. A palavra de Paul é a palavra de Paul, e não temos escolha a não ser tomá-la como um evangelho.

PAUL McCARTNEY: Morri no dia 7 de julho de 1957, e foi John Winston Lennon quem me matou. Quando você fala isso, colocando o preto no branco assim — ou no estilo "ebony and ivory", se preferir —, parece horrível, não é mesmo? Imagine isso como uma manchete do *London Times* em letras maiúsculas em negrito: LENNON ASSASSINA MCCARTNEY. Mas foi isso o que aconteceu. E acho que, quando você para e pensa sobre o assunto, *foi* bem horrível mesmo.

Nós nos conhecemos no dia anterior, John e eu, no dia 6 de julho. Os Quarrymen estavam dando um show na igreja de St. Peter, e nosso amigo em comum, Ivan Vaughan, me disse que eles eram uma bela e pequena banda, e, como não existiam muitos músicos bons, muito menos bandas boas, em Liverpool, entrei no ônibus para Woolton e fui até lá.

Bem, eu já tinha visto alguns mortos-vivos antes — um de nossos vizinhos na Forthlin Road, a propósito, era um mediano —, mas nenhum tão jovem ou que parecesse tão saudável quanto John. Os zumbis que conheci tinham a pele horrível, simplesmente horrível. Você sabe, alguns avermelhados, outros esverdeados, alguns com lágrimas azuis permanentes sobre as bochechas. Mas John não era assim. Ele brilhava. Verdade seja dita, era um brilho acinzentado, mas era impressionante mesmo assim.

Depois do show dos Quarrymen — que, humm, não foi tão ruim assim —, peguei um violão emprestado (acho que era do John) e toquei para ele uma canção de Eddie Cochran chamada "Twenty Flight Rock". Ele olhou para mim e disse:

— Uau.

Foi apenas isso. Só uau. Foi provavelmente a única vez que o vi ficar sem palavras. E ainda acredito que, se não estivéssemos em público, ele com certeza teria me assassinado bem ali.

Não sei se ele estava pensando em me dar uma simples mordida de transformação ou em arrancar cada membro do meu corpo, mas aquela expressão nos olhos me dizia *quero você morto rápido, cara.* O que me leva a dizer isso? Bem, humm, eu *morri* rápido. *Muito* rápido. Dezoito horas depois, para ser exato.

JONH LENNON: É claro que eu queria Paulie morto. Qualquer um que tocasse guitarra tão bem deveria ou ser da minha banda ou comer vermes a sete palmos. Ou os dois.

PAUL McCARTNEY: Quando terminei a canção de Eddie Cochran, John me convidou para levar o meu violão a Mendips no dia seguinte, e eu disse sim, quero dizer, ele parecia ser um sujeito legal, sabe, e Ivan falou bem dele, então, por que não? Imaginei que fôssemos tocar algumas músicas, dar algumas risadas e eu voltaria para casa. Nunca nem considerei a possibilidade de um ataque. Um monte de pessoas ouviu John me convidar e, se eu desaparecesse, todo mundo saberia quem era o responsável.

Fui até lá depois do café da manhã. John atendeu a porta usando uma camisa xadrez azul e branca e aqueles óculos grossos e desengonçados que tinha recebido do oftalmologista. Ele me puxou pelo cotovelo — quase deslocando meu ombro no processo. — e me arrastou com o meu violão até o quarto.

Depois disso, as coisas aconteceram depressa.

JOHN LENNON: Rod Davis não queria que eu aplicasse o Processo nele. Nem Lenny Garry, ou Colin Hanton, ou John Duff Love, ou Eric Griffiths, ou qualquer daqueles outros caras que passaram pelos Quarrymen. Pete Shotton ficou tão ofendido quando lhe perguntei se podia executar o Processo nele que achei que ia largar a banda e arrumar um emprego, só para poder ter dinheiro para comprar uma arma e um punhado de balas de diamante. Nenhum dos Quarrymen quis, nenhum dos meus amigos da escola quis, e eu ia ficar sozinho. Era desolador, porque sabia que, quando chegasse o ano de 2040, quando eu tivesse 100 anos, nem mesmo no auge da minha morte-vida, não haveria nem um dos meus amigos de Liverpool por perto para tocar comigo. Paul não era um amigo ainda, mas parecia um bom rapaz e era um excelente guitarrista, melhor do que qualquer um das redondezas, e Ivan tinha falado bem dele; então, por que não?

PAUL McCARTNEY: John não me contou todos os detalhes da minha transformação até, humm, acho que 1962, mas não tenho certeza se o relato dele é muito confiável, porque, quando você está no frenesi de sugar cérebros, as coisas podem ficar meio nebulosas. Até hoje não sei o quanto do que sei sobre aquela tarde é verdade.

JONH LENNON: Eu não ia enrolar. Não ia correr nenhum risco. Nada de mordidas casuais. Nada de transferência de fluidos displicente. Decidi que Paul era o cara que podia me ajudar a conquistar o mundo, e, se fosse transformá-lo, eu ia transformá-lo *direito*. Acho que exagerei um pouco, mas sabia que só teria uma chance e, como dizem por aí, melhor prevenir do que remediar. No fim das contas, tudo acabou saindo perfeito.

Com o Processo Liverpool, quando você está transformando alguém, não precisa dar uma mordida muito grande; a entrada só precisa ser suficiente para caber sua língua e, como nós, liverpudianos mortos-vivos, podemos fazer nossas línguas ficarem tão finas e compridas quanto espaguete, isso não é um problema. Você não precisa levar nem um pouco da pele da vítima, mas com Paul, como eu disse, não quis correr nenhum risco, então minha ideia era tirar pele, veias e músculo, aos montes.

PAUL McCARTNEY: A última coisa de que me lembro com certeza foi John pulando da cama e então se jogando para cima de mim, como se estivesse mergulhando em uma piscina. E nesse caso, eu, o querido amigo, era a piscina, para se ter uma ideia.

JOHN LENNON: Pulei da cama, paralelo ao chão, e caí bem em cima de Paulie. É claro que mirei diretamente no pescoço, porque, de tudo que eu tinha escutado, a abordagem do pescoço primeiro funcionava havia mais de um século; então, por que mexer em time que está ganhando?

Abri minha boca tanto quanto consegui e arranquei um pedaço do tamanho de um brioche do pescoço dele. Quis manter o brioche intacto para poder colocá-lo de volta na ferida; dessa forma, nenhuma parte do coquetel zumbi escaparia. Cuspi a coisa briochenta na minha mão e a coloquei gentilmente no chão — me movendo muito rápido, claro, para Paul não perder muito sangue — e fiz toda aquela coisa tradicional de passar a língua pelo ouvido até o cérebro, pegar o suco cerebral, blá-blá-blá. Guardei o líquido na minha bochecha direita, o que não era exatamente agradável, mas não era *des*agradável também. Então, depois de cuspir um pouco da minha gosma dentro de Paulie, peguei o Sr. Brioche, o enfiei de volta no buraco e o selei com a língua, como se estivesse lambendo um envelope. Eu nunca tinha feito essa coisa de lamber antes — e também nunca soube de ninguém que tivesse feito isso —, mas, de alguma forma, bem fundo na minha intuição, eu sabia que aquilo ia funcionar.

Mas ainda tinha sobrado um pouco de gosma. Por isso, fiz o negócio do braço.

PAUL McCARTNEY: Não são muitas as pessoas que sabem disso, mas eu era destro antes daquele dia no quarto de John.

JOHN LENNON: Meu pensamento foi *melhor prevenir do que remediar*, assim, por que não pegar a sobra da gosma e cuspir no buraco do braço?

É justo dizer que, em 1961, eu já tinha me tornado um especialista em remover e reatar membros. Mas isso foi em 1957, a primeira vez que tirei o braço de alguém que não fosse eu mesmo e, pensando nisso agora, esteticamente fiz um trabalho porco, simplesmente horrendo. Parte do problema foi a indecisão: não conseguia me decidir se arrancava seu braço no cotovelo, perto de uma articulação ou no meio do músculo. Depois de um minuto ou dois deliberando, rasguei a jaqueta preta de Paul e parti para uma amputação no cotovelo. Não sabia por que, realmente. Instinto, imagino. Natureza zumbi, acho. Quem vai saber, porra? De qualquer forma, acabou sendo a escolha ideal para os meus propósitos, mas, sério, foi pura sorte; eu poderia facilmente ter tentado uma amputação no ombro.

Paul começou a jorrar como um maldito gêiser — um esguicho foi parar no teto, e Tia Mimi não ficou nem um pouco feliz com aquilo —, e, como estava meio extenuado, não me preocupei muito em ser caprichoso quando cheguei à parte da amputação, que acabou ficando em zigue-zague. Se fosse quatro anos depois, teríamos hoje um rasgo uniforme e uma linha de reatamento praticamente invisível, mas eu era novo naquele tipo de coisa. (Devo mencionar que só porque aprendi a amputar com cuidado, não quer dizer que eu sempre *fiz* com cuidado. Algumas vezes o capricho não conta. Às vezes o desleixo é necessário.)

Coloquei o antebraço com a mão de Paul onde tinha deixado o brioche antes; envolvi o cotovelo dele com a minha boca e soprei o resto dos sucos para dentro do seu braço. Para finalizar, contorci minha língua em volta do úmero e, passando pelo bíceps, cheguei à clavícula. Afinal de contas, tinha que ter certeza de que nem um pouco daquele fluido precioso pingaria, porque eu não queria que um músico brilhante como Paul fosse um bom zumbi — queria que ele fosse um zumbi fodão.

Reatei seu braço e lambi para selar. Depois fui até a cozinha, peguei uma garrafa de xerez, tomei um bom gole que passou direto pelo buraco no céu da minha boca e foi para o meu cérebro, me deixando instantaneamente anestesiado, e me sentei à mesa. Cruzei os dedos e torci para que tivesse dado certo.

Dez ou quinze minutos depois, voltei ao meu quarto e lá estava Paul em posição fetal, roncando loucamente, chupando o dedo, parecendo descansado, contente e um pouco acinzentado.

Coloquei a mão na testa dele. Estava gelada. Sucesso. Paul McCartney estava totalmente morto-vivo.

PAUL McCARTNEY: John costuma afirmar que mudou as cordas do meu violão para se ajustar a um canhoto enquanto eu estava apagado, mas não acredito nisso nem por um segundo, porque não estou totalmente convencido de que ele se lembrava de que eu era destro para começar.

JOHN LENNON: Por que diabos eu deveria me lembrar se ele era destro ou canhoto? Eu só o tinha visto tocar uma porra de uma música e foi logo depois do show dos Quarrymen, e, depois da maioria dos shows, minha cabeça ficava nas nuvens. Cara, se Paul tivesse uma tromba de elefante no lugar do nariz, eu não teria notado.

O fato é: não mexi no violão. Foi Paulie quem mexeu. E ele fez isso no exato momento em que abriu os olhos. Dava para ver que ele não tinha ideia do que estava fazendo enquanto fazia. Suas mãos estavam trabalhando nos acordes por conta própria, e elas se moviam tão rápido que tudo ficava borrado. Essa visão ficou na minha mente. Como ele sabia que tinha virado canhoto, eu não fazia ideia. O impressionante é que ele tocava ainda melhor assim, portanto, tomei uma decisão acertadíssima.

PAUL McCARTNEY: John diz que depois que recuperei a consciência, tocamos blues por seis ou sete horas. Nisso eu consigo acreditar, porque lembro que, quando acordei na manhã seguinte, meus dois dedos indicadores estavam sob meu travesseiro.

Foi o momento em que percebi que não estava mais vivo. E não fiquei nem um pouquinho feliz com aquilo.

•

Lennon alega que não se lembra de ter matado nenhum de seus vizinhos de Mendips, mas também não se lembra de não tê-los matado. Não duvido dele: sabendo que ele comeu, transformou ou feriu mortalmente milhares e milhares de pessoas, é compreensível que se esqueça (ou apague da memória) de um punhado de assassinatos caprichosos da infância.

Mas as estatísticas não mentem: das 88 pessoas que viviam no raio de um quarteirão de Mendips, por volta de 1957, 82 delas estão mortas. E dos 79 atestados de óbito que consegui encontrar, 63 deles citam a causa da morte como "desconhecida" e, em quatro desses casos, a única parte identificável dos corpos descobertos eram os dentes da vítima. Isso é indubitavelmente o trabalho de um zumbi muito, mas muito poderoso. John Lennon não era o único zumbi da área, mas era certamente o mais forte. Faça as contas.

Três anos mais novo do que seu antigo vizinho John Lennon, Lawrence Carroll é uma das moradoras de Menlove Avenue que sobreviveu para contar a história. Um fã leal dos Beatles e autoproclamado "intrometido", Lawrence cresceu na esquina da Menlove com a Vale Road, a apenas alguns metros de Mendips. A família se mudou para Brownlow Hill no começo daquele outono fatídico, o que provavelmente explica por que ele ainda estava entre os vivos quando falei com ele no Bramley's Café em Liverpool, em maio de 2002.

LAWRENCE CARROLL: Eu era meio gorducho e nada atlético quando era criança e não tinha muitos amigos, por isso passava a maior parte do meu tempo andando pelo bairro e *observando*. Eu era um espectador, imagino que se possa dizer. Ficava escondido atrás de árvores, arbustos e carros e gostava de fingir que era repórter de jornal ou espião. Sempre fazia anotações em um bloco de papel, mas quase nunca via algo de interessante. Tirando as confusões periódicas de John Lennon, a única coisa que me impressionou foi o casal que peguei em *flagrante delicto* no banco de trás de um AC Ace Bristol Roadster prateado.

No dia 8 de julho de 1957, um garoto que hoje sei que era Paul McCartney tomou seu caminho pela Menlove até a casa dos Lennon. Ele estava tentando correr, mas não parava de tropeçar; era como se suas pernas não conseguissem acompanhar a parte de cima do corpo. Tive a impressão de que o case de violão que estava carregando atrapalhava a velocidade, e não conseguia entender por que ele simplesmente não o largou se estava com tanta pressa. Não era como se alguém do bairro fosse se importar em roubar aquilo. Qualquer pessoa menos John Lennon, claro.

Paul estava gemendo tão alto que a Sra. Leary, que morava a três casas dos Lennon, colocou a cabeça para fora da janela e lhe disse para acabar com aquele alvoroço infernal. Assim que viu que ele era um morto-vivo, ela fechou a janela com força. Não a culpo, porque também fiquei com medo. Mas um bom jornalista ou um espião genuíno não fugiria de um zumbi adolescente; então fiquei onde estava. É verdade que eu estava agachado atrás de um arbusto cerrado, onde não podia ser visto, mas pelo menos não fugi.

Paul batia com o case da sua guitarra contra a porta da casa dos Lennon incessantemente e gritava:

— Venha aqui fora, John Lennon! Venha aqui neste exato momento! Venha aqui fora para ver o que é bom para tosse!

E ele gritava *alto.*

JONH LENNON: Paulie não era um morto-vivo nem há vinte e quatro horas, não tinha como saber que suas cordas vocais estavam consideravelmente mais fortes do que no dia anterior. Coloquei o corpo para fora da janela do quarto e joguei um dos meus livros da escola em sua cabeça; falei para ele calar a boca e que desceria assim que botasse uma camisa.

Eu nunca saía de casa sem camisa naquela época. Alguns zumbis têm muito cabelo no peito, e eu era um deles, e aquilo era vergonhoso. Nunca passou pela minha cabeça me depilar, até que minha primeira namorada, Thelma Pickles, me deu uma navalha no meu aniversário. O pelo crescia mais rápido do que os cabelos da minha cabeça, então eu tinha que raspar uma ou duas vezes por semana... mais uma razão por que ser morto-vivo não é tudo isso que parece.

PAUL McCARTNEY: Quando aquele livro bateu na minha cabeça, senti raiva, sério. Nunca tinha sentido raiva de verdade antes — talvez alguma irritação leve, ou um pouco de frustração —, mas comecei a ver as coisas em vermelho, depois em azul, então em roxo e assim por diante. Literalmente. Se alguém aparecesse no meu caminho naquele exato momento, garanto que o teria machucado. Feio.

LAWRENCE CARROLL: Parecia que os gritos penetrantes de Paul emanavam de um ponto no meio do meu cérebro. Se alarmes de carro existissem naquela época, todos os carros em um raio de 5 quilômetros estariam buzinando ou piscando como loucos.

John finalmente apareceu na porta da frente, graças a Deus, porque, com toda aquela comoção, o schnauzer do vizinho parecia que ia ter um ataque cardíaco. Paul soltou um rugido ininteligível e bateu com o case da guitarra contra o lado da cabeça de John. Então — e se eu não tivesse visto com os meus próprios olhos, nunca teria acreditado — a cabeça dele voou por cerca de 10 metros e bateu em um poste de luz. Ele estava gritando *"Ahhhhhhhhh"* o tempo todo, e, quando seu grito se misturou ao rugido de Paul, era ensurdecedor, mas, ao mesmo tempo, de uma forma estranha, encantador. Imagine o final de "Twist and Shout" sendo tocado por dez mil caixas de som, todas ligadas na potência máxima, e você vai ter uma ideia dos sons lindos, mas terríveis, que experimentei naquele dia quente de verão. Meu ouvido esquerdo começou a sangrar e gritei:

— Calem a boca, calem a boca, calem a boca!

Só que, naturalmente, eles não conseguiam me ouvir por causa do som dos seus gritos harmonizados.

John começou a correr como uma galinha com a cabeça decepada — ou um zumbi com a cabeça decepada, para ser mais exato. Sua boca continuava a gritar, por isso imagino que suas cordas vocais não tivessem se partido, mas não sei nada sobre a anatomia dos mortos-vivos, o que quer dizer que talvez zumbis não possam ficar com as cordas vocais partidas. De qualquer forma, me pareceu que Paul estava prestes a bater em John com o case novamente, mas, antes que ele pudesse ao menos levantá-lo, o braço direito do corpo decapitado de John arrancou o próprio braço esquerdo e bateu de forma selvagem com ele em Paul. De alguma forma, sabe-se lá como, o John sem cabeça conseguiu acertar outro golpe e Paul caiu, e caiu *feio*. O corpo de John ficou passando a mão cegamente no chão até achar sua cabeça, então correu para dentro, segurando a cabeça como se fosse uma maldita bola de rúgbi. Paul estava caído de bruços na calçada, segurando o que parecia ser um par de salsichas.

PAUL McCARTNEY: Eu estava carregando meu violão com a mão esquerda e os meus dois dedos indicadores com a direita, segurando aqueles dedos com toda a minha força. Quando me lembro daquilo agora, dou risada, sabe, porque reatar dedos — ainda mais os indicadores — é a coisa mais fácil que se pode imaginar.

JOHN LENNON: Queria colar minha cabeça de volta da mesma forma que tinha fechado os ferimentos de Paul no dia anterior, mas, como aprendi de imediato, quando a cabeça de um zumbi de Liverpool está separada do corpo, ela perde a habilidade de mudar o tamanho e formato da língua, até que os músculos extrínsecos voltem aos seus lugares. Depois que entrei em casa, procurei o kit de costura da tia Mimi, dei alguns pontos dignos de um amador e, *voilà*, uma cabeça de volta para o bom e velho Johnny, quase tão boa quanto uma nova.

LAWRENCE CARROLL: Quando John voltou para a rua cerca de dez minutos depois, Paul estava sentado no chão com as pernas dobradas como se estivesse meditando, ou algo do tipo, olhando para o case do seu violão. Eu já tinha certeza de que ele era um morto-vivo àquela altura, porque, se ele fosse um mortal comum, não teria chance de sobreviver após ter sido golpeado na cabeça por um braço de zumbi que tinha sido balançado a cem quilômetros por hora.

John ficou de cócoras ao lado dele e apoiou o braço ao redor dos ombros de Paul. Me aproximei um pouco para escutar o que eles estavam falando. John era quem mais falava, porque Paul soluçava muito forte. John disse:

— Olha, amigo, eu mal te conheço, você mal me conhece, e quem sabe se vamos gostar um do outro na semana que vem, ou no ano que vem. Mas você é um guitarrista e vocalista fodão, e eu também sei cantar e tocar um pouco, e a pior coisa que pode acontecer agora é que poderemos tocar juntos por toda a eternidade. Quando dominarmos o mundo, você vai me agradecer.

Eu entendi, naquela época, que, quando ele mencionou dominar o mundo, quis dizer dominar as paradas de sucessos.

PAUL McCARTNEY: Ele podia ter perguntado antes. Teria sido legal ter algum tempo para me preparar mentalmente. Tudo o que John precisava fazer era perguntar "Quer viver para sempre, cara?" Eu provavelmente teria respondido que sim.

LAWRENCE CARROLL: Então Paul soltou seu gemido agudo, em falsete, que levou o schnauzer à loucura outra vez. Aí John gemeu ainda mais alto, e eles seguraram por um bom tempo. Foi quase hipnótico. A vez seguinte em que ouvi aquele som lindo foi quando os dois harmonizaram no segundo *please* no primeiro refrão de "Please Please Me".

PAUL McCARTNEY: Minha família não ficou muito feliz em ter um jovem morto-vivo na mesa do café da manhã, sabe, mas eles disseram que eu podia continuar morando em casa, contanto que não sorvesse o cérebro de ninguém no meio da noite. Disse a eles que podiam confiar em mim.

•

Como ele é um homem que passou por numerosas transformações físicas, metafísicas e espirituais, não é nenhuma surpresa que qualquer conversa com George Harrison vá para o lado emocional. Em um minuto ele está enaltecendo os prazeres de se sentar no topo de uma montanha do vale de Zanskar, estudando meditação transcendental com um guru translúcido chamado Kamadeva Kartikeya (que, para aqueles de vocês que se importam, é traduzido como "Deus do Amor/Deus da Guerra"), então, logo, está falando com todo sarcasmo sobre seus anos como um Beatle, um período a que ele repetidamente — e, algumas vezes, de forma irritante — se refere como a Mania.

Dito isso, George é quase tão honesto quanto John Lennon, apesar de ser menos tagarela e de ter um nível de angústia significantemente mais baixo. Outra similaridade que ele tem com John: George me fez passar alguns maus bocados antes de concordar em dar um depoimento formal... só que seus bocados eram — hummm, como posso explicar com precisão? — sádicos. E quero dizer sádicos como me obrigar a tomar uma pílula de ácido do tamanho de uma ficha de pôquer, e meditar plantando bananeira por vinte e quatro horas seguidas enquanto recitava o mantra "Chiffons vão para o inferno, o inferno pros Chiffons".

Por sorte, passei no teste de drogas e meditação de George; então, em agosto de 2006, ele me convidou para passar três semanas em Friar Park, sua mansão vitoriana de mais de cem quartos perto de Henley-on-Thames. Infelizmente, durante a maior parte da minha estadia, Harrison estava na Índia fazendo toda aquela coisa de limpar a cabeça, por isso consegui apenas seis horas de material gravado. Por sorte, ele deixara de ser vegetariano e recentemente tinha feito um banquete com os cérebros de dois tigres e uma raposa de Bengala e, com toda aquela proteína flutuando em seu sistema, o adequadamente denominado Beatle quieto estava focado e cheio de energia.

Devo chamar a atenção para o fato de que, apesar de não ter sofrido nenhuma violência nas mãos do Sr. Harrison, fui esfaqueado em três ocasiões distintas por três intrusos diferentes. (Aparentemente, intrusos com facas têm sido um problema em Friar Park desde 1999.) Meus ferimentos foram mínimos, porque fui capaz de retaliar com algumas estrelas ninjas que eu tinha recebido de presente pouco antes. Já falei isso anteriormente e falarei novamente: obrigado, Ringo!

GEORGE HARRISON: Para mim, a Mania começou rápido. Um dia, eu estava falando com Paul McCartney sobre como eu tinha aprendido a tocar a canção "Raunchy", de Bill Justis. No outro, ele estava soprando fluido cerebral no toquinho cônico onde meu dedão do pé costumava ficar e eu passei a fazer parte dos Quarrymen.

PAUL McCARTNEY: Pareceu estranho John não querer transformar George, sabe? Ele sabia que George era um grande guitarrista, melhor do que qualquer um com quem ele tinha tocado, incluindo eu. Além disso, ele ficava bem no palco e era um cara legal, mas, humm, John não quis saber de matá-lo. E nunca me deu uma explicação satisfatória.

JOHN LENNON: George era muito novo. Só isso. Depois que reanimei Paul, prometi não transformar ninguém com menos de 17 anos novamente. Eu já tinha quase 20 àquela altura, e matar um adolescente me parecia errado. Mesmo que pedissem por isso.

E Georgie pediu e pediu e pediu.

GEORGE HARRISON: É, acho que se pode dizer que importunei John para me transformar. Meu argumento costumava ser: "Você matou tantas outras pessoas. Por que não pode me matar?" Depois de alguns meses, desisti e fui atrás de Paul.

PAUL McCARTNEY: Fiquei feliz de fazer aquilo por George, e teria largado tudo o que estava fazendo para transformá-lo o quanto antes... mas eu nunca tinha transformado alguém. Nunca tinha nem considerado a ideia, sabe?

Naquele tempo, eu tinha duas opiniões sobre a minha situação de morto-vivo. Por um lado, a ideia de estar em uma banda com John até o fim dos tempos parecia bacana e tudo mais, contudo, por outro lado, eu raramente usava o que John chamava de meus "poderes de zumbi", então algumas vezes achava que aquilo tudo era sem sentido. Ah, claro, hipnotizei uma gata ou outra, mas apenas garotas que eu sabia que queriam ficar comigo. Era mais uma questão de acelerar o processo do que de me aproveitar.

GEORGE HARRISON: Paul me transformou em meu quarto, e foi constrangedor, no mínimo. Foi como ir a um encontro às escuras, desde a falta de assunto até as insinuações elípticas.

Ele disse:

— E então?

E eu repeti:

— E então?

E ele, de novo:

— E então?

Respondi:

— E então?

Aquilo durou algo em torno de cinco minutos, até que falei:

— Humm, você acha que podemos começar?

Paul comentou:

— Começar seria uma boa. Como você quer?

Eu falei:

— Bem, Paul, sou novo nesse tipo de coisa. Como *você* quer começar?

Ele esclareceu:

— Não sei. Também sou novo nesse tipo de coisa, sabe?

Aquilo durou outros cinco minutos. Nenhum de nós, em momento algum, falou as palavras *zumbi* ou *morto-vivo*.

Finalmente pedi:

— Qual é, Paul, apenas me morda de uma vez.

Ele foi direto na direção do meu pescoço. E foi muito delicado. Quase não senti nada, e como não falei "Ai!" ou algo assim, ele perguntou:

— Você acha que deu certo?

Eu falei:

— Não faço ideia, cara.

Estava me sentindo tonto e estranho, mas podia ser por causa da perda de sangue.

Paul continuou:

— Não quero correr nenhum risco, então vou tentar um negócio.

PAUL McCARTNEY: John pode ter me dito sobre a coisa do dedo do pé, mas também existe a possibilidade de ter aparecido em um de meus sonhos sobre ovos mexidos.

GEORGE HARRISON: O mundo começou a se fechar sobre mim, e a última coisa da qual me lembro antes de acordar morto-vivo foi Paulie dizendo:

— Tira o sapato, cara.

PAUL McCARTNEY: Na hora em que comecei a trabalhar no dedão do pé de George, ele estava pelo menos *um pouco* morto-vivo, porque o dedo saiu na minha boca como se fosse um pedaço de chocolate — e quando comparo o dedo do pé de George Harrison a um chocolate, estou apenas me referindo à consistência, não ao sabor. No quesito, o dedão não se parecia nem um pouco com chocolate. A verdade é que um dedo do pé semizumbificado tem gosto de uma combinação de meias suadas e azedas, assa-fétida em pó aquecida e, naturalmente, carne humana podre.

No fim, tudo acabou dando certo — como todos sabem, George se tornou um excelente zumbi e tal —, mas nunca mais mordi um dedo do pé, de zumbi ou não.

GEORGE HARRISON: Ninguém ficou chocado quando apareci morto-vivo. E todos presumiram que tinha sido John, porque toda Liverpool pensava nele como o tipo de cara que mataria e reanimaria os companheiros de banda com toda a tranquilidade. Não dissuadi ninguém daquela ideia que tinham dele; John também não. Mesmo naquele tempo nós percebíamos o valor da mística.

Por algumas semanas tive os mesmos problemas que todo guitarrista zumbi tem logo após a transformação —

perda aleatória dos dedos. Eu trocava de um mi menor para um lá maior, e, no momento seguinte, *ploc*, o meu anelar esquerdo estava caído aos meus pés. Eu tocava um solo complicado, e, *ploft*, lá se iam meu polegar e indicador da mão direita, ainda segurando a palheta. Precisei praticar um pouco, mas acabei conseguindo manter as coisas a maior parte do tempo sob controle. Ainda assim, de vez em quando me esquecia e tocava um acorde com mais força e a minha mão inteira se soltava. Isso acontece até hoje. Velhos hábitos são difíceis de mudar. Clapton tem o mesmo problema.

De modo geral, as coisas continuaram como sempre foram: escola, amigos, família, música. Sim, comi algumas pessoas aqui e ali — eu não tinha escolha; cérebros eram a única coisa que preenchiam o furioso e ardente buraco em minha barriga —, mas, acredite em mim, não matei ninguém que não merecesse.

•

Em 1958, John começou seu segundo ano infeliz na Liverpool College of Art. Sentia-se frustrado porque a banda não estava decolando tão rápido quanto ele gostaria, e o corpo docente e os alunos da LCA não pareciam muito entusiasmados com seu estado vital. Foi uma época complicada para John, mas, engenhoso como sempre, ele tirou o melhor que conseguiu da situação.

Em julho de 1998, o antigo colega de turma, William Norman, e o velho professor de pintura, Dr. Forrest Stephens, conversaram comigo sobre as dificuldades de Lennon em relação a uma convivência compreensível.

WILLIAM NORMAN: Não era como se não estivéssemos carecas de saber que ele era um morto-vivo. Caramba, o rapaz exibia sua zumbitude com orgulho, se arrastando e gemendo pelo campus como se fosse William Baskin ou Robert Cherry. Nós todos sabíamos muito bem que ele conseguia falar normalmente e andar rápido, mas ele insistia em esfregar sua encenação na nossa cara. Era quase como se ele quisesse que a gente tivesse medo dele.

John era um ilustrador talentoso, mas sua escolha de temas era um pouco limitada. Quase tudo que ele desenhava era mórbido: cemitérios com lápides elaboradas, cadáveres mutilados, cabeças humanas com corpos de insetos e coisas assim. De vez em quando ele desenhava algo relacionado a música ou história, e acho que me lembro de quando ele preparou um tipo de revista em quadrinhos; mas a maior parte de seu trabalho era repugnante, simplesmente repugnante.

DR. FORREST STEPHENS: Quando o assunto era pintura, o jovem Lennon possuía mais talento em seu pequeno dedo cinzento do que noventa e cinco por cento dos meus alunos, mas ele apresentava dificuldade para se concentrar. Durante a aula, tendia a viajar por minutos a fio. Tenho uma memória nítida dele de pé, sem se mover, em frente a um cavalete, olhando pela janela e ainda segurando o pincel molhado, com tinta vermelha pingando nos sapatos: ping, ping, ping, ping, ping. Era uma cena tão brilhante que fiquei imaginando se ele estava fingindo.

JOHN LENNON: É claro que eu estava fingindo. Todos aqueles esnobes da escola, sem exceção, eram racistas. Eles todos cresceram em bairros bacanas, em casas bacanas, com pais bacanas e tinham amigos e contas bancárias também bacanas, então Deus os livre de socializar com pessoas como eu. Deus os livre de sujar um pouco as mãos. Eu era diferente. O de fora. Eu era um alien, e não se pode esquecer que *alien* é a primeira metade da palavra *alienado*. Então, sim, passei a maior parte dos meus quatro anos naquela merda de escola totalmente sozinho.

A única coisa boa que saiu daquela experiência toda foi conhecer Stu.

•

O amigo de faculdade de Lennon, Stuart Sutcliffe, morreu em 1962 de uma hemorragia cerebral. Ou será que não?

Considerando o quanto os dois artistas e parceiros se respeitavam e — vamos apenas dizer que — se amavam, e levando em conta o hábito de John Lennon de assassinar e reanimar aqueles mais próximos a ele, não é nenhuma surpresa que especialistas em Beatles ao redor do mundo tenham teorizado por tanto tempo que Stuart Sutcliffe continuou a se arrastar por este mundo cruel depois de 1962. Infelizmente, nenhum deles tinha os meios, as conexões ou os recursos financeiros para fazer a pesquisa de campo. Foi aí que entrei no jogo.

Lennon foi estranhamente evasivo quando perguntei se Sutcliffe ainda estava por aí: "Nada a declarar, cara. Você está sozinho nessa." Quando fiz pressão sobre o assunto, John me deu uma raquetada na cabeça que me fez voar em sua sala de estar. Depois de limpar o sangue do meu rosto e fazer um curativo desleixado no nariz quebrado, mudei de assunto e gravei na memória para nunca mais mencionar Sutcliffe na presença de Lennon.

Então, no outono de 1999, eu estava de partida para a Alemanha para o primeiro de meus três encontros com Astrid Kirchherr, fotógrafa/estilista/adoradora dos Beatles desde o começo e noiva de Sutcliffe na época de sua suposta morte. Quando a conversa passou à, digamos, situação atual de Stu, Astrid foi educada, mas vaga. Ela insinuou que havia uma possibilidade de ele ainda estar por aí, mas não deu nenhuma pista concreta. Imaginando que Lennon estava certo — que eu estava sozinho nessa —, segui um palpite e tomei o que alguns poderiam achar que era uma decisão questionável: embarquei para Liverpool, comprei a maior pá que consegui achar, peguei um táxi até o cemitério da igreja de Huyton e desenterrei o caixão de Stu.

Acabou que meu palpite foi certeiro: a morte de Stuart Sutcliffe foi uma não morte, uma elaborada obra de arte performática. Seu caixão estava vazio, a não ser por um cartão que dizia "Provavelmente em Ibiza, vivendo a eterna vida noturna. Tá-dá!" Baseado no bilhete de duas frases, minha intuição me disse que Stu tinha sido transformado em um vampiro. Depois do que vi durante os vários anos anteriores, alguém usar o método de Bram Stoker em Sutcliffe parecia uma conclusão lógica. Acabei descobrindo que minha intuição estava certa.

A comunidade de vampiros de Ibiza é bastante cordial — porra, se você pudesse passar a eternidade curtindo no paraíso, do crepúsculo até a alvorada toda noite, você também seria uma pessoa empolgada —, e não tive nenhum problema em achar o Sr. Sutcliffe. Depois de contar uma história sucinta, sarcástica e evidentemente falsa sobre como ele foi transformado de humano em sugador de sangue ("John conhecia um cara, que conhecia um cara") e maliciosamente explicar por que foi para o submundo ("Estava tentando evitar jornalistas — tipo, desses como você"), Stu comprou pra mim uma das melhores refeições que já comi — o assim chamado martíni de sangue era um pouco assustador, mas, quando em Ibiza, aja como os locais —, e falou até o sol nascer sobre sua breve experiência com a banda de alegres zumbis deslocados de John.

STUART SUTCLIFFE: Eu não sabia tocar nadica de nada de baixo, o que levava Paul "Sr. Perfeccionista" McCartney à loucura. Sim, algumas vezes eu tocava meio tom desafinado, mas e daí? Onde está escrito que só porque todos os outros estão tocando em mi, o baixista não pode tocar em mi bemol? *Em lugar nenhum*, isso sim. Tudo bem, estou brincando. Eu não sabia tocar nada mesmo, mas a atitude de John era: você é bonito, se veste bem, e, sinceramente, não conseguimos encontrar ninguém mais que a gente suporte, então bem-vindo a bordo.

Algumas vezes, depois que terminávamos um ensaio, eu ficava na porta ouvindo John e Paul terem umas discussões intermináveis sobre mim. John dizia coisas como:

— Unidade da banda, cara. Todos pelos zumbis, e os zumbis por todos. Toppermost of the Poppermost.

Paul se exaltava:

— Que porra é essa de "Poppermost"?

John dizia:

— Não se preocupe com isso. Escute só, vou transformar Stu.

Então Paul respondia:

— Não. Não faça isso. Precisamos de *alguém* no grupo que tenha sangue correndo nas veias. A plateia tem que ter uma pessoa no palco... apenas *uma*... de quem não tenham medo, sabe?

No que John argumentava:

— Stu é bonitão. Ninguém vai ter medo dele, morto ou vivo.

Sinceramente, ele estava certo sobre isso. Ninguém *nunca* teve medo de mim. Até agora, mesmo quando estou tentando sugar o sangue de alguma pobre alma, eles sempre falam: "Ei, Stu, está bonito, hein?! Pálido na medida e tal, hein?! Tem falado com Johnny Moondog ultimamente?" Por que você acha que eu sempre uso óculos escuros? Eles adicionam um pouco de mistério, irmão... e talvez um pouco de medo.

E então, um dia — era uma tarde de domingo, lembro —, Paul abriu seu coração:

— O homem não sabe tocar, John. Se você transformar Stu em zumbi, vamos ficar presos a ele, você sabe. Para sempre.

Obviamente não sabiam que eu estava escutando escondido.

John falou, todo quieto:

— Não tenho problemas quanto a isso, irmão. Ele é o tipo do cara que eu *gostaria* de ter por perto para sempre.

— É, ele é um cara legal, admito, mas se quiser que essa banda dê certo, se você honestamente, mas honestamente mesmo, quiser dominar o mundo como sempre diz, precisamos ter mais de uma opção. Se ele for um morto-vivo, vai ficar conosco para toda a eternidade, você sabe. Se estiver vivo, podemos nos livrar dele quando quisermos — disse Paul.

Não conseguia mais escutar aquilo, portanto saí da casa na ponta dos pés e fui embora. Música não era minha verdadeira paixão artística — eu era um pintor em primeiro lugar e um baixista em segundo, ou até mesmo em terceiro —, e Paul não era exatamente meu melhor amigo, então eu não estava particularmente preocupado com o que pensava sobre mim. Mas eu o respeitava e ouvi-lo dizer aquilo doeu.

E, por falar nisso, aquela discussão entre Lennon e McCartney em particular levou a um, bem, conflito físico que deixou Paul com uma guitarra rachada e John sem uma orelha... o que foi descoberto por George quando ele escorregou na que faltava no ensaio do dia seguinte.

GEORGE HARRISON: Tentei ao máximo ficar de fora das discussões. John queria Stu na banda, Paul não queria e guardei minha opinião para mim. Para falar a verdade, *ainda* guardo minha opinião.

Aqueles dois discutiam sobre tudo. Depois dos rapazes da Quarry saírem da banda, John quis que nos chamássemos Johnny and the Maggots. Paul disse que de jeito nenhum e que, se John quisesse que fosse Johnny e os alguma coisa ou outra, teria que ser Johnny and the Moondogs, porque tinha ouvido falar que *moondog* era uma gíria americana que queria dizer "piroca enorme de zumbi". Eu, na verdade, me pronunciei daquela vez e tomei o lado de Paulie.

STUART SUTCLIFFE: Devo admitir que Paul gostava de mim o suficiente para me manter na banda até aquela coisa com Larry Parnes. Cara, testemunhar aquela confusão valeu o preço do ingresso.

•

Larry Parnes, um conhecido dono de casas noturnas e empresário musical inglês que modelou as carreiras de adolescentes em destaque com pseudônimos como Duffy Power, Lance Fortune e Dickie Pride, permitiu que John, Paul, George e Stu fizessem um teste em 1960 — não como uma banda própria, mas como apoio para um tal de Ronald William Wycherley, também conhecido como Billy Fury.

O teste aconteceu no Blue Angel, uma casa noturna de Allan Williams, um amante da música que tinha virado empresário dos artistas temporariamente conhecidos como The Moondogs.

Várias bandas de Liverpool e um monte de parasitas estavam no Angel naquele dia, mas apenas um foi capaz de falar sobre o teste formalmente. Lennon, McCartney, Harrison ou Sutcliffe, nenhum deles quis contar o que aconteceu naquela tarde, e Parnes e Fury estavam mortos havia décadas, e quem saberá para que merda de lugar aquelas outras bandas desapareceram? Então, em dezembro de 2003, depois de dúzias de telefonemas, cartas e e-mails não respondidos, não tive outra escolha a não ser me convidar a ir à casa de Allan Williams em Liverpool.

Williams me recebeu na porta com um grande sorriso no rosto e uma espingarda maior ainda apontada para o meu saco. Sabendo que ele era um fã ardoroso de jazz, fui armado com um exemplar de Hard Bop Academy, *a biografia que escrevi sobre o baterista de jazz Art Blakey, publicada em 2001. Com o sorriso se expandindo na hora, Williams pegou o presente, jogou para o alto, apertou o gatilho de sua Remington Express Super Mag e explodiu meu livro como confete; era uma modalidade de tiro ao alvo literário da melhor qualidade. Depois me convidou para entrar, me preparou uma xícara de chá e me contou exatamente o que aconteceu no dia 5 de maio de 1960.*

ALLAN WILLIAMS: Os rapazes tinham feito alguns shows no Jacaranda em Liverpool, mas ninguém prestou muita atenção — ninguém além de mim, claro, porque eu era o único desgraçado na cidade que tinha ouvidos. John e Paul estavam frustrados com a reação pouco entusiasmada, então umas três semanas antes do teste com Parnesy, acho que para aumentar a confiança, fizeram alguns shows em um lugar em Caversham chamado Fox and Hounds. Como eram apenas dois, eles não quiseram usar o nome Moondogs, e John sugeriu que eles se chamassem Rotting

Oozing Fetid Corpses, algo como Gotejantes Cadáveres Putrefatos Fétidos. Felizmente para todos, Paul o convenceu de que Rotting Oozing Fetid Corpses era um pouco longo demais para o letreiro e sugeriu que se chamassem The Nerk Twins, NERK sendo a sigla para Never Eat Road Kill ou Nunca Coma Animais Atropelados. Os dois acharam o nome hilário, mas não entendi. Zumbis têm um senso de humor estranho, era o que eu achava.

Eles tocaram bem para Parnesy no Blue Angel, todos os quatro. Não lembro com qual música começaram — provavelmente alguma música de Buddy Holly ou algum outro blues —, mas o som foi bom, muito bom. Ainda não estavam prontos para tomar o mundo, no entanto, qualquer um, mesmo com o mínimo conhecimento musical — como eu, muito obrigado —, podia dizer que eles tinham *algo*. O garoto Billy Fury, porém, não deu nem um sorriso, mas não acho que os rapazes estavam preocupados com sua opinião. Eu sei que eu não estava, porque o rapaz era, no máximo, semitalentoso. Não, Parnesy era quem eles queriam impressionar. Ele tinha um bom currículo e, se estivesse por trás dos garotos, seria capaz de arrumar alguns shows e alguma grana para eles. E isso me faria ficar bem, muito bem.

Eles terminaram a segunda música, e Parnesy não moveu um músculo. Não balançou a cabeça, não sorriu, não levantou os polegares, não aplaudiu, não comentou sobre Stuart tocar de costas para a plateia, nada. Tudo o que você podia ouvir eram grilos, e não eram grilos como os da banda de Buddy Holly, que se chamava The Crickets. Paul olhou para John, então de volta para Larry, até que engoliu em seco e falou, todo evasivo:

— Humm, o senhor gostaria de escutar mais alguma coisa, Sr. Parnes?

Essa foi a primeira e última vez que escutei Paul aparentemente nervoso.

Antes que Larry pudesse responder, levantei e disse:

— Esperem um pouco, rapazes.

Corri até John e Paul — os cérebros zumbis do grupo naquela época — e delicadamente os levei até um canto, no fundo. Falei para eles:

— Como seu empresário, gostaria de dar uma sugestão de negócios. Recomendo que larguem os instrumentos e façam aquela coisa de hipnose de que vocês sempre falam. *Façam* ele dar o trabalho a vocês. Vocês merecem. Merda, *nós* merecemos.

John olhou fixamente para mim, e, por um minuto, achei que fosse arrancar minha cabeça. Ele disse:

— Escute, Allan, nós nunca, nunca, mas *nunca* mesmo, vamos usar a porra da hipnose para conseguir trabalho. Só vou aceitar um trabalho se formos contratados por mérito. Se Parnes gostar de nós, ótimo; se ele não gostar, ele que se dane, vamos achar alguém que goste.

Falei que se essa era a forma como se sentia, eu o apoiava cem por cento. Já tinha visto o que um zumbi zangado é capaz de fazer e, apesar de querer ganhar uns trocados com esses rapazes, eu não queria morrer fazendo isso.

Todos voltamos aos nossos lugares, e Paul puxou "Bye Bye Love", e, apesar de Stu ter errado nota após nota após nota, eles foram ótimos; em comparação, os Everly Brothers soavam como gotejantes cadáveres putrefatos e fétidos. Billy Fury aplaudiu um pouco, até perceber que Parnesy ainda não estava se movendo, quando então colocou as mãos sobre a mesa e falou:

— Foi razoável, eu acho. — Billy Fury não gostava de contrariar o patrão.

Parnesy foi até o palco e disse:

— Rapazes, rapazes, rapazes, não estou ouvindo, não estou sentindo e não quero isso. — Ele apontou para John e falou: — Você sabe cantar um pouco. — Depois apontou para Paul e George e disse: — E vocês dois sabem tocar um pouco. — Então apontou para Stu e falou: — Já você, não sei que merda está fazendo aqui, cara. Se eu fosse você, tiraria esses óculos escuros, cortaria o cabelo, jogaria esse baixo no rio e procuraria um emprego na farmácia do bairro.

Bem, naqueles primeiros dias não havia nenhum amor entre Paul e Stu, mas ver um de seus companheiros de banda ser esculhambado tirou Paulie do sério. Ele largou seu violão e disse:

— Desculpe, Sr. Parnes? O senhor pode repetir isso?

Parnesy balançou a cabeça:

— Não é necessário. Você ouviu o que eu disse, amigo. Alto e claro.

John largou seu violão muito calmamente — calmamente demais, para meu gosto —, foi até Parnes, segurou a orelha dele entre o polegar e o indicador, levantou-o do chão e falou:

— Paulie pediu para você repetir o que você falou, *amigo*. Se você repetir, talvez eu o deixe viver. Talvez.

Parnes era um bundão filho da mãe que provavelmente não brigava desde a pré-escola, e estava se mijando. Literalmente. George apontou para a parte da frente da calça de Parnesy e disse:

— Olha lá, olha lá, Parnesy fez pipi.

Naquela época, George geralmente ficava calado em público e raramente saía do sério, por isso, para ter aberto a boca, você sabia que ele estava "p" da vida.

John então fez algo pelo qual nunca vou perdoá-lo: ele soltou a orelha de Larry, deixou-o cair no chão, pegou-o pelo pulso, levantou-o, rodopiou-o sobre sua cabeça — rodando, rodando e rodando, como um hooligan com uma bandeira do Arsenal — e depois o jogou para o outro lado da casa, bem sobre o bar, quebrando todas as garrafas de bebida do lugar. Aquilo me custou por volta de 300 libras, o que em 1960 era grana pra caralho. Como eu disse, imperdoável. Mas, se violência era o que meus garotos queriam, eu estava de acordo. Naquela época, eu apoiava estupidamente todas as decisões deles. Se soubesse lá atrás o que sei hoje, poderia ter me livrado daqueles desgraçados bem ali e naquele momento.

E Paul, no que pareceu terem sido três passos, cruzou o salão, segurou Parnesy pelo tornozelo e fez a mesma coisa que John tinha feito: rodopios de bandeira do Arsenal, depois um arremesso. John segurou Larry, e, durante os minutos seguintes, Lennon e McCartney alternadamente chutaram e arremessaram Parnes de um lado para o outro do Blue Angel. Gritei com eles para que tomassem cuidado com os móveis, e eles foram, de certa maneira, respeitosos. Perguntei se queriam alguma ajuda, e eles riram. Escrotos.

Parnesy gritou e gritou e gritou um pouco mais e, finalmente, depois de Paul, acidentalmente de propósito, deixá-lo cair de bunda, disse:

— Certo, certo, vocês estão contratados, estão contratados. Meus garotos vão para uma turnê escocesa. Arrumem um baterista, escolham um nome melhor e vocês podem ser a banda de apoio de Billy Fury.

— Sr. Parnes, com todo o respeito, de forma alguma eles vão ser minha banda de apoio. Não quero morrer, porra! — exclamou Fury.

Parnesy se levantou, sacudiu a poeira e olhou demoradamente para ele. Depois de um momento, disse:

— Entendido. — Ele se virou para os rapazes. — Vocês serão a banda de apoio de Johnny Gentle.

Johnny Gentle era outro cantor medíocre que eu não teria contratado nem para limpar minha bunda.

John falou:

— Excelente. Então está nos contratando por mérito, não é?

Parnes disse:

— Porra, claro que não. Estou contratando vocês porque vão me matar se não contratar.

John pegou sua guitarra no palco e a levantou sobre a cabeça de Larry como se fosse uma marreta, então insistiu:

— Perguntei a você se você... está... nos... contratando... por... mérito. Não é?

Parnes se encolheu e respondeu:

— Claro que estou contratando vocês por mérito, Sr. Lennon. Claro.

John abaixou a guitarra, sorriu e falou:

— Ótimo! Vamos aceitar.

GEORGE HARRISON: Escolher o nome para nossa banda foi uma guerra, e eu não quis tomar parte nisso. Aquele assunto era um barril de pólvora, e, naqueles primeiros dias, eu não dava opinião a não ser que fosse consultado e, mesmo assim, era o mais reservado possível. Você nunca sabia o que tiraria John ou Paul do sério. E, se discordassem de algo que você tivesse dito quando estivessem com fome, podia esquecer.

No dia seguinte à audição do Blue Angel, John apareceu no ensaio com uma *longa* lista de sugestões de nomes, e me lembro de cada um deles: The Deads-men, The Deadmen, The Undeads-men, The Undeadmen, The Rots, The Rotters, The Dirts, The Dirty Ones, The Grayboys, The Eaten Brains, The Mersey Beaters, The Mersey Beaten, The Bloodless, The Graves, The Headstones e The Liverpools of Blood.

Paul arrancou o braço direito de John e o usou para bater em seu rosto, dizendo:

— Todos eles são péssimos, cara, simplesmente péssimos, sabe?

John pegou o braço de volta, arrancou o mindinho com uma mordida e o cuspiu na direção da barriga de Paul — aparentemente Johnny não gostou muito de ser esbofeteado, especialmente com sua própria mão — e falou:

— Tive um sonho essa noite...

Stu o interrompeu:

— Perfeito. Lá vamos nós com os sonhos outra vez.

STUART SUTCLIFFE: Parecia que toda porra de noite, por volta de três da manhã, John me ligava para contar sobre alguma merda de sonho que tivera. Uma noite sonhou que estava no céu, conversando com Robert Johnson sobre o Diabo; então, no dia seguinte, ele sonhou que estava no inferno, falando com o Diabo sobre Robert Johnson. Mesmo se fosse um sonho bom, ele ficava perturbado e eu ficava feliz de tentar acalmá-lo, mas, bem, porra, ele podia ligar pra Paulie de vez em quando.

GEORGE HARRISON: Ignorei Stu e perguntei a John sobre o que tinha sido o sonho. Se não servisse para mais nada, pelo menos seria uma história interessante.

Ele contou:

— Certo. Eu estava sentado em uma canoa no meio do Tâmisa, flutuando sem direção e só com um remo; o céu estava todo laranja, e vi uma garota em outra canoa, com dois remos. Os olhos dela brilhavam como prata ou diamantes, e ela disse "John Winston Lennon, você quer comer um pedaço de torta?"

"Não quero torta nenhuma, quero um desses seus remos, porra! Este rio tem cheiro de merda e quero voltar a Liverpool."

"Ela respondeu: 'E se eu botar fogo na torta, John Winston Lennon? E se a torta tiver labaredas saindo de dentro dela? Labaredas muito, muito saborosas.'

"Respondi: 'Isso provavelmente melhoraria o cheiro aqui em volta, mas não quero torta nenhuma. Se quiser me dar algo para comer, me arrume umas merdas de uns cérebros.'

"Ela replicou: 'Então não está interessado em uma torta flamejante, John Winston Lennon?'

"Falei: 'Não, não estou interessado em uma torta flamejante, sua meretriz de olhos brilhantes.'

"Ela continuou: 'Quer saber? Você é um puta de um babaca, John Winston Lennon. Então está interessado em um *inferno* flamejante?'. E depois ateou fogo em mim, bateu na minha cabeça com seu remo e se transformou em um inseto prateado gigante.

"Pulei na água para não me queimar, mas logo perguntei: 'Que merda kafkiana é essa, então?'

"Ela respondeu com um 'Não sou uma barata, seu idiota. Sou um besouro. E você vai morrer uma morte real. A não ser que chame sua banda de The Beatles. E é Beatles com um *a*.'

"Perguntei! 'O que você quer dizer com Beatles com um *a*? Você está falando de B-E-A-T-L-E-S ou B-A-E-T-L-E-S ou B-E-E-A-T-L-E-S ou A-B-E-E-T-L-E-S ou...'

"Ela disse: 'Descubra isso sozinho, seu escroto. Descubra sozinho.'"

John passou a mão pelo cabelo — que estava ficando um pouco desgrenhado, devo lembrar — e falou:

—Aí acordei.

Viu? Interessante.

PAUL McCARTNEY: Estava cansado de discutir. Àquela altura, já não me importava se era The Deads-Men ou The Deadmen ou The Undeads-Men ou The Undeadmen ou The Rots ou The Rotters ou The Dirts ou The Dirty Ones ou The Grayboys ou The Eaten Brains ou The Eating Brains ou The Mersey Beaters ou The Mersey Beaten ou The Bloodless ou The Graves ou The Headstones ou The Liverpools of Blood ou B-E-A-T-L-E-S ou B-A-E-T-L-E-S ou B-E-E-A-T-L-E-S ou A-B-E-E-T-L-E-S ou A-B-C-D-E-F-G. Se Johnny queria deixar um inseto gigante de um sonho escolher nosso nome, ficava por conta dele.

Ele declarou que seríamos a porcaria dos besouros prateados, os Silver B-E-A-T-L-E-S, e concordei, porque precisava focar minhas energias em outras coisas. Sabe, eu estava tendo problemas com um certo percussionista.

•

Mandado embora logo antes de os Beatles estourarem internacionalmente, Pete Best é a nota de rodapé mais azarada da história do rock'n'roll. Um baterista confiável, apesar de não ser espetacular, e um notório ranzinza, Pete se juntou a John, Paul e companhia em 1960, logo depois da turnê escocesa com Johnny Gentle. Uma turnê que deixou os rapazes deprimidos e falidos. Pete era um jovem com uma beleza clássica, e, quase imediata-

mente, uma boa parte da crescente base de fãs feminina da banda o aceitou como moscas em um cadáver.

Pete, que ainda mora em Liverpool, tem sentimentos conflitantes sobre seus vinte e quatro meses como um Beatle (ou, mais exatamente, seu um mês como um Silver Beatle e seus 23 meses como Beatle normal) e, durante nossa conversa de cinco horas, em que ficamos cada vez mais bêbados, no Le Bateau, que fica na elegante Duke Street, em Liverpool, no verão de 1997, seu conflito emocional era sempre evidente, e eu não conseguia evitar me sentir mal por ele. Mas Pete Best não quer que você tenha pena dele. Ele só quer que você escute.

PETE BEST: Tirando George, que era uns dois anos mais novo que nós, tínhamos todos praticamente a mesma idade, mas John e Paul eram claramente os chefes. Sabe quando algumas vezes você tem um chefe que é realmente carismático e misterioso, e você passa um tempão com seus colegas de trabalho tentando analisá-lo? Bem, era assim que acontecia comigo e com Stu. Costumávamos falar sobre John e Paul o tempo todo: *Será que John gostou da minha virada na caixa em "Be-Bop-A-Lula"? Será que Paul percebeu que Stu errou algumas notas em "Long Tall Sally"? Será que se importaram porque fiquei com aquela garota loura que estava ao lado do palco, balançando os peitões para nós? Será que iam me matar e me transformar em zumbi sem me avisar antes?* Era sempre um jogo de xadrez mental com Lennon e McCartney, e, com o hábito deles de assassinar num piscar de olhos, os riscos eram grandes.

Duas semanas depois de me trazerem a bordo, fomos a Hamburgo para fazer o que pareceu ser cerca de quinhentos shows em um muquifo fuleiro chamado Indra Club, gerenciado por um sujeito esquisito chamado Bruno

Koschmider. Bruno nos deixava em farrapos: tocávamos toda noite e, em algumas, estamos falando de seis horas seguidas. Chegou a um ponto em que tomávamos estimulantes como se fossem balas.

Dava sempre para calcular quantas bolinhas John, Paul e George tinham tomado pelo tom das peles: se tivessem tomado até quatro pílulas, ficavam verdes — tão verdes quanto um gramado no meio do verão. Qualquer coisa além disso, ficavam loucamente amarelos, mas tão amarelos que brilhavam no escuro. Uma fisionomia verde e amarela é a melhor demonstração de que alguém é morto-vivo, então todos sabiam o que éramos. Porém, mesmo com o fedor da morte presente no clube, o público enchia a casa noite após noite após noite.

PAUL McCARTNEY: Pete não queria se meter com morte ou morte-vida. Falei para ele várias vezes que não ia machucá-lo e que devia perguntar a George como foi simples e indolor. É claro que falei com ele só quando John estava, humm, longe o suficiente para não escutar. Algumas vezes eu tinha que lançar o ditado de John, que dizia "todos pelos zumbis e os zumbis por todos", pela janela. Algumas vezes eu tinha que tomar a decisão pela banda totalmente sozinho, sabe como é.

PETE BEST: A única coisa que quase me convenceu a deixar Paul fazer a parada comigo eram as gatas. Não importa como aqueles rostos de zumbi pareciam nada saudáveis, e não importa quantas vezes seus dedos caíssem durante os solos de guitarra, aqueles caras tinham sempre garotas babando por eles, e garotas babando era algo de que eu gostava. A ideia daquela merda de posperma saindo do meu troço não era muito tentadora, no entanto. Só que ter a habilidade de hipnotizar irmãs gêmeas para levá-las para a cama, bem, aquilo era bem interessante. Não que *tivessem* hipnotizado gêmeas para levar para a cama, mas saber que a habilidade existia era extremamente reconfortante e extremamente excitante.

•

Seis meses antes de este livro ir para a gráfica, recebi um e-mail bizarramente assustador de um certo fotógrafo-barra-artista--barra-vampiro nascido na Alemanha, que morava na Espanha e que tinha ficado totalmente invisível por quase três décadas.

Jürgen Vollmer e os companheiros, Astrid Kirchherr e o artista/músico local, Klaus Voormann, eram um bando muito unido que se autodenominava os Exis, e esse "exi" era uma homenagem à sua filosofia de estimação, o existencialismo. (Jürgen alegremente admite que os Exis eram um tanto pretensiosos.) Os três descobriram os Beatles quando a banda foi levada do Indra Club para outra casa gerenciada por Bruno Koschmider, chamada Kaiserkeller. Com a confiança musical crescente e a habilidade de simultaneamente entreter e aterrorizar a plateia cada vez maior, os cinco liverpudianos deixaram os três hamburgueses de queixo caído. Arrebatados, os Exis imediatamente se agarraram ao quinteto morto-vivo e seguraram com toda a força.

Pelo que pudemos perceber, Jürgen era o mais calado dos Exis, e seu quase silêncio se dava porque ele simplesmente não tinha energia suficiente para falar; acontece que o pobre rapaz estava sempre faminto. Afinal de contas, com todas aquelas prostitutas com escorbuto e os bêbados enchendo as ruas ao redor do Kaiserkeller — ruas que eram o lar da zona de baixo meretrício de Hamburgo — era difícil para um jovem vampiro achar sangue de qualidade sem chamar muita atenção para si. Então, eram prostitutas sabor escorbuto, alcoólatras sabor gim ou nada.

No verão de 2009, Jürgen deu de cara com meu website, no qual leu uma das várias entradas em que eu reclamava da reticência de Stuart Sutcliffe em divulgar os pormenores de sua transformação de comedor de carne em sugador de sangue. Jürgen me mandou um e-mail:

SR. GOLDSHER, DESEJO DISCUTIR SOBRE O SR. SUTCLIFFE COM VOCÊ! ME ENCONTRE NO CA L'ISIDRE EM BARCELONA NO DIA 15 DE AGOSTO EXATAMENTE À MEIA-NOITE! APAREÇA DEPOIS DE 0H01 E JÁ VOU TER PARTIDO HÁ MUITO TEMPO! CHEGUE ÀS 23H59 OU ANTES E VOU MATÁ-LO DE FORMA HORRÍVEL! VOU SER AQUELE VESTINDO A CAPA PRETA PRETENSIOSA ☺! CORDIALMENTE, SEMPRE, SR. JÜRGEN VOLLMER.

Mesmo com toda a formalidade, as letras maiúsculas, todos os pontos de exclamação, o emoticon da carinha feliz que não fazia sentido e a ameaça de uma morte dolorosa, como eu poderia recusar?

Apesar do tom ameaçador da mensagem, o Sr. Vollmer — como seu companheiro vampiro, Sr. Sutcliffe — é uma companhia tão graciosa para um jantar quanto se pode esperar. Melhor ainda, ele é dolorosamente sincero e tem uma boa memória do seu breve período como Exi adorador dos Beatles.

JÜRGEN VOLLMER: Nós gostávamos dos cinco rapazes, mas gostávamos mais de Stu, porque ele era o mais interessado nas coisas que os Exis gostavam. Ele e eu tivemos longas conversas no ínfimo camarim do Kaiserkeller sobre Sartre, Heidegger, Jaspers e Stoker... apesar de ele não saber que eu era um vampiro, por isso minhas longas incursões sobre os significados ocultos de *Drácula* provavelmente o confundiram horrores.

Eu sabia que ele estava em paz com seres sobrenaturais — se você está com John Lennon e Paul McCartney vinte e quatro horas por dia, é *melhor* você ficar confortável perto de inumanos —, mas ainda não queria sair falando sobre minha vida de vampiro com ele. Quero dizer, se seus companheiros de banda são zumbis, você pode hesitar em se tornar amigo de um Filho de Osíris, porque, temos que admitir, quanta inumanidade uma pessoa pode aguentar? Mas aquilo tudo mudou quando Stu começou a se apaixonar por Astrid.

Vou admitir espontaneamente: fiquei enciumado; eu era a pessoa que tinha sobrado, portanto como poderia não ter ficado? John e Paul gravitavam em torno de Klaus porque ele tinha uma aptidão musical; Astrid tentava seduzir Stu; Pete estava sempre tentando se dar bem com as garotas; e George tinha saído para fazer algo que um zumbi faz quando tomou muitas anfetaminas às três horas da manhã; então eu não tinha um Beatle para chamar de meu. Tentei me insinuar, acredite, mas fora Stu, eles simplesmente não estavam muito interessados. Pensando nisso agora, acho que tinha muito a ver com o fato de que eu era muito calado, mas eu não podia evitar. Eu estava sempre exausto, porque sangue bom era mercadoria de luxo.

Uma noite, enquanto Stu e Astrid estavam se beijando em um canto do clube, fiquei de saco cheio de toda aquela situação, então segurei Stuart pela gola da jaqueta de couro dele e o levei até o camarim. Carreguei seu corpo como se ele não pesasse nada, e dava para perceber que ele estava perplexo com o quão forte eu era. Segurei Stu contra a parede pelo pescoço e expliquei a ele uma breve história dos vampiros, tudo, desde os renascidos do século XII até o bom e velho Vlad Tepes, passando pela falsidade da transformação em morcegos e pela colônia de vampiros esclarecidos que já estava se formando em Ibiza. Não mencionei, de propósito, o que vai acontecer na Suazilândia em 2028, porque uma profecia de genocídio dos vampiros provavelmente teria atrapalhado a minha intenção de dar uma mordida no pescoço dele, não acha?

Depois que o soltei e ele caiu no chão, me disse que a ideia de imortalidade tinha passado a ser atraente agora que ele tinha conhecido a garota dos seus sonhos. Ele me contou que John e Paul não iriam zumbificá-lo, porque ele não era um baixista bom o suficiente. Ele me falou que, a princípio, tinha achado que viver para sempre era meio assustador, mas agora, com Astrid na história, parecia espetacular.

Eu falei:

— Fico feliz de escutar isso, Stuart, muito feliz mesmo.

Então perguntei a ele se queria compartilhar da minha vida. Stu olhou para as mãos e argumentou:

— Como você acha que Astrid vai se sentir sobre essa coisa toda?

Disse a ele que nenhuma vez em todos os anos que nos conhecemos, ela havia falado algo depreciativo sobre vampirismo e que ela era uma mulher de mente aberta, que dividia seu tempo com negros, orientais, cristãos, judeus, vampiros, zumbis ou lobisomens, contanto que fossem de alguma forma interessantes.

Ele me perguntou:

— Deixa eu entender isso direito: com essa coisa de vampiro, a não ser que alguém enfie uma estaca no seu peito, você é imortal?

Respondi que esse era mais ou menos o caso.

Ele se levantou e chutou de leve o case da guitarra de Paul:

— Para dizer a verdade, cara, não sei se vou ficar nessa banda por muito tempo. Paulie não gosta de me ter por perto. John me ama, mas não gosta de me ter por perto como músico. E sinto falta de pintar. E eu amo Astrid. Eu a amo muito, cara.

Disse a ele que ela o amava muito também.

Passamos os minutos seguintes conversando sobre a logística dos vampiros, até Koschmider enfiar a cabeça pela porta e falar:

— Sutcliffe, já para o palco, *mach schnell, mach schnell*!

Stu olhou para mim e disse:

— Beleza, Jürgen. Vamos fazer isso. Amanhã ao pôr do sol.

Eu não podia ter ficado mais satisfeito. Stu ia ser meu amigo para sempre.

STUART SUTCLIFFE: A escolha era simples, na verdade. Eu amava Astrid, e Astrid me amava. Jürgen era um homem bom e gentil e, por mais que eu amasse John, bem, vamos apenas dizer, se ele era um desgraçado mal-humorado em 1960, imagine como ele seria em 2060, 2160 ou 2260. Então Jürgen fez o que tinha que fazer, e aqui estou eu.

Paul e Pete foram deportados em dezembro daquele ano. A manchete que inventamos era que eles tinham sido mandados de volta para casa porque tinham botado fogo em um chapéu no camarim do Kaiserkeller, e foram levados para a cadeia. A verdadeira razão por que eles voltaram para casa foi que a polícia ficou sabendo da trama de John W. Lennon para ir a Magdeburg e desenterrar o cérebro de Hitler de brincadeira. (Os policiais observavam cada movimento nosso, e quem podia culpá-los? Naquela época, a Alemanha tinha a menor população per capita de zumbis no mundo. Eles não sabiam *o que* John, Paul ou George poderiam fazer.) Depois que Jürgen me transformou, Astrid e eu ficamos escondidos por um tempo; então, em 1962, quando a polícia de Hamburgo decidiu que queria livrar a cidade dos vampiros, nós encenamos meu funeral e partimos para as ilhas espanholas.

Jürgen passa os invernos aqui em Ibiza e os verões em Munique e ainda é meu melhor amigo. E quando ele está na cidade, somos inseparáveis. Quanto a Astrid, eu a vejo por cerca de seis a sete semanas ao ano. Veja bem, ela teve que continuar sua vida na Alemanha como se eu estivesse morto. Então em 1967 ela se casou com um sujeito legal chamado Gibson Kemp. Aposto que a maioria dos seus leitores não sabe que ele é o baterista que substituiu Ringo na banda de Rory.

Como eu disse, Gibson é um sujeito legal, mas tenho certeza de que, quando estavam juntos, ele tocou Astrid em lugares que eu preferiria que ela não fosse tocada por ninguém além de mim. Sendo esse o caso, se tivesse a oportunidade, eu sugaria todo o sangue do cara em um piscar de olhos.

•

U*m rápido regresso:*

Nos meses antes de os oficiais da lei alemães mandarem os Beatles de volta ao Reino Unido, os rapazes fizeram uma descoberta interessante: Rory Storm era um lorde ninja do quinto nível.

Um cantor liverpudiano que tinha uma cabeleira de dar inveja, Storm (cujo nome verdadeiro era Alan Caldwell e que faleceu em 1972, encontrado morto ao lado da mãe igualmente morta; alguns dizem que foram mortos por engano por um lacaio inexperiente da Yakuza) sempre teve uma afinidade com o mundo além do mundo. Tanto que, em 1958, ele deu o nome de sua primeira banda de Dracula and the Werewolves. Rory considerava os Quarrymen seus rivais e, apesar do fato de que adoraria ser um morto-vivo, se recusou a se aproximar de Lennon ou McCartney com um pedido de zumbificação, dizendo a quem quisesse ouvir:

— Fodam-se os Quarryboys, quero ter algo só meu.

Um dia apareceu 忍の者乱破.

Um lorde ninja do sexagésimo sexto nível, 忍の者乱破 — que em uma tradução livre quer dizer Cara do Ninjitsu Durão — se mudou para Liverpool em 1955, um pouco porque estava de saco cheio da burocracia da cena ninja de Iga Ueno e um pouco porque sentia uma inexplicável atração por cidades sem cor e restaurantes horríveis.

Em 1958, 忍の者乱破 abriu discretamente uma escola de ninjas secreta, mas-não-tão-secreta-quanto-um-ninja-devia-ser, na Molyneux Road, bem perto do rio Mersey. Ele não fez nenhuma propaganda propriamente dita, e como Rory Storm ouviu falar dela é um mistério. Mas o que importa é que ele ficou sabendo, e se tornou o primeiro aluno britânico de 忍の者乱破.

Além de se tornar um lorde ninja confiável, mas nada espetacular, Caldwell era um gênio do marketing e, quando percebeu que sua banda, Rory Storm and the Hurricanes, simplesmente não tinha o poder de fogo do bando de Lennon e McCartney, decidiu adicionar um sabor japonês em seu caldeirão de skiffle. Mas não estamos falando de um toque de música japonesa — isso teria sido complicado, porque kotos, biwas e samisens não eram fáceis de achar em Liverpool — e sim de uma demonstração de habilidades ninjas entre as canções.

忍の者乱破 *não ficou muito satisfeito com seu discípulo, adotando a postura compreensível de que ninjas e rock'n'roll não deveriam dividir o mesmo palco. As antigas feriùas ainda estão lá, um fato que ficou muito claro quando falei com o guerreiro, que então tinha 305 anos, em seu lar perto do topo do monte Omoto, em fevereiro de 2004.*

忍の者乱破: Alan Caldwell foi uma grande decepção para mim. Suas habilidades: boas, apesar de nada espetaculares. Seu comportamento: cortês, porém invejoso. Seu nível de disciplina: considerável, mas inconsistente. Seus supremos objetivos de vida: insatisfatórios. Ele queria ser um artista — especificamente, um músico. Veja bem, tenho o maior respeito por pessoas que fazem música, mas o que Alan Caldwell nunca percebeu é que guerreiros ninja são exatamente tão artísticos quanto o melhor cantor, guitarrista ou baterista... se não forem ainda mais artísticos. Ele era bem veemente em sua oposição à *minha* oposição à música moderna.

Isso não quer dizer que rejeitei os objetivos de Alan Caldwell totalmente. Para falar a verdade, assisti a Alan Caldwell e sua banda tocarem três vezes. (Me recuso a me referir a ele como Rory Storm; é um nome ridículo para um lorde ninja. E não importa o que eu pensava sobre as habilidades dele, Alan Caldwell *era* um lorde ninja) Se os golpes ninja de Alan Caldwell fossem mais que simplesmente bons e a música de sua banda fosse menos derivativa, talvez eu não tivesse ficado tão triste com sua escolha de misturar os mundos dos ninjas e do rock'n'roll. Além disso, já havia um Lonnie Donegan andando sobre a Terra e, até mesmo para meus ouvidos não iluminados, um Lonnie Donegan era mais do que o suficiente.

O que mais me irritou foi que ele ensinou vários golpes ninja aos integrantes de sua banda... e ele os ensinou de forma desleixada. Giros duplos viraram meio giro. Saltos mortais graciosos como um gato se transformaram em desajeitados rolamentos de cachorro. Por favor, não me façam começar a falar de seu abominável trabalho com a shuriken, porque meu estômago dói só de pensar nisso.

No entanto, havia um cavalheiro na banda para o qual se enxergava esperança, que tinha um lampejo de talento. Com treinamento regular, trabalho duro e a disciplina apropriada, o jovem Richard Starkey — que ficou conhecido aos olhos do mundo como Ringo Starr, um pseudônimo que era muito mais palatável para mim que o tolo nome artístico Rory Storm — tinha o potencial para se tornar o primeiro verdadeiro lorde ninja do Reino Unido.

•

Ringo Starr está sempre feliz em falar com você. Vai contar histórias, fazer algumas piadas, vai rir, chorar e vai beber com você até deixá-lo desacordado. O problema é que você tem que achá-lo primeiro, e boa sorte com essa parte.

Lennon achou que ele estava em algum lugar na China, estudando kung fu com um grupo de monges Shaolin nômades. Gastei dez dias e quase dez mil pilas naquela viagem.

McCartney disse que não falava com Ringo há vários anos, mas acrescentou que um de seus amigos disse a outro de seus amigos que Starr estava em Los Angeles, refugiado com uma modelo. Errado.

Harrison não fazia ideia, só tinha uma intuição forte de que o baterista estava na América do Sul, possivelmente no Brasil. Tudo o que consegui daquela viagem foi uma alergia causada pelo sol e a certeza de que fico horrível usando uma sunga Speedo.

Se nem o restante dos Beatles sabia onde Ringo passava seu tempo, como um pobre jornalista de Chicago seria capaz de achá-lo?

No fim das contas, 忍の者乱破 me apontou a direção certa, explicando que depois que os Beatles se separaram, Ringo tomou como seu objetivo subir quinze níveis na escala dos lordes ninja, e a única forma de fazer isso acontecer era treinar a arte ninja no lugar mais frio da Terra. Então, desde 2001, Ringo tem vivido entre Londres, o polo norte e o polo sul.

Em dezembro de 2005, antes que eu tivesse me recuperado totalmente das várias surras que John Lennon aplicou a meu corpo, fui até a amigável loja de equipamentos de camping em meu bairro, comprei o equivalente a três mil dólares em equipamentos de frio e embarquei em um avião com destino ao cu do mundo, na Antártica, onde, por 12 dias, tomei um monte de sopa de missô com ovo extremamente quente ao lado do bom e velho Richie Starkey.

RINGO STARR: Os Hurricanes só fizeram três shows de ninja/rock em Liverpool. Rory queria manter o material ninja em segredo até termos aprendido direito, e, cara, que segredo — tirando as nossas famílias e o nosso mestre ninja, ele não falou com mais ninguém sobre o show. Nossa plateia consistia na irmã de Rory, 忍の者乱破 e dois dos discípulos de 忍の者乱破. Não é uma forma muito auspiciosa para se lançar uma nova tendência, não é mesmo?

Mas o objetivo de Rory não era lançar uma tendência. Tudo o que o preocupava era, como ele deselegantemente disse, "dar uns chutes nas bundas dos malditos Quarrymen". Ninguém estava batendo à minha porta com um convite para eu me juntar à banda deles, então fiquei com Rory, apesar de não querer chutar a bunda de ninguém.

Pessoalmente, achava que John, Paul e George eram caras bacanas, ótimos músicos e um exemplo tanto para os vivos quanto para os mortos-vivos.

Os Hurricanes já vinham tocando no Kaiserkeller há um bom tempo quando os Beatles foram jogados no clube sem nenhuma cerimônia — e devo dizer que as plateias que viram as duas bandas tiveram a experiência de um grande show. Os Beatles entravam primeiro, tocavam ensandecidamente de quinze a vinte músicas em 45 minutos; aí John pegava três garotas da plateia, levava-as até o palco e fazia malabarismos com elas, enquanto os outros rapazes tocavam música circense ao fundo. Ainda não consigo entender como ele era capaz de fazer aquilo sem machucar ninguém.

Depois era nossa vez. Rory gostava de estruturar os sets para que tocássemos duas músicas, então fizéssemos cinco minutos de demonstração ninja, mais duas músicas, em seguida mais demonstração e assim por diante. Musicalmente falando, não éramos tão ruins, e nossos golpes ninja melhoravam a cada dia, especialmente os de Johnny "Guitar" Byrne, que chegou ao ponto de conseguir abrir uma garrafa de cerveja com uma estrela ninja a 10 metros de distância. Bruno poderia, provavelmente, ter cobrado mais que três marcos alemães de entrada — hoje em dia, é uma combinação comum, mas, em 1960, nenhum clube no mundo podia oferecer uma trifeta de ninjas, zumbis e música, mas o Sr. Koschmider não era exatamente a estrela mais brilhante do céu de Hamburgo.

Eu achava Pete Best um excelente baterista e, tirando aquela única noite de quarta-feira, quando George quebrou uma guitarra em sua cabeça, levantou-o com uma das mãos e o arremessou até o outro lado do clube, não vi nenhuma indicação de que os outros Beatles estavam insatisfeitos com sua forma de tocar. Eu tocava com eles de vez em quando, e, embora sempre tenham gostado do meu jeito de tocar, nunca chegaram perto de propor que eu entrasse para a banda. E eu estava tranquilo com aquilo. Sabia que se largasse os Canes e negligenciasse meus estudos ninja, 忍の者乱破 ficaria furioso. E 忍の者乱破 é a última pessoa no mundo que você quer que fique furiosa. Portanto fiquei na minha e esperei para ver o que ia acontecer depois.

JOHN LENNON: Era o dia depois do Natal, em 1960. Paul, uma garota que Paul tinha conhecido e eu estávamos em uma festa no apartamento do amigo de Paul, Neil Aspinall. Pouco antes da meia-noite, arrastei Paul até o quarto de Neil — acidentalmente arranquei sua mão direita, mas ele a colocou no lugar rapidamente, então isso não foi nenhum problema — e o joguei sobre a cama de Neil, perguntando:

— Que diabos estamos fazendo, cara?

Ele disse:

— Não sei quanto a você, mas estou reposicionando minha mão, que você acabou de arrancar. E estou bebendo, você sabe.

Eu repliquei:

— Não quero dizer aqui, quero dizer *aqui*.

Paul disse:

— Humm, não estou entendendo.

— O que estamos fazendo com a banda? Qual é o motivo? — questionei.

Ele me olhou de forma engraçada e então respondeu:

— Achei que o motivo de se estar em uma banda era que não existe nenhum motivo. Tocamos algumas músicas, bebemos algumas bebidas, rimos um pouco. É o suficiente para mim. Quem precisa de um motivo? Seria legal ter alguma grana no bolso e talvez gravar um disco um dia, mas, se continuarmos da forma como estamos indo, acho que isso vai chegar.

— Não é o suficiente para mim — falei.

Ele perguntou:

— Bem, então, o que você quer?

Eu disse:

— Você tem que lembrar, Paul, que somos diferentes de qualquer outra banda no mundo. Ninguém tem o que temos.

— O quê? — perguntou Paul.

Respondi:

— O fato de que estamos neste planeta para sempre. Pelo resto da porra da eternidade.

Paul disse:

— Sim, eu sei muito bem disso, sabe? O que isso tem a ver com a nossa banda?

Argumentei:

— Daqui a dez anos, você quer ser um desgraçado infeliz tocando músicas do Chuck Berry no Cavern Club por dez shillings e dois pints de cerveja?

Ele respondeu:

— Humm, acho que não.

— Daqui a dez anos você quer estar tocando no, sei lá, Estádio de Wembley na frente de dezenas de milhares de pessoas?

— Isso parece bom — declarou Paul.

E eu disse:

— Sim, mas aqui está algo que parece melhor: daqui a dez anos, você quer dominar o mundo?

PAUL McCARTNEY: Ri com tanta vontade que quase derrubei meu champanhe. Perguntei a ele:

— Beleza, cara, você vem falando dessa merda há anos. O que você quer dizer com dominar o mundo?

Ele disse:

— É exatamente isso. Você quer dominar o mundo?

Bem, uma das coisas que sempre amei em John é que ele pensa grande e tudo mais. Eu estava feliz andando devagar, dando pequenos passos: tocar para algumas pessoas em uma pequena festa, tocar para um pouco mais de gente em uma grande casa de shows, gravar um disco, tocar em uma casa *maior*, tocar no rádio, tocar em um clube ainda *maior*. Subir a escada um degrau por vez, sabe? John, por outro lado, aparentemente queria ir direto do Kaiserkeller para a lua. Depois que controlei meu riso, reajustei minha mão, que tinha ficado horrível quando a coloquei de volta, e perguntei a ele:

— Humm, por que, Johnny? Por que você quer dominar o mundo?

Ele disse:

— Somos um bando de broncos de Liverpool. Vai ser engraçado. Além disso, aqueles filmes da Hammer são bem legais, e, se nos tornarmos grandes, talvez façam um filme sobre nós: *A maldição dos Beatles* ou algo assim.

Eu continuei:

— Humm, certo. Não são os melhores motivos, mas eu os aceito. E como exatamente você pretende dominar o mundo?

Ele se ajoelhou no chão, deu um sorriso enorme e falou:

— Primeiro temos que chegar ao Toppermost of the Poppermost.

De novo com aquele papo de Poppermost. Falei:

— Me dê uma resposta direta, Johnny. Que porra é essa de Poppermost?

Ele ficou com um olhar sonhador em seu rosto e então respondeu:

— O *Poppermost* é o *Toppermost*, cara, o *topo*, o cume da montanha, o lugar onde podemos fazer *o que* quisermos, *quando* quisermos. No Poppermost, se quisermos formar uma colônia de zumbis em Glastonbury, onde os mortos--vivos podem vagar livremente sem medo de ser alvejados por uma bala de diamante, nós podemos. Ou se quisermos estripar e esquartejar Cliff Richard, depois cozinhar seu córtex para o jantar, nós podemos. Se quisermos zumbificar Spike Milligan e Peter Sellers, para que *The Goon Show* continue para sempre, nós podemos. *Fazer o* que quisermos, *quando* quisermos.

— Parece genial. Mas, de novo, como você planeja fazer isso? — exigi.

Ele me perguntou:

— O que nós fazemos melhor?

Respondi:

— Acho que somos bons como uma boa banda de rock'n'roll pequena.

Ele disse:

— Certo. Agora temos que descobrir como nos tornar uma boa banda de rock'n'roll *grande*. Primeiro, temos que começar a compor nossas próprias músicas. Chega de tocar esses covers. Isso não vai nos tirar dos clubes pequenos.

Eu não sabia ao certo o que escrever músicas tinha a ver com a dominação do mundo, mas, em termos de ser um avanço para os Beatles, aquilo fazia muito sentido.

— Certo. Concordo com isso. O que mais? — perguntei.

Ele disse:

— Vamos fazer turnês sem parar e vamos tentar não causar muita confusão... Ou, pelo menos, não vamos ser pegos. Sei que temos que comer, e, algumas vezes, temos que comer muito, mas nada de assassinatos óbvios, nada de decapitações em público, nada de castrações só por diversão, vamos matar só aqueles que merecem ser mortos, nada de escravas sexuais...

Rebati:

— Não fiz nenhuma escrava sexual.

Ele falou:

— É. Certo. Claro. Nem eu. Nem passa pela minha cabeça.

Ele disse isso naquele clássico tom sarcástico de John Lennon, o que quase me deu certeza de que ele *tinha* feito algumas escravas sexuais. Mas nunca pude ter certeza absoluta, porque existe uma lei não escrita entre os zumbis: guarde sua vida sexual para você mesmo. Você podia falar sobre beber o fluido cerebral do carteiro o quanto quisesse, mas uma discussão sobre o tamanho do monte de posperma que você jogou na bunda de uma garota estava fora de questão.

Falei:

— Certo, então. Nada de escravas sexuais. O que mais?

Ele se levantou, coçou a cabeça e disse:

— Não cheguei tão longe ainda. Vou descobrir quando chegarmos lá.

Levantei, bati em seu ombro e comentei:

— Parece um bom plano, companheiro. Vamos levar isso adiante no ano que vem, beleza?

Ele disse:

— Beleza. Mas como estamos no fim do ano, não acho que precisamos botar nosso plano em prática até o dia 2 de janeiro. Então o que você acha de sairmos e arrumarmos alguma encrenca? — disse John.

Respondi:

— Com certeza.

E então, logo depois da meia-noite, John e eu saímos pela escada dos fundos do apartamento de Neil, fomos até o rio Mersey e fizemos um banquete. Com muitas taças de champanhe e montes de cérebros frescos, firmes e quentinhos, decidimos que 1961 seria um grande ano.

•

O ano de 1961 trouxe uma significante mudança na infraestrutura do que logo viria a ser a melhor banda de Liverpool: com Stu Sutcliffe em Hamburgo, sugando todo o sangue alemão em que pudesse colocar seus caninos, o quinteto se tornou um quarteto, para todo o sempre, amém. Eles marcaram dúzias e dúzias de shows por todo o Reino Unido e logo perceberam que dirigir a van e carregar seus equipamentos sozinhos maculava a imagem da banda, por isso convidaram o amigo de infância de Paul e George, Neil Aspinall para ser o roadie da banda. Um sujeito leal e trabalhador, Aspinall ficou com a banda até o fim, tornando-se um dos muitos assim chamados quintos Beatles.

Ninguém sabe ao certo se John, Paul ou George enfiaram suas línguas no pescoço de Aspinall e deram a ele a vida eterna, porque ninguém nunca soube dizer se Aspinall era ou não um zumbi. Ele sempre teve aquela palidez acinzentada inglesa, mas aquilo podia ser creditado a ele morar em Liverpool. Também não parece envelhecer — ele pode ter 40 ou 90 anos, ou qualquer idade entre as duas —, mas isso provavelmente se deve a, sei lá, cigarros ou algo assim. Ele se recusa a discutir se é ou não um ser vivo, no entanto, qualquer outro assunto é jogo limpo, como aprendi quando conversei com ele em janeiro de 2006, dois anos antes de ele morrer ou se mudar para os esgotos de Liverpool.

NEIL ASPINALL: Não consigo dizer exatamente quantos dias de show tivemos em 1961. Diria algo entre cem e duzentos e cinquenta. Isso se tornou um borrão.

John me disse logo depois que fui contratado que eles seriam bons rapazes ou, pelo menos, tão bons quanto pudessem ser, e sua definição de ser bom queria dizer nada de mortes — ou, pelo menos, nada de mortes *óbvias*. Como todos os zumbis de Liverpool, os rapazes ingeriam comida de gente por prazer, mas precisavam comer cérebros para sobreviver, então não tinham escolha a não ser, humm, cuidar de seus problemas de vez em quando. Não posso culpá-los. Se você está com desejo de comer uma barra de chocolate Mars frita, você vai e come uma barra de Mars frita. Se tem desejo de comer um cérebro, você vai e come um cérebro. Fim da história.

Até onde sei, ninguém morreu em 1961 pelas mãos de Lennon, McCartney ou Harrison, mas isso não quer dizer que não se alimentaram — acredite em mim, eles se alimentaram. Aquilo de alguma forma não atrapalhou o desenvolvimento da leal base de fãs. Suspeito que se você ama uma banda de zumbis, ia ficar emocionado se um ou os dois cantores da banda o assassinassem.

Mas John e Paul não eram os responsáveis por todas as mortes. George também tinha sua cota, e parte interessante disso é que todos os sujeitos que George reanimou naquele ano se tornaram guitarristas virtuosos.

GEORGE HARRISON: Naquela época, a coisa que mais importava para mim era a música. E imaginei que se *eu* pensava daquela forma, *todo mundo* devia pensar também. Então, toda vez que eu tinha o desejo de comer um cérebro, eu guardava minha confiável Gretsch 6128 Duo Jet e ia até a parte que estava mais na moda de qualquer cidade onde estivéssemos tocando. Procurava um garoto ou uma garota de cerca de 20 anos que parecesse bacana e estivesse carregando uma guitarra; se me reconhecesse, ainda melhor. Eu os convidava para dar um passeio e, se precisassem de um empurrãozinho, eu olhava bem em seus olhos e dobrava a vontade da pessoa, mas, graças a meu status de Beatle ou ao fato de estar carregando uma guitarra bacana, a maioria vinha por vontade própria. Eu perguntava se queriam ir até suas casas e tocar umas músicas do Leadbelly; se dissessem não, eu seguia meu caminho, mas, se a resposta fosse sim, partíamos para seus lares.

Quando chegávamos lá, após algumas canções, eu os colocava para dormir; depois de uma rápida xícara de chá, eu dava a tradicional mordida de zumbi abaixo da orelha, e, feita a troca do fluido cerebral, enfiava o braço da minha Gretsch na ferida e fazia movimentos circulares por algum tempo, tipo 31 segundos, daí colocava o pedaço de carne de volta, selava a ferida com a língua e pronto, um adolescente morto-vivo que sabia tocar guitarra como ninguém.

Fiz questão de nunca saber o nome de nenhum deles, então é possível que alguns tenham ficado famosos. Se eu fosse me aventurar a tentar descobrir quem eu transformei em um guitarrista morto-vivo, eu diria Dave Davies. Quero dizer, apenas *olhe* para aquele sujeito. Aqueles são olhos de zumbi mais que quaisquer outros.

•

Discutivelmente o momento mais importante para os Beatles em 1961 aconteceu no fim de junho, quando os rapazes foram até o estúdio do produtor Bert Kaempfert para gravar a parte instrumental de uma música para o crooner britânico Tony Sheridan. Sheridan, que recusou diversos convites para falar comigo, ia ter seu nome na frente e no meio da capa do disco; e, por falar nisso, havia uma possibilidade de o nome dos Beatles nem aparecer na capa, uma coisa que ou não tinha sido comunicada aos rapazes ou não tinha sido entendida pela banda.

GEORGE HARRISON: Fui embora do estúdio antes da maior parte das coisas ruins acontecerem na sessão de Sheridan, o que vi ficou um pouco borrado na memória. Mas acho que Pete foi o agitador.

PETE BEST: Eu era um encrenqueiro, mas meus problemas eram mais umas merdas juvenis — você sabe, mexer com meninas com quem provavelmente não deveria ter mexido, fazer pegadinhas, esse tipo de coisa. Eu não gostava muito de destruição pura e simples.

Não importa o que digam, não tive nada a ver com o que aconteceu no estúdio de Bert. Sério, como eu poderia? Eu era um ser humano normal e não tinha nem perto da força necessária para causar tamanha destruição. Mas tentaram me culpar, Paul e John, e, para mim, aquele foi o começo do fim, embora o fim tenha sido bastante depois.

Além disso, tenho certeza de que foi Paul quem começou tudo. Vi com meus próprios olhos.

PAUL McCARTNEY: Não fui eu quem começou, quer saber? Quero dizer, você viu as fotos da bateria do Pete, não viu? É *óbvio* que foi ele quem começou.

Pode ser que John e eu tenhamos acabado com tudo, no entanto.

JOHN LENNON: Aquele espaço de tempo de uma hora ou duas é um pouco nebuloso, mas tenho quase certeza de que não foi Pete ou Paul. Acho que eu joguei a primeira pedra. Acho que joguei o primeiro amplificador. Mas me recuso a aceitar toda a culpa. Eu agi mal, Paul agiu mal, só que Pete agiu pior.

PETE BEST: Eis o que realmente aconteceu, e, se algum daqueles mortos-vivos desgraçados falar algo diferente, estão falando mais merda do que você encontra nos esgotos.

Passamos o arranjo algumas vezes, e, quando Bert e o engenheiro estavam satisfeitos com o som, nos deram o sinal verde e tocamos com vontade por 45 minutos. Bert disse que estava feliz com o material e nos agradeceu por nossa presença; aí John largou a guitarra, chegou perto de Kaempfert e disse:

— É só isso?

Bert respondeu:

— Sim, só isso, Sr. Lennon. Você estava esperando algo mais?

John replicou:

— Tinha a impressão de que gravaríamos umas duas músicas nossas.

Não sei de onde ele tirou essa ideia.

Bert disse:

— Humm, não, receio que não. Essa sempre foi a sessão de Tony e a sessão apenas de Tony.

— Não foi o que Tony nos disse. — argumentou John.

A verdade é que Tony não nos disse porra nenhuma. Trocamos, talvez, cinco palavras com o sujeito.

Bert disse:

— Bem, isso é entre os senhores. Vocês têm trinta minutos para arrumar suas coisas. Por favor, desliguem as luzes quando saírem.

E foi embora.

E então John arremessou seu amplificador Fender Deluxe contra a parede do outro lado da sala.

GEORGE HARRISON: Pete fez ou disse algo a Bert, e Bert parecia irritado, e eu estava pronto a partir para a briga por Pete. Todos pelos zumbis, e os zumbis por todos. E, sim, Pete não era um zumbi, mas ainda assim era um de nós. Mas, no momento em que o Fender de John passou raspando pela minha cabeça — e deixou de arrancar meu nariz por alguns milímetros, devo acrescentar —, arrumei minhas coisas e saí apressado. Não ia deixar Johnny colocar um dedo sobre meu Les Paul GA-40, isso com toda certeza.

PAUL McCARTNEY: Desde o início da banda, John era o homem das ideias, e a maior parte de suas ideias era boa. Então achei que, se ele achava que destruir o estúdio era uma boa jogada, eu estava dentro.

O problema é que meu Selmer Truvoice Stadium era um equipamento sólido e parecia ter sido feito para aguentar um holocausto nuclear. Agora, mesmo com meus supostos poderes de zumbi que fazem de mim um cara forte, precisei de três arremessos para transformar aquele bebê em serragem. John, no entanto, destruiu seu Fender em um único arremesso.

JOHN LENNON: Havia um método por trás do meu arremesso de amplificador. Eu tinha minha Rickenbacker 325 havia três anos e não estava disposto a transformar minha amada guitarra em lenha, por isso fiz a segunda melhor coisa.

PETE BEST: Cara, eu amava minha bateria Premier. Os pratos eram novinhos, os tons ecoavam por toda a sala, e minha caixa estava amaciada, mas ainda em perfeito estado. Não preciso nem dizer que fiquei furioso quando John começou a pegar pesado com ela. Completamente furioso.

JOHN LENNON: A primeira coisa que fiz depois que meu amplificador foi para a grande fábrica da Fender no céu foi pegar o prato de condução de Pete e afiá-lo com meus dentes. Isso deu àquela coisa uma lâmina que podia decapitar um elefante. Joguei-o como um frisbee sobre o equipamento de gravação de Bert... e dei um bom efeito nele para que causasse o máximo de estrago possível. A máquina de fita de rolo estava aos pedaços, e a mesa de mixagem tinha faíscas saindo dela.

Aquilo me deu uma sensação boa, só que não o suficiente. Eu estava faminto, compreende? e esse é o tipo de coisa que acontece quando não tenho acesso a comida.

Peguei o prato de volta e o joguei contra a parede, girando meu pulso. Ele a atravessou como uma serra elétrica e se movia tão rápido que começou a soltar fumaça. A fumaça se transformou em uma fogueira, e a fogueira se transformou em um incêndio na floresta. Pegamos nosso equipamento — quebrado e inteiro — e demos o fora de lá. Por alguma razão, a história nunca foi parar nos jornais.

Por sorte, Bert levou a master com ele, caso contrário o mundo não seria brindado com nosso primeiro disco de verdade, uma versão de "My Bonnie" que não foi lançada sob o nome de The Quarrymen ou The Silver Beatles ou

The Beatles ou The Maggots, mas como Tony Sheridan and the Beat Brothers. Aquilo tudo era ridículo, mas acho que há de se começar em algum lugar.

•

Uma tarde, enquanto estava no Edifício Dakota, do nada Lennon se virou e disse:

— Eppy ainda está por aí, sabia?

Quase deixei cair minha xícara de Kopi.

— Você está de sacanagem. Pare de me sacanear, Lennon — falei.

Até onde eu sabia, Eppy — o apelido de John para o brilhante empresário dos Beatles, Brian Epstein — tinha morrido de overdose em 1967. Se tinha ou não sido suicídio, sempre foi motivo de discussão.

— Não estou de sacanagem com você, cara. É verdade — disse Lennon. — Mas não sei onde ele está; Aspinall provavelmente sabe.

Neil Aspinall era o verdadeiro guardião do portão dos Beatles, e era seu trabalho saber esse tipo de coisa... e manter abafado. Acabou que John estava certo nos dois casos. Eppy ainda estava por aí, e Aspinall sabia por onde ele andava — mais especificamente em Edimburgo. (Essa também calhou de ser a única vez que John mentiu descaradamente para mim; ele sabia exatamente onde Brian Epstein estava.)

Não me sentia confortável em abordar Epstein sozinho, mas Neil gentilmente se ofereceu para marcar o encontro. Para meu prazer, Brian concordou em me encontrar na mesma hora, o que foi um choque, pois pensei que ele não fosse o tipo de cara que falaria com gente como eu. Tenho certeza de que o único motivo por que aceitou o encontro foi o aval de Neil.

A casa acessível a cadeira de rodas de Brian — é uma mansão na verdade — é construída tão longe de alguma estrada de Edimburgo que, se você soubesse que ela está ali, nunca saberia que está ali... e é exatamente esse o jeito que Eppy quer. Tão cortês e afável quanto se pode esperar, apesar de um tanto resguardado, Brian insistiu em discutir sua história pessoal mais recente primeiro, antes de se lançar sobre o passado.

BRIAN EPSTEIN: Não importa se cometi suicídio ou não. Isso não muda a história *antes* e não muda *depois*. Eu estava infeliz, tomava muitas drogas e morri. Fim.

John vivia em seu próprio mundo na maior parte de 1966 e 1967, mas estava consciente do meu estado mental, embora eu achasse que fazia um belo trabalho mantendo as aparências. Ele sempre foi bom com essas coisas, aquele John. Uma tarde me perguntou se eu queria que ele me transformasse, alegando que uma transformação poderia melhorar meu humor.

— De jeito nenhum. Minha vida vai acabar quando for a hora para ela acabar. Não quero ficar por aí por mais quinhentos anos. Não quero estar por aí por nem mais *cinquenta* anos. A vida deve ser vivida de forma finita — argumentei.

— Eu sou infinito e estou indo muito bem — disse John.

Eu contestei:

— Bem, John, você é você, e eu sou eu. Então não me reanime. Nunca. Não tente se esgueirar quando eu estiver dormindo, ou me hipnotizar, ou fazer qualquer uma daquelas porcarias que você faz quando mata um estranho.

Eu o fiz prometer. E ele manteve sua promessa. Por sete anos.

Em 1974, John Lennon e Yoko Ono desenterraram meu caixão, e John me reanimou. Inicialmente fiquei uma fera.

mas, quando ele se desculpou e disse que fez isso porque estava se sentindo solitário, bem, tive que perdoá-lo, não é mesmo? Ele comprou essa casa para mim e fez arranjos para que eu tivesse dinheiro suficiente para me sustentar até o fim dos tempos. Em 2001 ele disse:

— Fico feliz de ter dado o dinheiro a você, Eppy. Imagine se você tivesse que voltar a trabalhar. Podia acabar preso sendo empresário de uns desgraçados infelizes como aqueles malditos irmãos Gallagher.

O problema é que, como fiquei morto por muito tempo, John foi capaz de reanimar só minha cabeça. Meu corpo, como pode ver, é quase todo paralisado. Posso mover o pescoço, e minhas mãos estão ótimas, e tenho alguns leves movimentos nos braços, mas minhas pernas são inúteis. Tenho empregados que moram aqui, e John se assegurou de que vai ser sempre assim. John Lennon assassinou Deus sabe quantos milhares de pessoas, mas é um bom homem.

Estou falando bobagens. Você não veio aqui para falar sobre mim. Você quer ouvir coisas sobre os rapazes.

Eu os vi tocar pela primeira vez no Cavern Club e soube logo de cara que eles tinham *algo*. Eu não sabia nada sobre os mortos-vivos — afinal de contas, não havia nenhum zumbi na chique Rodney Street, onde cresci — e não tinha certeza se devia esperar um rompante assassino como bis, ou o quê. Acabou que os rapazes conseguiram se controlar... a maior parte do tempo. Mas só a maior parte do tempo. De vez em quando saíam dos trilhos. Imagino que você esteja familiarizado com o show do Shea Stadium.

De qualquer forma, nossa união de negócios aconteceu rápido. Depois daquela maravilhosa apresentação no Cavern, falei para John que precisavam de um empresário. Ele concordou imediatamente e perguntou onde podia assinar. O resto, como se diz, é história.

PAUL McCARTNEY: Algumas pessoas dizem que a história dos Beatles começou depois do show dos Quarrymen em St. Peters, sabe? Alguns dizem que foi quando fomos tocar em Hamburgo. Outros dizem que foi quando Stu virou vampiro e eu assumi o baixo. E há os que dizem que foi quando começamos nossa residência no Cavern Club. Na minha opinião acho que foi no dia em que trouxemos Brian Epstein pra perto... e nos seguramos para não zumbificá-lo.

Foi aí que percebi que John poderia estar certo. Talvez pudéssemos fazer aquilo. Talvez os Beatles pudessem dominar o mundo. E nosso primeiro passo nessa direção foi dado no estúdio da Decca Records, lá no maldito bairro de West Hampstead.

CAPÍTULO DOIS

1962

BRIAN EPSTEIN: Uma das primeiras coisas que fiz quando assumi a banda foi me assegurar de que os rapazes desenvolvessem alguma espécie de decoro no palco. Eram uma turma de broncos, e aquilo ficava claro antes, durante e depois das apresentações, e eu precisava acabar com aquilo. Não era nada demais envolverem o pescoço de um bêbado chato com um banco de bar em Hamburgo, mas no Reino Unido era diferente. Eles tinham que aprender a parecer, e de alguma forma agir como uma banda de rock'n'roll.

O problema número um era o cabelo. Os Exis os habituaram a usar o que acho que podem chamar de topete pompadour, e, na minha cabeça, aquilo não combinava com o restante do visual deles. Eu achava que ter os cabelos levantados *enfatizava* o que *não* devia ser enfatizado. Apesar disso, Deus sabe que eu não queria que cortassem o cabelo; eles precisavam do máximo possível de cabeleira para cobrir as cabeças, porque John e George periodicamente tinham chagas pustulentas, e o cabelo comprido escondia a prova. Mais ou menos.

Problema número dois: as roupas. Eles muitas vezes usavam couro, e, para mim, aquilo os fazia parecer, humm, agressivos. Tudo bem que eles realmente *eram* agressivos — eram mortos-vivos, meu Deus, e não dava para esperar nada diferente —, mas achei que uma mudança de guarda-roupa abrandaria as coisas sem sacrificar a zumbitude inata deles, algo com que John estava muito preocupado, porque, como ele notoriamente disse à *Mersey Beat*: "Até o fim dos tempos, pretendo ser tão honesto às minhas raízes de zumbi quanto possível."

Então sugeri que tentassem usar ternos iguais, com a ressalva de que fossem sempre de uma cor escura. Se fossem em um tom mais claro, qualquer sangue ou fluido cerebral que pingasse entre os shows ia manchar e seria facilmente identificável, enquanto, com um terno escuro, ninguém perceberia. Eu os levei para fazer compras, e eles ficaram fantásticos.

Eu acreditava firmemente que um bom visual levaria a um bom contrato de gravação. Um pensamento lógico, porém, a princípio, eu estava muito, mas muito errado. Nem uma única gravadora quis saber de nós. Eu não sabia por que e não conseguia descobrir como reparar isso. Tirando a tarde em que George virou um ônibus de cabeça para baixo, os rapazes lidavam bem com a rejeição constante, mas dava para ver que John estava chegando ao limite.

•

Zumbis têm sido uma entidade familiar ao redor do mundo já há muitas décadas, e, apesar de a maior parte deles ter um visual de alguma forma grotesco, a maioria das pessoas viu o suficiente dos mortos-vivos para não ficar perturbada em sua presença. Um rosto cinzento e cheio de calombos? Qual é a novidade? Membros posicionados de forma estranha? Nada demais. Cicatrizes, sangue coagulado permanentemente, cicatrizes, feridas pustulentas e mais cicatrizes? Quem se importa?

Por outro lado, poucos já viram um mediano de perto; dessa forma, medianos tendem a causar uma reação mais perceptível: não causam pânico, mas, se encontrar um, você provavelmente vai ficar, no mínimo, perplexo. Isso não tem nada a ver com a atitude do mediano — em questão de comportamento, eles são perfeitamente simpáticos, apesar de um pouco deprimidos —, porém com aspectos físicos. Posso dizer que um encontro de perto com um mediano vai desconcertar até o mais escolado dos entusiastas de zumbis.

Medianos estão parcialmente vivos, parcialmente mortos e parcialmente mortos-vivos, mas, infelizmente para eles, carregam as piores características físicas de todos os estados vitais. Imediatamente após a transformação de zumbi a mediano, o tom da pele muda do típico cinza morto-vivo para um branco quase translúcido, tão translúcido que, sob a luz correta, a estrutura do corpo é visível. Para piorar tudo para o transeunte, a estrutura está inevitável e severamente danificada; então, se você der uma olhada em um mediano sem camisa, pode ser presenteado com a visão de um fígado lacerado, um pulmão perfurado ou um coração esmagado. Por causa disso, medianos tendem a usar camadas sobressalentes de roupa; por isso, na maior parte dos casos, você só vai ser presenteado com a vista de uma rachadura no crânio ou uma córnea descolada. A clareza da pele faz com que qualquer cicatriz e mancha de sangue se destaquem em alto-relevo, o que não exatamente aprimora a visão.

E, antes que esqueçamos, medianos flutuam. Isso pode não parecer nada demais, mas tente passar algumas horas conversando com um homem meio morto, coberto de sangue, com pele de fantasma e deprimido, que está sempre flutuando a vários centímetros do chão. Não importa o quanto você se ache durão, seu cérebro não é programado para ficar tranquilo na presença de um ser flutuante, fedorento e ensanguentado.

É necessário um enorme trauma físico para um zumbi de Liverpool se tornar um mediano, e a maioria deles é consequência de acidentes horríveis, muitas vezes envolvendo altos níveis de calor, como, por exemplo, uma bomba, uma batida de carro com explosão ou uma queda de uma grande altura. Transformar um zumbi em um mediano de propósito é uma tarefa difícil, e, para a transformação ocorrer, você tem que feri-lo de verdade. Pouquíssimos humanos têm a força ou os meios para produzir um mediano; logo, o maior número de medianos é criado por outros zumbis.

E tudo isso nos leva a Dick Rowe.

Um lendário homem de A&R da Decca Records, Rowe foi citado como sendo responsável por descobrir e/ou contratar talentos como os Rolling Stones, Tom Jones e a primeira banda de Van Morrison, Them. Depois de ver os Beatles destruírem o Cavern tanto musicalmente quanto fisicamente, Rowe conseguiu que a Decca os convidasse a ir ao estúdio para uma sessão no Réveillon, que serviria como a audição da banda para a gravadora. John, Paul, George e Pete tocaram impressionantes quinze músicas em uma hora, e a maior parte dos fãs dos Beatles justificadamente acha que o quarteto soou muito bem. Acreditando que as bandas de rock estavam saindo da moda e que bandas de zumbis nunca iam entrar na moda, Rowe discordou e, algumas semanas depois da sessão, Brian Epstein recebeu um veredito lamentável.

BRIAN EPSTEIN: Os rapazes adoraram a performance que tiveram no estúdio para a Decca, e eu sabia que ia partir os corações se não recebessem uma oferta para um contrato de gravação. Decidi dar a notícia a John frente a frente, pois é mais fácil consolar uma pessoa ao vivo do que pelo telefone. Era a coisa certa a se fazer... Ou, pelo menos, era o que eu pensava até me encontrar caído de bunda no meio da rua em frente a seu apartamento.

JOHN LENNON: Nunca quis machucar Eppy. Não consegui me segurar. Foram apenas meus reflexos.

BRIAN EPSTEIN: John queria falar com Rowe pessoalmente, e achei que aquela era uma ideia simplesmente atroz. A indústria musical inglesa era pequena, um ovo — todo mundo conhecia todo mundo —, e, se John fosse atrás de Rowe, a história ia se espalhar e arrumar um contrato ia ser ainda mais difícil. Ressaltei que já tínhamos sido rejeitados por quase todas as gravadoras da cidade e, se ele fosse atrás de Rowe, ninguém ia permitir que fizessem uma audição muito menos contratá-los.

Ele me ignorou. Ele é muito cabeça-dura. Mas é isso que faz de John, John.

JOHN LENNON: Liguei para Paulie e falei para ele botar seu melhor traje, porque teríamos uma breve conversa com o Sr. Rowe.

Ele disse:

— Você acha que é uma boa ideia? Já estive do outro lado das suas *conversas* e quase não sobrevivi. E sou um maldito zumbi, você sabe.

Ponderei:

— Vamos apenas falar com o homem. É por isso que quero que você vista suas melhores roupas. Não sei quanto a você, mas eu não gostaria de sujar minhas melhores roupas de sangue e miolos. Se estivermos bem-vestidos estaremos mais aptos a agir educadamente.

Paulie perguntou:

— Que horas você marcou com ele?

— Não marquei nada. Vamos falar com ele na hora que eu quiser — avisei.

•

Outra peça do quebra-cabeça dos Beatles em quem tive que jogar minha lábia para que falasse comigo de forma oficial, Dick Rowe é um mediano clássico: pele clara coberta com o que parecem ser baldes de sangue fresco, incessantemente flutuante, olhos transbordando de lágrimas azuis. Ele aproveitou o máximo de sua situação de morto-vivo/morto, criando uma vida confortável, apesar de solitária, para si mesmo, uma vida em um pequeno e ordinário apartamento em Londres, cercado de dezenas de milhares de discos, fitas cassete, fitas de rolo e CDs. As lágrimas azuis que pintam as bochechas de Dick Rowe escondem o fato de que ele é um indivíduo silenciosamente satisfeito — para um mediano, claro.

Rowe raramente aparece nos pensamentos de John Lennon ou Paul McCartney, mas, por outro lado — e talvez nada surpreendentemente —, Lennon e McCartney estão quase sempre no cérebro do antigo mandachuva da Decca, como ele me contou em agosto de 2005.

DICK ROWE: Foi uma bola fora não contratá-los? Sim. Será que eu teria agido de outra forma se tivesse a chance de fazer tudo de novo? Falando do ponto de vista musical, não, não teria. A banda não estava pronta. O potencial estava lá, mas eu não corria atrás de potencial. Eu não tinha tempo de ficar segurando a mão de uma banda enquanto encontravam o próprio som. Eu precisava de hits e precisava deles rápido. É verdade que eu estava no alto escalão da empresa, mas ainda era minha obrigação dar satisfações aos homens sobre dinheiro, e, para o pessoal do décimo oitavo andar, fracasso não era uma opção.

Em termos de como isso tudo me afetou pessoalmente, bem, vamos apenas dizer que talvez eu tivesse feito algumas escolhas diferentes.

No dia seguinte a quando avisamos Brian Epstein que não estávamos interessados na banda, Lennon e McCartney entraram em meu escritório, sem marcar hora, ambos vestindo smoking. Eu tinha conversado com eles brevemente depois de um de seus shows no Cavern Club, mas não sabia como eram simultaneamente repugnantes e carismáticos até os ver à luz do dia. Eram lindos e abomináveis ao mesmo tempo.

Levantei, estendi a mão e falei:

— Senhores. Isso é inesperado.

Lennon deu um tapa na minha mão. Por sorte ele se segurou; se tivesse me acertado com força, meu braço inteiro teria voado pela janela fechada, sobre a cidade, até o rio Tâmisa. Ele disse:

— Você está certo, cara. Isso *é* inesperado. Para falar a verdade, toda essa *situação* é inesperada. Quero dizer, que porra você quer de nós?

Depois de perguntar a ele o que queria dizer, ele continuou:

— Nossa fita. O que estava errado com nossa fita?

— Nada estava *errado* com ela, Sr. Lennon. Os senhores têm muito potencial. Ela era... legal. Apenas isso. Apenas legal. — disse.

Em um piscar de olhos, Lennon estava de pé atrás de mim. Ele sussurrou em meu ouvido:

— Uma palavra que não define os Beatles, Sr. Rowe, é legal.

PAUL McCARTNEY: Bem naquela hora, exatamente quando John voou para trás de Rowe, tive certeza de que uma entre duas coisas ia acontecer: ou John ia hipnotizar Rowe para que ele nos oferecesse um contrato de gravação ou ia arremessá-lo do outro lado da sala.

A resposta: número dois.

JOHN LENNON: De forma alguma iria hipnotizá-lo. Lembre que eu fiz aquela promessa ao cosmos: nada de usar hipnose para conseguir trabalho.

DICK ROWE: Nunca esperei por aquilo. Para falar a verdade, ainda nem mesmo sei o que *aquilo* foi. Um soco? Um chute? Algo telecinético? Quem sabe? Em um momento eu estava de pé na frente da minha mesa; no seguinte, do outro lado da sala, no chão, encolhido contra a parede; no colo, uma foto em que estou com Jimmy Young.

PAUL McCARTNEY: Segurei o ombro de John e perguntei a ele:

— Que porra é essa que você está fazendo, cara? Achei que íamos ficar na nossa. Achei que íamos manter nossos ternos limpos.

Ele falou:

— Sim, bem, foi uma coisa de momento.

— Que *momento*? Ele esticou a mão para você apertar. Isso não é um *momento*. Isso é uma porra de uma gentileza.

Ele argumentou:

— Isso é o que *você* acha. Eu acho que temos que mandar uma mensagem para a indústria fonográfica. Temos que fazer desse tal de Rowe um exemplo. Fazer com que todos saibam que não podem mexer com Lennon e McCartney.

— Em que tipo de exemplo você está pensando? — questionei.

DICK ROWE: Desde então, fiquei sabendo por especialistas que zumbis de Liverpool têm a habilidade de fazer com que seus ataques sejam indolores para suas vítimas, tanto mental quanto fisicamente. Para mim, Lennon foi misericordioso, o que soube que não era sempre o caso. Tenho certeza de que minha transformação foi horrível, mas não me lembro de completamente nada.

JOHN LENNON: A única razão por que não torturei Dick Rowe foi Paul ter me pedido para não fazer isso. E, quando Paulie o olha com aqueles olhos de cachorrinho, bem, é difícil negar algo a ele... e não tem nada a ver com hipnose. Existe uma razão para as pessoas se referirem a ele como o maldito Beatle que é uma gracinha.

PAUL McCARTNEY: Os ataques de Johnny sempre foram intensos, você sabe, mas esse foi uma performance de nível olímpico. Depois de jogar Rowe contra a parede, ele o levantou pelos cabelos e o zumbificou em exatos 12 segundos... E, sim, fiquei contando. Mas ele fez um trabalho porco, porque sabia que ia matá-lo apenas alguns momentos depois.

John então, sem nenhuma cerimônia, deixou Rowe cair no chão, correu até o outro lado do escritório e abriu a janela. Antes que Rowe ao menos soubesse que era um zumbi, John o agarrou pela cintura, tenso como um jogador de críquete, e o arremessou pela janela até a calçada, 30 metros abaixo.

JOHN LENNON: Em minha defesa, fiz questão de olhar pela janela e me assegurar de que não estava jogando Dickie sobre nenhum pedestre, porque sabia que ia jogá-lo com tanta força que, se ele caísse sobre alguma pessoa, ela morreria instantaneamente. Matar alguém e não comer não faz nenhum sentido. Pelo menos eu pensava assim naquela época.

Nunca tinha medianizado ninguém e não tinha certeza se ia funcionar. Mas era uma queda de dez andares, e eu estava confortável achando que aquilo ia ser suficiente, especialmente se ele estivesse caindo a 50 quilômetros por hora. Se não funcionasse, estava preparado para descer e atear fogo ao corpo.

DICK ROWE: Quando dei por mim, estava na minha própria cama. Espere, preste atenção: eu flutuava sobre minha própria cama, mas não era como se eu *não* estivesse sentindo dor. Acho que a única forma de você entender o que quero dizer é se você for medianizado, e rezo a Deus para que isso nunca lhe aconteça.

JOHN LENNON: Nunca vou deixar Dick Rowe se tornar um zumbi. Nada de balas de diamante na cabeça para ele. Ele é um mediano para toda a vida e morte. E cada vez que aquelas lágrimas azuis pingarem em suas calças, quero que ele se lembre dos nomes John Lennon e Paul McCartney.

DICK ROWE: Nenhuma das características de um mediano me impediu de fazer meu trabalho — francamente, todos os sintomas de um mediano são mais um incômodo do que qualquer outra coisa —, então continuei trabalhando.

Algumas vezes, ser como sou trabalhou a meu favor: por exemplo, Tom Jones disse que assinou conosco em vez de com a Vee-Jay porque achou que o fato de eu flutuar era, como ele mesmo disse, "chocante, baby".

Por outro lado, isso quase me atrapalhou com os Rolling Stones, porque Mick tinha problemas com qualquer tipo de zumbi. Mas essa é outra história.

•

Agora interrompemos nossa narrativa para uma digressão sobre escravos sexuais dos zumbis. Todo mundo pergunta sobre isso.

John, Paul e George tiveram reações similares quando toquei no assunto de escravos sexuais: breve silêncio e um olhar assustador, seguido pela ameaça de uma morte dolorosa sem reanimação. Nenhuma confirmação. Nenhuma negação. Apenas avisos realmente, mas realmente, assustadores. Ninguém pode dizer com certeza se os três Beatles mortos-vivos usaram seus poderes para criar hordas de mulheres que satisfariam cada um de seus desejos sexuais.

Existem, no entanto, algumas provas convincentes que apontam para... algo.

LYMAN COSGROVE: Já me disseram que o capítulo mais controverso de *Sob o canal* é o capítulo nove, a parte sobre a vida sexual dos seres que foram submetidos ao Processo Liverpool. E dizer que esse é o mais controverso é uma declaração e tanto, porque tanto especialistas em zumbis quanto observadores de mortos-vivos casuais deixaram bem claro que acreditam que o livro inteiro é *excessivamente* controverso. Nunca fugi de controvérsia, e nunca vou fugir.

•

Lyman me contou que não fez nenhuma nova descoberta sobre sexo zumbi desde a publicação de Sob o canal, *então, em vez de discutir algo que já discutiu à exaustão, ele prefere que eu reproduza a informação palavra por palavra deg seu livro, para evitar quaisquer possíveis inconsistências.*

DO CAPÍTULO NOVE DE *SOB O CANAL: OS MORTOS-VIVOS DE ABYSSINIA CLOSE E O NASCIMENTO DO PROCESSO LIVERPOOL*, DE LYMAN COSGROVE E ELLINGTON WORTHSON:

Existem poucos e preciosos estudos sobre a vida sexual do Homo Coprophagus Somnambulus, pois muitos zumbis são incapazes de ou não demonstram nenhum interesse em praticar o ato. Zumbis fêmeas acham difícil, se não impossível, se lubrificar naturalmente, e zumbis machos sofrem de uma abundância de obstáculos que vão desde produzir e/ou manter uma ereção até destacamento peniano.

Para os afortunados zumbis que nasceram através do Processo Liverpool, sexo é uma possibilidade realista, mas sexo totalmente satisfatório, nem tanto. Para as fêmeas, a chance de alcançar um orgasmo é ínfima. Das 7.153 zumbis fêmeas que entrevistei, apenas uma experimentou um clímax após o Processo, e a veracidade de sua afirmação é questionável, porque a pessoa que a reanimou deixou a pobre mulher com apenas 89 por cento do fluido cerebral necessário para desfrutar uma morte-vida satisfatória.

Machos, no entanto, são bem mais sortudos. Podem facilmente atingir orgasmos múltiplos, até mesmo dez por hora. (Um cavalheiro afirmou ter ejaculado 214 vezes em um período de vinte e quatro horas.) O lado negativo é que os orgasmos não são muito satisfatórios. As partículas do posperma não criam a mesma sensação

do líquido seminal, possivelmente porque pó não é uma entidade singular e não é capaz de criar o fluxo de tráfego apropriado pelo canal deferente. (Especulamos que o canal deferente é um dos componentes internos do corpo que não é afetado pelo Processo; podemos nunca saber por que motivo, pois nenhum zumbi macho se mostrou disposto a doar seu pênis e/ou seus testículos para estudo.)

O que nos leva à questão, se os orgasmos são medíocres, por que os poucos zumbis machos que se interessam por relações sexuais são tão obcecados com o ato? Simples: *poder*. Apesar de as crias do Processo Liverpool serem um grupo forte, eles sofrem do mesmo mal de todos os zumbis: estão, para todos os propósitos práticos, mortos. Um ser vivo tem muito mais força espiritual que um morto. E, como os vivos sabem, espiritualidade geralmente cumpre um grande papel no sexo. Então, alguns podem argumentar que é a falta de espiritualidade dos zumbis — sua alma perdida — que explica por que machos vítimas do Processo insistem em criar hordas de escravas sexuais.

Criar uma escrava fêmea é muito fácil: no exato momento da inserção do pênis, o zumbi olha diretamente para os olhos da fêmea e grita a expressão de quatro palavras Ơ]ʅ! ƱΘƘΞ! Ψж! Ы! (Não temos a liberdade de divulgar a pronúncia porque, até onde sabemos, nunca nenhum ser vivo falou essa expressão em voz alta e os resultados poderiam ser desastrosos.) Dizem que a doutrinação é prazerosa e confortável, mas a escravidão em si, apesar de agradável na maior parte do tempo, é aparentemente frustrante algumas vezes, pois o desejo sexual feminino é agudo e constante. Quando ela está a 200 quilômetros de seu mestre, todos os pensamentos deixam sua mente e a única coisa que importa é quando e quantas vezes ela vai poder ter relações sexuais.

O feitiço da escravidão é facilmente revertido. O zumbi macho olha nos olhos da fêmea depois da ejaculação, salpica seus lábios com posperma e recita a já citada expressão de quatro palavras de trás para a frente. Como a maioria dos zumbis ingleses machos do Processo Liverpool é relativamente educada, raramente escravizam uma fêmea por mais do que alguns meses.

Fecundação é, obviamente, impossível.

PETE BEST: Sim, eu sabia que zumbis de Liverpool podiam fazer escravas sexuais, mas não tenho a menor ideia se meus companheiros de banda estavam fazendo algo do tipo. Devo assinalar que sempre tínhamos um grande número de roupas íntimas femininas empilhadas em nossa van — sutiãs, calcinhas e coisas assim. Use essa informação como achar melhor.

NEIL ASPINALL: Nunca os vi escravizar nenhuma garota, mas me esforcei para ficar de fora desse assunto particular. No entanto, notei que nunca iam atrás das mulheres, o que na minha cabeça queria dizer que estavam totalmente desinteressados ou totalmente satisfeitos.

BRIAN EPSTEIN: A única coisa que já falei a eles sobre o comportamento fora do palco foi para que imaginassem que cada movimento que fizessem estaria sendo filmado. Não tenho certeza se aquilo os encorajou ou dissuadiu de criar escravas. Mas, independentemente do que faziam, nenhuma moça nunca reclamou, então deixei as coisas como estavam.

•

Em *Sob o Canal, Cosgrove e Worthson afirmam que mulheres mortais não se lembram de nada de sua escravidão e, quando o assunto é mortos-vivos do Reino Unido, Cosgrove e Worthson sabem do que falam, e confio na palavra deles cegamente. Então, quando a famosa groupie de zumbis, Janette Wallace, me procurou e me contou sobre seu encontro com um roqueiro britânico sem nome, não acreditei totalmente na história. Ela podia não estar contando a verdade, porém contou uma história e tanto, que, apesar de ser um pouco caricata, vale a pena ser reproduzida aqui.*

JANETTE WALLACE: Quando um garoto zumbi decide que quer te colocar na palma de sua mão — e em seu cérebro e em seu pau —, a primeira vez com ele é um sonho. O, humm, sujeito de que estamos falando nessa ocasião particular tirou minha virgindade de zumbi e não podia ter sido mais doce. Ele me tocou de formas que eu nunca havia sido tocada antes, ou desde então. Não liguei que seu dedo houvesse se soltado e caído entre meus seios, nem que ele tivesse cheiro de terra, ou que dois de seus dentes tivessem caído na minha boca no nosso primeiro encontro — e que ele houvesse parado para colocá-los de volta logo antes de eu atingir o orgasmo. Nada disso importou, porque minha primeira experiência com amor zumbi foi tão divertida, mas tão divertida, muito, muito divertida mesmo.

A escravidão em si é mágica. Quando estava sob seu encanto, toda vez que ele me olhava nos olhos, eu estremecia toda, e nada mais importava. O fato de eu ser submissa a ele dificultou as coisas no trabalho, principalmente quando sua banda entrou em turnê e eu não conseguia saciar meu desejo por posperma, mas valeu a pena... Mesmo quando meu chefe me disse para tirar uma licença até que eu, abre aspas, resolvesse minhas merdas, fecha aspas. Que desgraçado desalmado ele era. Não entendia o amor zumbi. Coitado.

Segui meu amante morto-vivo por toda a Europa: Hamburgo, Liverpool, Elgin, Dingwall, Aberdeen, Manchester, Stoke-on-Trent, Sunderland, Croydon, *todos os lugares*. Fiquei sem dinheiro e fui presa duas vezes. Depois que ele me liberou de seu encanto, fiquei tão debilitada que fui despejada de meu apartamento e tive que voltar a morar com meus pais por alguns meses. Mas valeu a pena.

Então, para todas vocês, meninas, que estão por aí, se tiverem a chance de trepar com um zumbi, trepem com eles e trepem direito.

•

PETE BEST: Dava para saber que algo estava errado desde que Paul veio com aquele papo de "todos pelos zumbis, e os zumbis por todos", logo depois que fui contratado. Se eu o tivesse deixado me zumbificar, talvez tivessem me mantido na banda. Mas não deixei. E eles não me mantiveram.

Brian me mandou embora em agosto. Foi educado a respeito disso — Eppy era educado com *tudo* —, no entanto, eu quase teria preferido que John e Paul tivessem tomado as rédeas. Sim, talvez eu tivesse reagido de forma agressiva, e, sim, uma reação agressiva da minha parte podia ter levado à minha morte ou morte-vida, mas pelo menos teria havido um ponto final. Da forma como foi, pelos oito anos seguintes, observei suas travessuras da plateia, exatamente como todas as outras pessoas na porra do mundo.

Acho que não há mais nada a falar, não é mesmo?

RINGO STARR: Honestamente, não lembro quem me fez o convite oficial para entrar na banda. Mas me lembro exatamente do que aconteceu depois que fui convidado.

GEORGE HARRISON: Nós todos conhecíamos Ringo há um bom tempo e todos gostávamos dele, e ele era um baterista e tanto. Então, claro que nenhum de nós quis machucá-lo. Mas tínhamos que nos assegurar de que ele era um de nós.

PAUL McCARTNEY: Não foi como se estivéssemos abusando dele, sabe? Os Beatles não eram uma fraternidade. Os Beatles eram uma banda de rock. Ainda assim, aquilo pareceu a coisa certa a se fazer na época.

JOHN LENNON: Ringo era um sujeito legal, só que com um cara novo você nunca sabe. E se estivéssemos tocando, digamos, em algum lugar na Escócia e algum matador acertasse uma bala de diamante em George? Paul e eu não íamos querer sair imediatamente atrás do cara — tínhamos que salvar nossas próprias peles e estamos falando de um matador, afinal de contas —, por isso precisávamos descobrir se Ringo tinha as habilidades necessárias para defender tanto ele mesmo quanto o restante da banda se a necessidade surgisse.

RINGO STARR: Eles me levaram ao Cavern para beber uma caneca de cerveja em comemoração e por, sei lá, três ou quatro horas, só conversamos sobre música, porque música era o que todos nós amávamos mais: Chuck Berry, Carl Perkins, The Shadows, Eddie Cochran, Buddy Holly, Motown e, claro, Elvis. John falava sobre como íamos dominar o mundo e não parava de falar do Poppermost, o que quer que aquela porcaria quisesse dizer. A certa altura, como sempre parece ser o caso quando alguém começa a me conhecer, a conversa mudou para ninjas.

John estava especialmente curioso e me perguntou de dez formas diferentes que habilidades eu possuía. Expliquei a ele que tinha acabado de me tornar um lorde ninja do sétimo nível e, como exemplo, lhe contei que umas das habilidades que todos do sétimo nível têm que desenvolver é a invisibilidade virtual.

George falou:

— Invisibilidade virtual? Que nível você tem que alcançar para ficar *realmente* invisível?

Respondi:

— Quinquagésimo segundo.

Ele comentou:

— Estava brincando, cara. As pessoas não podem se tornar invisíveis de verdade.

Eu falei:

— Eu *não estava* brincando. E, sim, elas podem.

GEORGE HARRISON: E aí o pequeno sujeito desapareceu. Claro que não sei como. Em um segundo ele estava bebendo um gole de sua Guiness e, no seguinte, sua caneca estava vazia... assim como sua cadeira. Então, antes que qualquer um de nós pudesse dizer alguma coisa sobre qualquer coisa, bum, ele estava de volta.

— Puta que pariu! Se isso é invisibilidade virtual, como é a real? — interpelei.

Ele disse:

— Acredite em mim, amigo, você não quer estar em uma situação em que isso seja um problema.

RINGO STARR: Dava para perceber que John estava impressionado. Ele me perguntou o que mais eu podia fazer.

Expliquei:

— Bem, tem aquelas coisas óbvias de ninja, como a habilidade de se mover em total silêncio, sem mover o ar; ou acertar um alvo com uma shuriken a 50 metros de distância; ou andar em paredes como uma aranha e ficar pendurado no teto com as pontas dos dedos; ou saber 36 maneiras diferentes de matar um ser humano em menos de trinta segundos sem deixar sequer uma marca. Você sabe, esse tipo de coisa.

John disse:

— E o confronto físico? Como você luta?

Falei:

— Antecipação é a chave. Isso é uma coisa muito importante para mim agora, essa coisa de antecipação, porque, se eu quiser galgar o oitavo nível, vou ter que passar por alguns testes de antecipação.

Paul perguntou:

— Que porra é essa de que você está falando, Richie?

Ele parecia estar completamente alcoolizado, o que me surpreendeu, porque não sabia que zumbis podiam ficar bêbados.

Respondi:

— Em uma batalha, eu sei o que vocês vão fazer três passos antes de fazerem. Sei para onde vão se deslocar antes que se movam.

— Como se faz um teste disso? — perguntou George.

Eu disse:

— Não sei, mesmo. Você apenas faz.

Então John virou meia caneca em um gole e indagou:

— Você gostaria de nos testar, Ringo, meu rapaz?

JOHN LENNON: Acho que você pode chamar isso de ritual de iniciação. A ideia de uma iniciação era ridícula, mas tinha que ser feita.

Na época em que eu queria matar e reanimar Stuart Sutcliffe, Paul me dizia o tempo todo: "Precisamos de *alguém* na banda com sangue correndo nas veias." Eu não concordava com ele naquela época, mas acabei aceitando sua forma de pensar. Ele me convenceu de que nem todos no mundo iam seguir uma banda só de arrastados.

Além disso, não podíamos ter alguém no banco da bateria que não pudesse cuidar de si mesmo, por isso precisávamos nos assegurar.

PAUL McCARTNEY: Naquela noite, por volta das três horas da manhã, nós todos nos encontramos no Calderstones Park. O parque estava vazio, o que era exatamente o que queríamos.

GEORGE HARRISON: John e Paul não queriam me deixar participar. O motivo de John era o mesmo de sempre: "Você é muito novo." Então fiquei assistindo.

RINGO STARR: Não existe algo como um uniforme de ninja. Todo mundo pensa que é aquela coisa de se vestir todo de preto com o capuz e a máscara, mas a verdade é que aquilo vem do kabuki. Ninjas modernos usam qualquer coisa, desde um quimono branco de caratê até calça jeans. Só pela diversão, meu primeiro professor, 忍の者乱破, algumas vezes usava um terno trespassado para dar aula. Porém, naquela noite, só de sacanagem, usei meu uniforme todo preto.

JOHN LENNON: Ringo é a pessoa com a aparência menos assustadora que você vai conhecer. Ele está sempre sorrindo, sempre animado e é totalmente não ameaçador.

Quero dizer, até ele botar o uniforme ninja. De repente, o Sr. Starkey se transforma em um cara com quem você não quer se meter.

PAUL McCARTNEY: Vi John participar de centenas de brigas — porra, eu mesmo briguei com ele pelo menos umas vinte vezes —, mas nunca o vi tão nervoso quanto na hora em que Ringo apareceu do nada.

GEORGE HARRISON: Queria ter gravado a batalha em vídeo. A coisa toda durou cerca de três minutos e aconteceu tão rápido que perdi a maioria dos detalhes. Seria legal voltar e ver frame a frame.

JOHN LENNON: Eram dois contra um, só que parecia mais que eram dois contra cinquenta, porque Ringo usava as árvores como defesa. Ele se escondia atrás de uma, nós o víamos, e ele já estava atrás de outra antes mesmo de termos a chance de tocá-lo. E aí, quando ele pulou sobre os galhos de um enorme carvalho e começou a saltar de árvore em árvore como um Tarzan sem a tanga, não tinha mais jeito. Jamais havíamos visto aquele tipo de habilidade e não tínhamos a menor chance.

PAUL McCARTNEY: Enquanto Ringo estava pulando de árvore em árvore, falei para John:

— Temos que nos separar, sabe? Temos que nos espalhar. E nos antecipar. Esqueça essa merda de zumbi, está na hora de começar a pensar como um ninja.

John perguntou:

— O que você quer dizer com pensar como um ninja? Como é, em nome de Jesus, que se pensa como um ninja?

— Não faço ideia — respondi. — Vamos apenas pegar esse merdinha. Não fico acordado até tão tarde desde nosso último show no Kaiserkeller e estou acabado.

RINGO STARR: Eles nunca encostaram um dedo em mim, e eu nunca encostei um dedo neles. 忍の者乱破 deixou sua filosofia bem clara para mim: nunca machuque um ser — zumbi ou não — por raiva ou zombaria, apenas para se defender.

Apesar disso, antes de desistirmos, enquanto eu estava escondido no topo da árvore mais alta em Calderstones, arremessei uma shuriken em cada um deles e cortei suas calças na cintura.

GEORGE HARRISON: Aquilo foi — e ainda é — a coisa mais engraçada que já vi. Lá estavam Lennon e McCartney atacando com toda vontade, indo à loucura tentando achar aquele pequeno ninja e então *zzzzzzzip*, lá estavam Lennon e McCartney parados no meio do parque com as calças e cuecas em volta dos tornozelos e seus troços balançando para o mundo ver.

Naquela hora, gritei:

— Opa, Johnny, quem é muito novo para lutar agora?

JOHN LENNON: Então eu estava lá, com minhas calças arriadas e meu membro encolhendo no ar frio. Olhei para Paul e disse:

— Bom, acho que arrumamos um novo baterista.

•

Rod Argent pode não ser um ninja, mas é, ainda assim, um verdadeiro guerreiro, um cavalheiro que vem fazendo música profissionalmente desde 1959 e, quando falei com ele em agosto de 2002, não mostrou nenhum sinal de desacelerando.

Voltando aos áureos tempos da British Invasion, Argent provou uma pequena dose de sucesso internacional — nem perto de uma dose saudável como a de outros Invasores, como os Rolling Stones, The Kinks e The Who, mas ele e seu quinteto se deram razoavelmente bem. Alguns vão dizer que sua banda era tão interessante quanto as citadas anteriormente. E alguns podem questionar por que eles não alcançaram alturas tão estonteantes. No entanto, como todos os fãs de rock sabem, é um lance de sorte. Bandas ruins algumas vezes ganham discos de platina, e grandes bandas algumas vezes nem conseguem um contrato de gravação.

Rod não é amargo — como notei, ele é um guerreiro, feliz de lutar a boa luta e levar a vida curtindo um show de cada vez —, mas há um assunto que o tira do sério de verdade. E esse assunto é a zumbificação dos Beatles.

Não é para menos, Rod Argent é um dos fundadores dos Zombies.

ROD ARGENT: Todos acham que nos chamamos The Zombies para pegar carona na fama dos Beatles; só que, para sua informação, éramos os Zombies bem antes de termos ouvido falar nos Beatles. Estávamos tocando desde 1959, e, como somos de St. Albans, aqueles fedelhos de Liverpool não queriam saber de nós e estava tudo bem. Eles tinham a coisa deles, e nós tínhamos a nossa. Ainda assim, provavelmente não teria havido nenhum problema entre nós se não fosse por aquele maldito artigo que o maldito Bill Harry escreveu para a maldita *Mersey Beat*.

Bill Harry era um dos amiguinhos de Lennon daquela escola de arte pretensiosa e fez um jornal para falar exclusivamente da cena musical inglesa... da forma como ela era.

Era muito favorável aos Beatles e ignorava completamente qualquer outra banda emergente de fora de Liverpool.

Lembro daquele maldito artigo palavra por palavra.

O *artigo a que Argent se refere foi publicado em uma edição de setembro de 1962 da* Mersey Beat. *Harry fez uma tiragem limitada, tão limitada que não consegui encontrar um exemplar, ou achar alguém que tivesse um, ou achar alguém que conhecesse alguém que tivesse. Então temos que acreditar na palavra de Argent. A recordação de Rod do artigo reflete o estilo tipicamente esbaforido da* Mersey Beat, *portanto a memória é provavelmente muito boa.*

ZUMBIS FALSOS X ZUMBIS VERDADEIROS!!!
Os Beatles vão à guerra

Os Beatles, nossos amados rapazes de Liverpool, estão no centro da maior controvérsia de sua jovem carreira. A questão é que uma banda de St. Albans escolheu usar o nome The Zombies e, como qualquer um que já os ouviu ou viu pode falar, *eles não são zumbis*!!! São sujeitos normais que não soam como os Beatles ou se parecem com os Beatles, e acreditamos que os Zombies se batizaram assim para capitalizar sobre o inevitável sucesso dos roqueiros favoritos de Liverpool.

Nenhum dos Zombies quis se pronunciar. No entanto, John Lennon disse à *Mersey Beat*:

— Se algum dia encontrar com algum daqueles Zombies falsos, vou machucá-lo e machucá-lo seriamente. Pode acreditar, eles vão saber o que é se meter com um zumbi *de verdade*!

JOHN LENNON: Nunca disse aquilo. Não queria ferir Argent. Além disso, se quisesse, nunca teria anunciado aquilo pra imprensa... e você pode agradecer a Ringo por isso. Desde o minuto em que ele se juntou à banda, Ringo gastou muito tempo pregando sobre o elemento surpresa.

ROD ARGENT: Todo aquele artigo era evidentemente mentira. A pior parte foi que aquele merda do Bill Harry nunca tentou falar conosco; aposto que ele nem sabe o nome de nenhum de nós.

Ainda estávamos correndo atrás quando os Beatles começaram a tocar regularmente no Cavern Club. Meu parceiro de banda, Colin Blunstone, e eu íamos vê-los de vez em quando. Os caras tocavam os instrumentos muito bem, e as harmonias vocais eram estonteantes; não podíamos negar sua grandeza, mas da nossa perspectiva, parecia que estavam usando os poderes de zumbi para criar uma base. Em outras palavras, estavam ou *assustando* as pessoas ou hipnotizando-as para que gostassem deles. Sendo o segundo caso, achamos que eles estavam dando aos zumbis uma má reputação e, dessa forma, dando aos Zombies uma má reputação.

Nós íamos tocar em casas como o Playhouse, em Manchester, ou o Tower Ballroom, em New Brighton, ou o Palais Ballroom, em Aldershot, lugares onde os Beatles tinham arrumado confusão em algum ponto dos anos anteriores, e os garotos nesses lugares ficavam com medo de nós, porque achavam que éramos zumbis de verdade. Dá para culpá-los? Imagine que você está trabalhando em um lugar em que um dos caras da banda de zumbis que tocou lá na semana anterior ficou puto com o técnico de som, e então assassinou o porteiro. (Aquilo nunca fez muito sentido para mim, por falar nisso; se você estiver puto com o técnico de som, mate a porra do técnico de som.) A partir daquele momento, quando ouvia a palavra *zumbi*, você ia querer se mandar. Até conseguirmos provar ao mundo que não tínhamos a habilidade ou o desejo de mutilar nosso público, foi foda arrumar trabalho.

Consegui um tipo de vingança, mas aquilo ainda ia demorar uns seis anos para acontecer.

•

Como foi mencionado anteriormente, a lista daqueles que foram pensados como o quinto Beatle é infindável: Aspinall e Epstein estão no topo, claro, mas o jornalista e eventual assessor de imprensa Derek Taylor, o locutor de rádio baseado em Nova York Murray the K, o roadie Mal Evans e até o boxeador Muhammad Ali estão entre os muitos que tiveram o ilegítimo título jogado sobre eles. Porém nenhum foi tão importante para a história dos Fab Four como o verdadeiro *quinto Beatle, George Martin.*

Um compositor, arranjador e engenheiro de som versátil, Martin acabou produzindo todos os discos dos Beatles, exceto um, e foi muitas vezes tão importante para o som da banda quanto cada um dos rapazes. Especialistas em Beatles imaginaram por décadas por que Martin nunca foi transformado em morto-vivo.

Na época em que a banda fez uma audição para Martin no final de 1962, Lennon tinha estabelecido seu modus operandi *de dar a vida/morte imortal àqueles que ele amava e respeitava. Como Martin rapidamente se tornou uma figura paterna querida, ele parecia ser um candidato lógico para o Processo Liverpool.*

Lennon, McCartney, Harrison, Starr e o próprio Martin não quiseram discutir por que ele teve permissão para viver e, enquanto escrevo este livro, esse continua a ser um dos grandes mistérios do reino dos Beatles.

O lado positivo é que Martin é um cavalheiro saudável e caloroso que, na conversa, dá a impressão de ser imortal. O tipo de cara que vai estar aqui por muito tempo. Quando conversamos em abril de 2007 no telhado do estúdio da Abbey Road, o Cavaleiro Celibatário, que na época tinha 81 anos, parecia poder dar trabalho até ao mais poderoso dos monstros.

GEORGE MARTIN: A primeira pergunta que todos me fazem é: "Você ficou assustado? Quando eles entraram no estúdio pela primeira vez, assustaram você?"

A resposta curta: sim.

Passei toda minha formação em Highgate, que, como tenho certeza que você sabe, é uma zona livre de zumbis. Relembrando o passado, percebo como aquilo era preconceituoso e mesquinho, mas, quando criança, você não tem como saber. Para um menino inglês na década de 1940, se seus pais falassem que os mortos-vivos eram horríveis, então os mortos-vivos eram horríveis. Você não fazia perguntas.

Quando me mudei para Londres, em 1950, via alguns arrastados aqui e ali, mas sempre a distância. Como nunca tinha encontrado com um deles cara a cara, o medo permaneceu. Não importa o quão iluminado eu tenha me tornado, a apreensão estava profundamente arraigada, mas, de modo geral, isso parecia não importar, porque eu trabalhava no departamento de música clássica da EMI. Você não encontra muitos maestros zumbis, então imaginei que minha atitude em relação aos mortos-vivos nunca seria um problema.

Na época em que os rapazes fizeram a audição comigo no estúdio da Abbey Road, em junho de 1962, eu havia ido a várias festas que tinham zumbis entre os convidados, mas sempre fiquei muito nervoso para interagir com algum. Aquela experiência de estar próximo deles me fez acostumar com o visual e cheiro dos zumbis, o que quer dizer que pelo menos não fui repelido pelas características físicas dos Beatles. Outro ponto positivo para mim é que eu era educado e profissional o suficiente para poder sublimar meu medo. Agi com tanta calma e segurança que ninguém nem desconfiou de que eu estava tremendo por dentro.

Assim que começaram a tocar, qualquer medo, qualquer receio saiu pela janela. Depois que terminaram a primeira canção, eu os via como máquinas de dinheiro — um bando de rapazes mortos-vivos desgrenhados de Liverpool que tinham potencial para ganhar um monte de dinheiro para o nosso selo, Parlophone. Mas então, depois da segunda canção — e depois de discutirmos música e contarmos algumas piadas —, comecei a vê-los como os mercadores da morte afetuosos, talentosos, atenciosos e inteligentes que eles eram. Pensei, *posso trabalhar com esses rapazes.*

RINGO STARR: Para nossa primeira sessão de gravação de verdade, George trouxe um vampiro de Glasgow chamado Andy White por precaução. George afirma que o contratou porque estava preocupado que eu não conseguisse dar conta no estúdio. Neil e eu tínhamos a teoria de que isso aconteceu porque George acreditava que uma banda devia ser ou toda morta ou toda viva. Mas George cresceu em Highgate, e todo mundo sabe como esse pessoal de Highgate pensa.

Depois daquilo ele disse que sentia muito. Muitas vezes. E todas as desculpas foram completamente espontâneas. Não era como se eu tivesse que usar meu dedão do pé para quebrar a clavícula dele ou algo assim.

PAUL McCARTNEY: John e eu passamos a semana anterior à nossa primeira sessão de gravação para valer conversando. E conversando. E conversando. E o assunto da discussão: controle da mente.

Eu discordava firmemente da postura de John de não querer, como ele mesmo falou, *forçar* ninguém a comprar nossos discos. Seu discurso era: "Se tivermos que hipnotizar alguém para comprar nossos discos, essa não é a porra de pessoa que queremos que compre nossos discos de qualquer forma."

Eu falava para ele: "Não ligo para quem compra nosso disco, contanto que compre, sabe? E não é como se eles fossem ficar *permanentemente* sob nosso poder." Na verdade eu não sabia daquilo com certeza. Eu não tinha nem certeza de que conseguiríamos passar hipnose para o vinil. E, se conseguíssemos, não tinha nenhuma ideia dos efeitos. Era um território perigoso e desconhecido. Poderia ter explodido em nossos rostos. Poderia ter acabado com o mundo como o conhecíamos. Mas eu queria tentar. Por que não?

JOHN LENNON: Na manhã antes da sessão, estávamos todos em um restaurante e Paul estava falando sem parar sobre controle da mente, controle da mente, controle da mente. Ele estava me levando à loucura, então, em vez de concordar em discordar, para encerrar o assunto e terminar o café da manhã e seguir para o estúdio gravar nosso primeiro disco, arranquei seus lábios.

RINGO STARR: Não teria escolhido destruir o rosto de Paul meras horas antes de ele ter que cantar em um microfone por várias horas, mas esse sou eu.

PAUL McCARTNEY: Arrancar meus lábios foi uma coisa, arremessá-los para George foi outra.

GEORGE HARRISON: Não estávamos sendo vacilões. A gente só estava se divertindo um pouco. Quero dizer, o que são algumas rodadas de bobinho entre amigos?

PAUL McCARTNEY: Quando George jogou acidentalmente meus lábios por cima da cabeça de John e dentro de uma tigela de mingau de aveia do pobre rapaz na mesa ao lado, foi aí que eu, humm, perdi a cabeça.

RINGO STARR: Paul arrancou o dedo anelar e o indicador de John bem ali na mesa de café da manhã. Antes que aquilo pudesse se agravar, joguei uma shuriken na direção do pulso de Paul e prendi sua camisa à mesa. Devolvi a John seus dedos e recuperei os lábios de Paul com o pobre rapaz que tinha ficado todo sujo de aveia — e paguei sua conta, claro. Depois eu disse:

— Certo, rapazes, vamos lá gravar uma música pra chegar ao número um das paradas de sucesso! Vamos ao Toppermost of the Poppermost!

John usou os dedos que foram arrancados para me cutucar nos olhos, então falou:

— Que porra você sabe sobre o Poppermost, ninja?

E aí arrancou a própria perna do joelho para baixo e a usou para bater na minha testa.

Naquele momento, enquanto limpava o sangue que estava pingando no meu olho, eu sabia em meu coração e minha alma que os Beatles estavam prontos.

CAPÍTULO TRÊS

1963-1964

Mick Jagger tem um pedaço de diamante encravado em seu incisivo superior direito, e a crença geral entre os amantes de rock é que ele pôs aquilo ali por um motivo e um motivo apenas: porque é legal pra caralho.

Errado. A verdade é que o líder cheio de ginga dos Rolling Stones quer que aquele diamante esteja facilmente acessível no caso de ele precisar lançá-lo em um zumbi errante.

Veja bem, Mick Jagger, apesar de gostar do estilo musical dos Srs. Lennon e McCartney, despreza os mortos-vivos. Ele sempre desprezou e sempre vai desprezar e se recusa a dizer por quê. Alguns criaram a teoria de que sua mãe, Eva, sobreviveu a um ataque quando era adolescente e ele quer se vingar, enquanto outros acreditam que Mick era ameaçado na pré-escola por um zumbi ou por um colega fingindo ser um zumbi. Independentemente do motivo, Jagger dedicou sua vida a três coisas: fazer música, fazer o máximo de sexo com a maior quantidade das mulheres mais bonitas do planeta e livrar a galáxia dos mortos-vivos.

E é por isso que é curioso ele ter feito amizade com os Beatles na primavera de 1963. Não preciso nem dizer que a primeira coisa que perguntei a Mick, quando falei com ele em Sapporo, no Japão, em março de 2006 — no meio de mais outra turnê mundial dos Stones —, foi por que ele era todo amiguinho de uma banda de zumbis?

MICK JAGGER: Quando nos encontramos pela primeira vez, os Beatles não faziam nenhuma ideia da minha postura quanto aos mortos-vivos; tudo o que viam era meu entusiasmo sincero por seu trabalho. Não havia forma de saberem como eu me sentia em relação a zumbis, na verdade. Deixei isso escondido porque, se eu ia me aproximar deles, tinha que ganhar a confiança dos caras. Se achassem que eu estava atrás deles e chegasse em um ataque frontal, eu seria um homem morto. E, se um dos três zumbis não me pegasse, o ninja certamente teria me pegado.

Nunca discuti meu ódio por zumbis em público. Ninguém de fora do meu círculo mais próximo sabia como eu me sentia, e achei que ninguém nunca saberia, porque, àquela altura, não havia nenhum jornalista vasculhando meu passado. E isso era bom, porque eu tinha alguns segredos que queria manter na encolha por um tempo. Por exemplo, fãs de rock não precisavam saber sobre Norbert.

•

Zumbis ingleses, em contraste com a maioria dos homens e mulheres mortos-vivos que habitam nosso lindo planeta, são um grupo relativamente dócil, alimentando-se apenas quando estão com fome e, na maior parte do tempo, usando a força física só para se defender. Dessa forma, diferentemente de como é na América do Norte — onde você não pode jogar uma pedra sem acertar a vitrine de uma loja para exterminadores de zumbis —, caçadores de zumbis britânicos são poucos e não são unidos.

Era ainda mais difícil encontrar um em 1955, o ano em que um jovem Mick Jagger começou a procurar alguém para ser seu mentor nos meandros do extermínio de zumbis. Depois de meses de procura, Mick finalmente achou seu guru: por sorte, o sujeito morava em Kent, quase ao lado da residência puritana de classe média da família Jagger.

Norbert Eliot não anunciava seus serviços e ficou surpreso quando o jovem magro de 13 anos, lábios grossos e que odiava mortos-vivos apareceu em sua porta com sonhos de carnificina zumbi dançando na cabeça. Durante os três anos seguintes, seis dias na semana, duas horas por dia, Mick ia até a casa apertada de Eliot e treinava com o caçador de zumbi veterano, tendo chegado um dia a ultrapassar seu professor em força e conhecimento.

Eliot tem um lugar no coração para seu aluno mais famoso e ainda fala dele com uma afeição que beira o amor. A triste ironia de tudo isso é que em 2000, Norbert, depois de uma batalha de seis dias, foi derrotado por um zumbi irlandês de mais de 200 quilos, que, em vez de matá-lo, decidiu — você adivinhou — torná-lo um morto-vivo. Eliot, que ainda vive em Kent, começou a aceitar seu estado vital e, em dezembro de 2008, conversou comigo sobre os anos ensinando o homem que alguns chamam de Lips.

NORBERT ELIOT: Alguns jovens vinham a mim cheios de ódio no coração, sem um miligrama de disciplina. Outros tinham um bocado de aptidão física, mas nem um pouco de força mental. Mas Mick Jagger, bem, aquele garoto tinha tudo: fogo, desejo, um senso de propósito e um par de lábios que iam servi-lo muito bem.

Ele era um rapaz tão franzino que a primeira coisa que fiz foi colocá-lo em forma. Gastamos três ou quatro meses em alguns poucos exercícios que combinavam ioga, artes marciais e balé. Seu golpe favorito era a estocada pélvica e um trote empertigado, algo que ele usou com ótimos resultados tanto como caçador de zumbis quanto, depois de um tempo, como cantor de rock. Ainda acho engraçado que por 11 anos Mick fingiu que não sabia dançar; eu o ensinei bem, e aquela história ridícula sobre ele ter aprendido seus passos mais sensuais com Tina Turner me faz gargalhar até hoje.

Não deixei Mick se aproximar de um zumbi de verdade por um ano inteiro, o que o frustrava profundamente. Ele queria chutar umas bundas mortas-vivas e queria fazer aquilo *de imediato*, mas ele simplesmente não estava pronto. Mesmo se estivesse, não teria importado, porque *nenhum* de meus alunos tinha permissão para treinar com zumbis até que tivessem ficado um ano comigo, e não ia abrir uma exceção para Mick só porque ele era mais habilidoso que meus outros garotos e garotas.

Eu organizava minhas sessões de treino no porão. Minha casa é mínima, e as pessoas podem achar que uma luta entre um zumbi robusto e enorme e um aprendiz de caçador de zumbis adolescente em um aposento que podia acomodar apenas uma mesa de bridge e quatro cadeiras dobráveis não seria muito útil para o jovem; quero dizer, quantos garotos de 15 anos conseguem aguentar o tranco contra um indivíduo morto-vivo que já esteve lá, já fez aquilo e matou todo mundo, ainda por cima em um espaço tão pequeno? Não muitos. Então, para alguém de fora, aquilo não parecia lógico. Mas, quando você via como meus alunos se moviam quando entravam no calor da batalha, ia concordar que isso faz muito sentido.

Durante a maior parte do nosso segundo ano, Mick era espancado cinco vezes por semana no porão, mas no terceiro ano ele começou a dar conta do recado e, quando chegou a hora de lutar no mundo real, estava *pronto*.

Ele nunca soube que arranjei sua primeira batalha. Mick achou que tinha encontrado um zumbi assaltando uma jovem mulher no Godmersham Park, mas, na verdade, planejei a coisa toda. Fiquei observando de trás de uma árvore próxima e fiquei tão orgulhoso de meu Mick, a forma como ele derrubou o zumbi no chão com um mero balanço dos quadris. Mas a pièce de résistance foi quando ele pregou o zumbi a uma árvore, beijou-o no peito com aqueles seus lábios, o que ressuscitou o coração do zumbi, tornando-o mortal e, dessa forma, assassinável. Tive que correr e intervir, ou o único zumbi no mundo de que eu realmente gostava teria morrido.

Mick me deixou quando os Stones começaram a fazer shows regularmente. Ele me disse que não havia nada mais que eu pudesse lhe ensinar que não conseguisse descobrir sozinho. Ele voltou para uma última aula em 1963, e lhe ensinei algumas coisas que vinha guardando para a ocasião perfeita.

MICK JAGGER: Norbert me mostrou um feitiço de bloqueio que enevoava um pouco as mentes dos zumbis, apenas o suficiente para que eles nunca tivessem nenhuma pista tanto de minhas habilidades quanto de meu ódio ardente. Então John, Paul e George não faziam ideia de quem eu era. Eles até gostavam de mim. Achavam que eu era apenas outro cantor de apenas outra banda que gostava de suas músicas e de cujas músicas eles gostavam. Acho que Ringo pode ter suspeitado, mas não tenho como ter certeza.

RINGO STARR: Quando encontramos Mick Jagger pela primeira vez, achei que ele tinha "exterminador de zumbi" escrito sobre todo o corpo, mas escondi dos outros rapazes. Ele parecia um sujeito bastante legal, além disso achei que outros músicos — principalmente aqueles que ele respeitava — estariam isentos de qualquer ataque. Isso mostra o que eu sabia.

•

Ninguém pode dizer ao certo o que Roy Orbison é. Um zumbi? Um vampiro? Um monstro, como um Frankenstein regenerado? Uma divindade? Um alienígena? Um experimento científico que deu totalmente errado? Nenhuma pista. E Roy não vai dizer.

Tudo o que sabemos com certeza é que, se você procurar com muita vontade, consegue achá-lo, e, se conseguir achá-lo, ele vai falar com você, contanto que você faça literalmente um pacto de sangue prometendo que não vai contar a ninguém onde ele está, como o achou ou como é o cheiro dele. Jornalista honrado que sou, meus lábios e narinas estão fechados. Além do mais, o cara me assustou pra cacete e acredito de verdade que se eu falar alguma coisa ele virá atrás de mim. E não vai ter piedade.

Em 1963, os Beatles saíram em uma turnê pelo Reino Unido com Orbison, Gerry and the Peacemakers, Tony Marsh e um punhado de outros artistas britânicos. Como Orbison era um veterano que os rapazes acharam que podia oferecer algumas dicas sobre músicas e turismo, eles seguiram Roy como cachorrinhos. Ficaram tão impressionados com ele que nunca perceberam que algo estava um pouco errado com aquele homem.

Diferentemente dos Beatles, que mostravam sua zumbitude com orgulho, Orbison mantinha sua sobrenaturalidade escondida;

ele era tão bom nisso que até fanáticos como Lennon e McCartney não tinham a mínima desconfiança do que Orbison era. Mas, a caminho de um show em Sheffield, duvido que não tivessem tido uma boa ideia, porra.

ROY ORBISON: Eles eram bons homens naquela época, aqueles Beatles. Acho que a imprensa os pintou de forma errada nos anos seguintes — sim, imagino que os jornalistas tenham ficado contra eles depois que mataram aquele tal de Tyler, da *New Musical Express*, mas, em 1963, eles eram legais comigo. Causaram um pouco de problema, mas eram zumbis de 20 e poucos anos e, se você acha que zumbis de 20 e poucos anos vão sempre se comportar, você não está muito em contato com a realidade.

PAUL McCARTNEY: Queria algo para me lembrar dessa turnê, e um mero autógrafo não ia ser suficiente — eu precisava de um suvenir de verdade, algo especial. Quero dizer, estamos falando de Roy Orbison, porra, você sabe. Não sabíamos para onde os Beatles estavam indo, e quem ia saber se ficaríamos tão próximos de um músico tão bom novamente? Se eu tivesse sido alvejado por uma bala de diamante e ido para a tumba sem ter a oportunidade de afanar um tesouro de Roy Orbison, nunca teria me perdoado.

ROY ORBISON: Aquele Paul McCartney era um péssimo ladrão, e tenho certeza de que ele achou que estava sendo sutil. Ele acha que eu não sabia que ele roubou umas vinte palhetas minhas e que não o vi pegando algumas das minhas cordas de guitarra quebradas no palco. Mas, quando ele afanou meus óculos escuros, aí foi demais.

GEORGE HARRISON: Ele deveria ter pedido ao Ringo para fazer aquilo. Isso nos teria poupado um monte de pesadelos.

PAUL McCARTNEY: Os óculos de sol de Roy eram o grande prêmio, sabe, mas ele estava sempre com eles. *Sempre.* Antes dos shows, durante os shows, depois dos shows, no hotel, nos restaurantes, fazendo caminhadas, enquanto estava tirando uma soneca, a porra do tempo todo. Na segunda semana de turnê, percebi que a única chance que teria para pegá-los seria enquanto ele estivesse dormindo no ônibus. Sabia que aquilo não ia ser fácil, mas eu ia tentar com toda a certeza.

JOHN LENNON: Eu falei a ele:

— De jeito nenhum você vai conseguir tirar aqueles óculos do rosto de Roy enquanto ele está dormindo, cara. Você é um zumbi, e zumbis não são bons em caminhar na ponta do pé.

Ele insistiu:

— Eu consigo fazer isso, sabe. Posso ser sutil. Posso ser silencioso.

Eu disse:

— Certo. Mas o que acontece se você conseguir ser sutil? E se você de alguma forma conseguir pegar os óculos escuros? O que você vai fazer com eles? Não é como se você pudesse ficar usando eles pra lá e pra cá.

Ele respondeu:

— Ainda não planejei tão na frente.

— Talvez você devesse — concluí.

PAUL McCARTNEY: Minha forma de pensar era: qual era a pior coisa que podia acontecer? Se ele acordasse, eu diria a ele que estava fazendo uma pegadinha, apenas, humm, me divertindo.

Então estávamos na segunda semana de turnê, no ônibus, a caminho de Sheffield, eram duas ou três da manhã, eu era o único que estava acordado e pensei comigo mesmo: *Certo, Macca, se você vai fazer isso, faça agora.*

Ringo e eu estávamos no fundo do ônibus; George e John no meio; e Roy estava na frente. Caminhei na ponta do pé pelo corredor e percebi que John tinha razão: é difícil um zumbi se manter silencioso. Esse era o trabalho para um ninja, mas eu nunca nem consideraria pedir a Ringo para se envolver; não achava justo arrastar o cara novo nisso.

Fiz o melhor que pude para chegar à frente sem acordar ninguém e tudo mais, e o meu melhor foi bom o suficiente — ninguém nem se mexeu. Então parei diante de Roy, movendo minhas mãos tão lentamente quanto possível, torcendo para que não passássemos sobre nenhum buraco que me faria cair sobre ele. Cheguei perto dos óculos, e mais perto, e mais perto; aí, quando eu estava a, humm, 5 milímetros de distância, Roy soltou um suspiro alto, e quase caguei nas calças.

Ele se mexeu por um momento, só que não acordou. Fiz mais uma tentativa: mais perto do rosto, mais perto, mais perto. Finalmente, depois do que pareceu uma hora, tirei os óculos de uma vez, e o cara não percebeu nada. Precisei me conter muito para não voltar correndo ao meu assento, mas fiquei tranquilo, sabe, e continuei a andar na ponta dos pés. E não acordei uma alma.

RINGO STARR: É claro que Paul me acordou. Zumbis não são exatamente ninjas, ou são?

PAUL McCARTNEY: Sentei e fiquei olhando para meu prêmio. Tudo em que pensava era *roubei a porra dos óculos escuros de*

Roy Orbison, roubei a porra dos óculos escuros de Roy Orbison, sem parar. A única coisa que teria sido melhor é se tivesse pego os sapatos azuis de camurça de Carl Perkins.

As lentes estavam um tanto sujas, então usei minha camisa para esfregá-las rapidamente e coloquei os óculos.

E foi aí que as coisas saíram dos trilhos.

RINGO STARR: Algo começou a ribombar. Eu não conseguia saber se o barulho saía de dentro do ônibus, se vinha de fora, da estrada ou de dentro da minha barriga. Tudo que sei é que em um segundo eu estava prestes a voltar a dormir e no outro era como se estivéssemos no meio de um terremoto.

E o cheiro era indescritível.

PAUL McCARTNEY: No segundo em que coloquei os óculos, eles criaram vida própria, sabe? Uma corrente de fumaça vermelha saía das hastes, as lentes racharam e se consertaram sozinhas, depois racharam e se consertaram sozinhas novamente. Os aros ficaram em chamas, que rapidamente se extinguiram. Meu rosto ficou com bolhas, e os pelos do meu nariz ficaram queimados.

E então veio a parte ruim.

RINGO STARR: O ribombar ficou muito pior, e as pessoas começaram a acordar. Todos estavam gritando e berrando e se segurando a seus assentos para salvar suas vidas. A coisa interessante é que Roy dormiu o tempo todo.

PAUL McCARTNEY: E então um raio laser saiu de cada lente, diretamente sobre o pobre Gerry Mardsen. Tudo que vou dizer sobre isso é que foi bom que ele não estivesse usando um marca-passo, se é que me entende.

JOHN LENNON: Acordei e o ônibus estava balançando como uma montanha-russa. Olhei ao redor e Gerry estava rolando no chão, tentando apagar a chama que queimava a parte de baixo do seu pijama, e Ringo estava batendo em sua própria cabeça com um travesseiro — acho que seu cabelo pegou fogo — e a merda dos óculos de sol de Roy Orbison estavam flutuando no ar sobre as cabeças de todos, depois flutuaram até a parte da frente do ônibus e se posicionaram delicadamente sobre o rosto de Roy. Assim que estavam de volta ao lugar apropriado, o ribombar parou e todo o fogo se apagou.

PAUL McCARTNEY: Dava para dizer que Roy sabia que tinha sido eu que tinha começado toda a bagunça, e ele também sabia que eu sabia que ele sabia, mas nenhum de nós nunca mencionou isso. E, humm, depois daquela turnê, nunca mais nos falamos.

ROY ORBISON: Tudo o que posso dizer é: nunca toque nos óculos de sol de outro homem.

•

O Cavern Club é só um pouco maior do que um apartamento no Lower East Side de Nova York, mas no dia 3 de agosto de 1963 — com as músicas dos Beatles congestionando as ondas de rádio europeias e subindo nas paradas britânicas — os fanáticos pelos Beatles estavam mais do que felizes em se amontoar dentro da pequena casa de shows para dar uma olhada nos roqueiros em ascensão... principalmente porque essa seria a última apresentação deles no pequeno refúgio em Liverpool.

Foi uma daquelas noites do tipo "eu estava lá". A casa acomodava apenas algumas centenas de pessoas, mas aparentemente todos no mundo ocidental foram ao show. Porém há uma forma simples de saber se alguém está mentindo: se estavam no show, passaram pelo Processo Liverpool.

Há poucas dúvidas de que Carol Jennings, Lee Reynolds, Morry "Moto" McGee e um cavalheiro que atende pela alcunha de Elvis Beethoven IV presenciaram a despedida de John, Paul, George e Ringo do Cavern Club. Sua coloração cinzenta e suas cicatrizes no pescoço dizem tudo.

CAROL JENNINGS: Eu os tinha visto tocar no Cavern mais de vinte vezes e, apesar de estar feliz por terem se tornado astros, queria que tocassem lá toda semana, pra sempre. Mas aquele último show foi mágico, e eles nos deram algo para nos lembrarmos deles.

LEE REYNOLDS: Eu estava com minha namorada e dois amigos. Chegamos à casa quatro ou cinco horas antes do horário marcado para o show e conseguimos arrumar um lugar na frente, bem perto do palco. Eu nunca tinha ficado tão perto de *nenhum* morto-vivo antes e não tinha percebido como eles são poderosos e, humm, pungentes.

MOTO MCGEE: Não sei se os Beatles planejaram o que houve ou se foi algo que aconteceu no calor do momento. Considerando como toda a coisa foi metódica, me arrisco a dizer que foi a primeira opção, embora tenha sempre suspeitado de que aqueles fãs desordeiros que começaram a gritar "Ringo nunca, Pete Best para sempre!" tenham sido o catalisador.

ELVIS BEETHOVEN IV: Eu estava mais para o lado direito do palco, a uns 3 metros de George. Estava tão envolvido por aquele momento, pela música e pelo clima que não soube o que aconteceu até depois de acontecer.

LEE REYNOLDS: Fomos os primeiros a ser atacados, e foi John que fez o ataque. Aquilo foi meio que uma honra, porque ele foi o cara que começou toda essa coisa do zumbi moderno em Liverpool. Ele estava com pressa, então doeu pra dedéu.

CAROL JENNINGS: Paul me transformou, e ele foi encantador. Acho que me achou atraente, porque primeiro me deu um beijo no rosto, aí sussurrou algo no meu ouvido que não vou comentar — foi muito pessoal —, então partiu diretamente para o Processo Liverpool. Sei que foi especialmente delicado comigo porque minha amiga Olivia disse que quando ele a transformou doeu mais do que quando ela deu à luz.

MOTO MCGEE: O que me surpreendeu mais do que qualquer coisa foi a velocidade do ataque. Eu estava no fundo do salão, e eles tinham transformado todos à minha frente em coisa de cinco ou dez minutos.

Fiquei especialmente impressionado com o trabalho de George. Sabia que ele tinha sido o último Beatle a ser transformado — saíra uma matéria grande sobre isso na *Mersey Beat* na semana anterior —, mas, em termos de números absolutos, ele parecia estar acompanhando John e possivelmente passando Paul.

Eu poderia ter fugido, sabe? Eu estava bem ao lado da porta e fui um dos poucos que teve a chance de fugir. Mas fiquei indeciso e, nos anos 1960, quando o assunto era Beatles e transformação, indecisão não era uma opção.

George me matou, e aqui estou eu, um arrastado, para sempre. Não culpo George. É sua natureza. Ele é faminto. É vingativo. Não pode evitar. Ele *não quer* evitar. Agora que sou o que ele é, eu entendo. É impossível não matar de vez em quando. Isso faz de mim uma pessoa ruim? Gosto de achar que não. Mas suspeito que as famílias das 98 pessoas que transformei em mortos-vivos possam discordar.

Já falei com várias pessoas que estiveram no show do Cavern Club, e elas ficaram empolgadas com como as coisas acabaram acontecendo, mas eu não fiquei. Meus poderes de zumbi não parecem ser tão fortes quanto os dos outros, e não sou muito bonito, então não fui capaz de encontrar amor. Além disso, os mortos-vivos não têm muitas chances no mercado de trabalho, por isso tem sido uma vida difícil. Se tivesse que fazer tudo de novo, eu teria fugido.

ELVIS BEETHOVEN IV: Depois que John, Paul e George pularam na plateia e começaram o alvoroço, subi no palco e conversei com Ringo. Eu disse:

— Ei, amigo, o que você acha de tudo isso?

Ele meio que encolheu os ombros e respondeu:

— É a coisa deles. Isso é o que eles fazem. Quem sou eu para discutir?

Ele começou a tocar um ritmo em seus tom-tons. Tinha um som africano, quase tribal; era como se ele estivesse criando uma trilha sonora para o ataque deles. Ele acrescentou:

— Você sabe que pode evitar essa confusão. Existe uma saída nos fundos. Você pode ir. Não vou contar a ninguém.

Eu falei:

— Você está de brincadeira comigo, Rings-Baby? Eu *quero* participar!

Desci do palco, dancei por entre os corpos agonizantes espalhados pelo chão grudento de bebida e sangue, me aproximei de Paul e bati em seu ombro. Quando ele se virou, apontei para o local mágico sob minha orelha e disse:

— Manda ver, Sr. McCartney! Manda ver, porra!

E tem sido felicidade zumbi desde então.

Amo tudo a respeito de ser um zumbi de Liverpool; apenas o destacamento dos membros já seria fantástico. E pode me chamar de pervertido, mas pode ser que eu seja o único ser no mundo que prefere ejacular posperma a sêmen. As meninas não gostam, mas assim é a vida. Ou a morte.

ROD ARGENT: Sim, eu estava no Cavern naquela noite. O clima parecia esquisito. Senti o que ia acontecer antes de acontecer e não queria participar daquilo, então saí de fininho do clube e fiquei lá fora até que John, Paul e George tivessem acabado. Ninguém estava reanimado até a hora em que entrei no lugar, que era o que eu estava esperando, porque queria fazer a contagem das vítimas.

Fui capaz de me guiar entre as poças de sangue e conseguir um número exato: 277 fãs dos Beatles foram transformados em mortos-vivos. Aquilo me deixou enjoado. Eu tinha certeza de que o Cavern Club agora não queria mais saber de zumbis, o que significava que não queriam saber dos Zombies. Outra casa de show em que não podíamos tocar graças àqueles desprezíveis John, Paul, George e Ringo.

MICK JAGGER: Por quase 72 horas depois do show do Cavern, fiquei parado do outro lado da rua, escondido atrás de um poste de luz, e observei cada um daqueles recém-criados mortos-vivos saírem do clube. Queria destruir todos eles — isso não era pessoal; até mesmo hoje, quero destruir realmente todos os zumbis, não importa o quanto sejam inocentes —, mas, naquele momento, bem, aquilo não teria sido justo. Afinal de contas, eram apenas fãs seguindo seus heróis.

Apesar disso, guardei na memória todos aqueles filhos da puta e, se *qualquer* um deles começasse a sair do controle a *qualquer* hora, eu ia balançar meu quadril, beijar seus corações e então matá-los até morrerem de verdade.

Esperei pelo momento adequado até outubro. Provavelmente devia ter esperado um pouco mais.

•

GEORGE MARTIN: Os rapazes e eu estávamos no estúdio, trabalhando as harmonias em uma versão de "Rudolph the Red-Nosed Reindeer" encomendada pela gravadora, quando Mick Jagger chegou afobado. Eu tinha encontrado com Mick algumas vezes e achava que ele era um homem adorável... mas certamente não estava sendo naquele dia.

Ele veio à técnica, me empurrou do meu banco e tomou o controle do microfone que fazia a comunicação com a banda. Colocou o volume do microfone no máximo — até naquela época ele levava jeito na mesa de mixagem — e gritou:

— Zummmmmmmmbiiiiiis deveeeeeeeeem morreeeeeeeeeeer!!!

Pareceu que o prédio balançou. Era um homem apaixonado aquele Mick Jagger.

Então ele mergulhou de cabeça pelo vidro que separava a técnica da sala de gravação e caiu de cara em uma pilha de vidro recém-quebrado. Ele se levantou, sacudiu a poeira e limpou o sangue pingando do talho em sua testa. Depois, muito calmamente, disse:

— Boa tarde, cavalheiros. Como estamos hoje?

Mick não era apenas um sujeito intenso; também era educado.

Ringo respondeu:

— Boa tarde, Mick. O que traz você aqui, amigo?

Acho que ele estava tentando enrolá-lo para que John, Paul e George pudessem chegar de mansinho por trás se assim quisessem.

Mick disse:

— Ah, você sabe, estou num estado de espírito tipo zumbis devem morrer. Nada pessoal. Adoro seus discos. Odeio sua raça.

Ringo retrucou:

— E quanto a nós, ninjas? Devemos morrer também?

Mick falou:

— Não, vocês são perfeitamente legais. — Ele apontou para John, Paul e George. — Mas preciso livrar o mundo desses desgraçados. — Mick olhou para o relógio, bateu uma única palma e disse: — Certo, então. Vou encontrar Wyman para jantar em uma hora. Podemos começar?

MICK JAGGER: Aquela foi minha primeira vez atacando os Beatles em um local fechado, e não estava esperando a velocidade impressionante de defesa transformada em ataque. Não há nada que Norbert Eliot pudesse ter me mostrado que me prepararia para aquela investida.

GEORGE MARTIN: Como a maioria das batalhas dos Beatles que testemunhei, aquela acabou em menos de três minutos.

Mick tentou atacar, mas como um caçador de zumbis inexperiente seria capaz de sair vitorioso contra três rapazes mortos-vivos maduros? (Ringo não queria saber de nada disso e se juntou a mim na técnica.) Quero dizer, John jogou um piano no pobre homem — acho que ele errou Mick de propósito, mas posso estar enganado —, aí Paul pegou um amplificador em cada mão e tentou esmagar a cabeça de Mick entre eles. Mick conseguiu fazer um rolamento para fugir do golpe.

Depois que Harrison quase decapitou Jagger com o instrumento de Ringo, este pegou o microfone e gritou:

— Ei, deixem meu equipamento em paz, seus brutamontes! Se não pararem com isso, vou mandar George Martin entrar aí!

RINGO STARR: A ideia de George Martin entrando na batalha era hilária, e pensei que um pouco de riso aliviaria a tensão. Estava errado.

MICK JAGGER: Eu estava exausto de rolar por todo o estúdio e tonto por causa da perda de sangue, mas tinha uma última força em mim. Peguei o prato que George tinha jogado e o taquei de volta nele. Eu sabia que não tinha força no braço para causar nenhum dano real, no entanto, achei que seria capaz de distraí-lo... e estava certo.

George pulou no chão, mas eu já estava lá, deitado de costas, esperando por ele, meus lábios estufados para o beijo da vida. Se ele tivesse caído com o peito sobre mim, estaria morto. Da forma como foi, ele caiu com a bunda sobre mim... e então peidou na minha cara.

Norbert Eliot nunca mencionou nada sobre o efeito dos peidos de zumbis.

O que me lembro depois foi que três dias a partir disso tudo eu estava desmaiado na banheira de Keith Richards — bem ao lado de Keith Richards, que, como muitas vezes era o caso, *também* estava desmaiado na própria banheira. Enquanto Keith roncava seu bafo de bebida na minha cara, pensei: *preciso inventar uma nova estratégia.*

BRIAN EPSTEIN: Conseguimos manter tanto o ataque no Cavern quanto a briga com Mick em segredo; nenhuma das histórias apareceu em um único jornal. É claro que houve bochicho nas ruas, mas, como os rapazes nunca tinham brigado com um colega de música — e como não davam nenhuma indicação pública de que um dia fariam isso —, ninguém levou realmente o negócio a sério. Pense nisto: se aquilo se tornasse público, Deus sabe que não existia a menor chance de terem sido convidados para tocar na Royal Variety Performance em novembro.

Eu estava nervoso, para falar a verdade. As coisas estavam indo muito bem para nós, e a última coisa de que precisávamos era que John fizesse alguma gracinha na frente da rainha.

JOHN LENNON: Eppy tinha dúvidas; por mim estava tranquilo, porque, de qualquer forma, não queria fazer aquele show. Não sou fã da monarquia e não sabia se conseguiria manter meu temperamento sob controle na presença de sua Majestade Real. Quero dizer, e se eu acabasse falando algo sarcástico?

PAUL McCARTNEY: John estava exagerando sobre seu temperamento. Ele conseguia ficar tranquilo quando precisava ficar, sabe? Por exemplo, houve várias oportunidades em que ele quis assassinar Bruno Koschmider — porra, nós *todos* quisemos assassinar Bruno Koschmider —, mas John controlou seus dentes. Se ele tinha evitado comer Bruno, eu estava confiante em que ele poderia evitar comer e/ou dizer algo inapropriado para a rainha.

JOHN LENNON: No fim das contas, Ringo foi quem conseguiu me convencer de que daria tudo certo. Ele prometeu que me impediria de fazer algo à velha bruxa. Eu não tinha certeza de *como* ele ia me impedir, mas ele parecia confiante.

RINGO STARR: Oh, eu poderia parar John. Facilmente. Eu conhecia o modo de ataque típico de John melhor do que ele mesmo. E acho que ele nem percebia que usava o mesmo plano de jogo toda vez, sem parar.

Quando John ia atrás de alguém, a velocidade do primeiro passo dele na direção da vítima era impressionante. Algumas vezes eu não fazia ideia de como ele ia do ponto A ao ponto B, a menor ideia; durante aquele breve momento, ele era tão rápido, se não fosse mais rápido, quanto 忍の者乱破. Mas, se a vítima estivesse a mais de 3 ou 4 metros de distância, John podia ser ultrapassado antes de alcançá-la — pelo menos por um ninja —, porque seu segundo passo era consideravelmente mais lento. Além disso, ele sempre fingia ir para a direita, então ia para a esquerda, *sempre*. Por isso, minha forma de pensar era, se ele decidisse dar um pulo na frisa para fazer uma visita à rainha, eu seria capaz de pelo menos atrasá-lo o suficiente para os guardas da rainha a levarem dali.

GEORGE HARRISON: Eu estava dividido. A Mania internacional ainda não tinha começado, mas estava quase lá, e, se ficássemos bem com Vossa Majestade, quem sabia aonde aquilo ia nos levar? Para mais Mania, provavelmente.

Parte de mim queria sabotar o show, e por outro lado não me preocupei, porque imaginei que Johnny ia cuidar daquilo em seu estilo inimitável.

JOHN LENNON: Ah, eu tinha planos, com certeza. Pensei em arrancar meu pé com sapato e arremessá-lo na segunda frisa — não na rainha, de fato, mas em sua direção. Também considerei a ideia de hipnotizar as pessoas ricas na plateia e ordenar que mostrassem o dedo médio a Vossa Majestade Real, só por diversão. O problema com aquilo é que eu nunca tinha colocado mais de uma pessoa por vez sob meu encanto, então não tinha certeza se conseguiria fazer uma hipnose em massa dar certo e, se aquilo não funcionasse, eu estaria parado no palco com o pau na mão — no sentido figurado, claro — e não podíamos passar por aquilo naquela época, podíamos? Por isso decidi atacá-los com minha ironia em vez de meus dentes.

PAUL McCARTNEY: Humm, acho que foi um tanto interessante.

GEORGE HARRISON: Francamente, John podia ter apresentado um material melhor que aquele.

RINGO STARR: Vamos apenas dizer que ele não foi exatamente Peter Cook *ou* Dudley Moore.

BRIAN EPSTEIN: Naquela época, eu, como a maioria dos mortais, não entendia o humor zumbi.

JOHN LENNON: Logo antes de tocarmos nossa última música, olhei para a plateia com o que achei que era minha expressão mais assustadora e falei:

— Aqueles de vocês nos assentos mais baratos, arranquem todos os membros de seu vizinho. E aqueles de vocês nos assentos mais caros... *façam a mesma merda.*

Pensando no acontecido agora, não sei por que todo mundo criou tanto caso com o que fiz. Apenas uma pessoa realmente seguiu minhas instruções e, pelo que me contaram, sua vítima merecia aquilo de qualquer forma.

•

GEORGE HARRISON: Alguns podem apontar para a Royal Variety Performance como o marco do começo da Mania, mas acho que tudo saiu de controle quando fomos para a América pela primeira vez. Especificamente quando pousamos no aeroporto John F. Kennedy em Nova York no começo de 1964. Aquela foi uma época difícil para mim, nossa primeira aparição americana. Aquilo foi um borrão maníaco. Mania aqui, Mania ali. Mania, Mania e mais Mania. Sei lá, essa linha de questionamento me deixa com fome. Provavelmente é melhor para sua saúde e sua sanidade que você deixe isso de lado e pergunte a Paul o que ele acha.

PAUL McCARTNEY: Quando a Mania começou? Nova York, você sabe. Pelo menos é o que eu acho. Pergunte ao Ringo.

RINGO STARR: Nova York. Foi lindo, cara. Pelo menos é o que eu acho. Pergunte ao John.

JOHN LENNON: Nova York, porra, claro. É um dos dois centros da Terra. O inferno é o outro. Humm, falando do inferno, talvez você devesse perguntar ao Diabo quando a Mania começou. Aquele escroto vai saber melhor do que ninguém.

•

E *então começou minha extensa e cara caçada ao Diabo. Se você leu meu blog, sabe que me encontrei com um profeta, um guerrilheiro rebelde, um Rastaman, um curandeiro, um homem selvagem, um homem místico natural, um homem das mulheres, um náufrago, um homem de família, um boneco de posto, um jogador de futebol, um showman, um xamã, um humano e um jamaicano, e então, 25.162 dólares depois, em abril de 2007, me encontrei sentado no escritório de bom gosto e bem refrigerado de Mefistófeles, no Sexto Anel, conversando amigavelmente sobre onde a Beatlemania realmente começou.*

O DIABO: Ah, sim, foi em Nova York, meu pequeno e lindo jornalista. Muá rá rá rá rá rá rá rá! Agora caia fora, seu babaca.

I*nfelizmente, depois de gastar 25.162 dólares para achar o cara, o Diabo me concedeu apenas 12 segundos do seu tempo. E eu sou o babaca?*

•

GEORGE HARRISON: Eu odiei Nova York. Aquela cidade fazia minhas bolas caírem de medo.

RINGO STARR: A frase de George sempre foi "Aquela cidade fazia minhas bolas caírem de medo", mas o que a maioria das pessoas não sabe é que ele queria dizer aquilo literalmente. Naquele momento em particular — no momento em que as coisas ficaram complicadas no terminal do JFK e o contingente morto-vivo do nosso circo viajante ficou um pouco assustado —, fiquei feliz de não ser um zumbi. Mas, por outro lado, se eu *fosse* um zumbi, teria ficado assustado também, o que significa que não teria tido que... tido que... humm... ah, puta merda, nem consigo falar sobre esse assunto.

LYMAN COSGROVE: Um fato pouco conhecido sobre os mortos-vivos liverpudianos: diferentemente de outros zumbis, suas glândulas adrenais estão perfeitamente ativas e, quando estimuladas em demasia, produzem uma quantidade assustadora de adrenalina. E, quando o sistema de um zumbi do Processo Liverpool é inundado com adrenalina, a genitália é a área mais afetada do corpo.

Poderia discorrer infinitamente sobre minha teoria científica da reação, mas, para encurtar uma história longa, quando um zumbi de Liverpool fica demasiadamente excitado, suas bolas e seu taco caem.

JOHN LENNON: Então lá estávamos nós, entrando no terminal, a caminho da entrevista coletiva. Para cada lado que virávamos, havia garotas, garotas, garotas e todos aqueles sujeitos gritando nos cercavam e já tínhamos decidido que não podíamos usar a força com eles, porque matar dúzias de jovens homens em frente a câmeras de televisão não seria uma boa forma de nos apresentar à América, então estávamos um pouco à mercê deles. Pela primeira vez na minha vida, me senti completamente desamparado. Exatamente quando entramos, senti uma sensação estranha no fundo do meu estômago e o que percebi em seguida foram minhas bolas rolando pelo corredor.

GEORGE HARRISON: Quando vi meus ovos caírem sobre os do John, falei para Paul:

— Vou te dizer, amigo, não entrei para uma banda para isso.

PAUL McCARTNEY: Então, humm, havia seis bolas de Beatles rolando pelo chão, sabe, e John, George e eu estávamos silenciosamente surtando. Quero dizer, tinha repórteres andando por todos os lados e eu já imaginava alguém amassando meu testículo esquerdo com seu mocassim. O problema é que não podíamos nos abaixar para pegar nossas bolas de gude, porque nossos troços iam cair pelas nossas calças até o chão e aquilo atrairia atenção de verdade.

Então, como resolvemos esse pequeno problema sem causar alvoroço? Tudo que posso dizer é que tivemos sorte de ter um ninja na banda.

BRIAN EPSTEIN: Ringo não queria apanhar os testículos de John, Paul e George, e não posso culpá-lo. Deus sabe que eu não teria feito aquilo. Não é nenhum segredo que sou gay, mas isso não queria dizer que eu estava louco para segurar meia dúzia de bagos de zumbi. Falei para ele:

— Escute, Rings, apenas use sua invisibilidade virtual. Ninguém vai nem reparar.

Ele argumentou:

— Eppy, não ligo se alguém vai me ver fazendo isso. Eu apenas não quero tocar aquelas malditas coisas. Manejar bolas de gude de mortos-vivos não pode ser higiênico, entende o que quero dizer? — Ele apontou para a multidão. — Além disso, não parece ser possível que eu saia de fininho e vá lavar minha mão depois que devolver as bolas dos rapazes, não acha?

Eu falei:

— Você não se lembra, Ringo? Todos pelos zumbis, e os zumbis por todos!

Ele retrucou:

— Não sou um zumbi.

Percebi que ia ter que ser enérgico com ele.

— Sim, mas você é um *Beatle*. Então fique invisível, fique sobre seus joelhos e recolha os testículos de Lennon, McCartney e Harrison.

Ele suspirou e desapareceu. Sempre foi um rapaz bom e leal aquele Ringo.

JOHN LENNON: Não estou totalmente convencido de que os ovos que Ringo me deu eram meus. Quero dizer, não é como se eu pudesse reconhecê-los — nunca tinha passado muito tempo observando minhas bolas e certamente nunca escrevi minhas iniciais nelas, porque perder seus ovos não é um evento para o qual você se prepara.

GEORGE HARRISON: Quem se importa se ganhei um ou os dois ovos de John ou Paul? Não é como se eu fosse ter filhos mesmo. A verdade disso tudo é que ter um pouco de Lennon e/ou McCartney no meu saco provavelmente ajudou a fazer de mim um compositor melhor.

PAUL McCARTNEY: Escute, tenho uma piroca e duas bolas, e tudo funciona bem, portanto não vou me preocupar com isso.

•

O rosto de Julie Proust é coberto de cicatrizes em forma de S. Os hematomas em seus braços são um verdadeiro arco-íris: junto dos costumeiros preto e roxo, estamos falando de laranja, amarelo, verde e azul-celeste. Seu nariz foi quebrado e colocado no lugar tantas vezes que é menos triangular que octogonal.

Mas, cara, que peitões.

Antiga Miss Nova York, Julie foi morta, depois reanimada em 1955 pela quarta colocada do concurso. Seu reinado como rainha da beleza durou um total de três horas.

Uma fervorosa fã de música, Julie tem o temperamento e o jeito de uma verdadeira garota zumbi americana: atrevida, teimosa, cheia de opinião e, ouso dizer, sexy. Não sei se ela lançou algum feitiço sobre mim, mas, quando falei com ela em abril de 2008, não conseguia parar de olhar para seu impressionante decote. Tirando a constante ladainha de "Ei, garotão, olha aqui para cima", nosso papo foi elucidativo e revelador, e ela prontamente ofereceu a verdade por trás do que aconteceu durante a viagem de carro da banda do aeroporto JFK até Manhattan, uma viagem que, até agora, era um dos maiores mistérios relativos aos Beatles de nosso tempo. O Caso da Limusine Desaparecida.

JULIE PROUST: Depois de devorar duas ou três edições da *Mersey Beat*, decidi que os Beatles estavam explorando sua zumbitude para o bem do próprio sucesso. Bem, eu não tinha um problema moral com isso — porra, eu teria feito a mesma coisa para reviver minha carreira de miss se descobrisse como —, mas havia um aspecto que me incomodava:

As garotas.

De acordo com aquele jornal idiota, centenas de adolescentes inglesas deslumbradas gritavam em shows dos Beatles até ficarem roucas. Aparentemente, essas garotas também corriam atrás deles na rua — o que, quando você pensa nisso, é uma farsa; quero dizer, estamos falando de três zumbis e um ninja que podiam correr como o vento. E, se eles não quisessem essas garotas os perseguindo, poderiam fugir bem mais rápido. Também ouvi rumores de escravidão sexual, e, sim, isso nunca foi provado, mas...

Não sou do tipo feminista ferrenha ou algo do gênero, só que alguma coisa a respeito disso tudo me dava vontade de dar umas boas bofetadas em todas essas garotas.

"Esses caras são apenas músicos zumbis, pelo amor de Deus", diria eu a elas. "É uma boa banda, mas, por favor, tenham alguma dignidade."

Quando descobri que os Beatles estavam vindo aos Estados Unidos, decidi fazer algo. Juntei tantas jovens zumbis fêmeas quanto consegui — um total de 19 — e criei um pequeno grupo: BEATLES (Brain Eaters and Tongue Lovers Ending Sexism. Mais ou menos algo como Comedoras de Cérebro e Amantes de Língua Acabando com o Sexismo). Não achávamos de verdade que os Beatles eram sexistas, mas era uma bela sigla, não era?

Eu sabia que, se meu pequeno grupo de meninas zumbis americanas juntasse os poderes, seríamos capazes de causar sérios estragos. *Sérios.*

JOHN LENNON: Estávamos na limusine a caminho do hotel, indo devagar porque as ruas estavam congestionadas com fãs, quando, de repente, o carro cantou pneu e parou. Olhei pela janela e vi um monte de lindas garotas zumbis tentando levantar o carro. Melhor: elas não estavam *tentando* levantar; elas *estavam* levantando o carro. Aí uma delas abriu a porta, puxou Ringo e Eppy para fora e os jogou sobre a multidão.

PAUL McCARTNEY: Até hoje não saquei como fizeram aquilo, sabe, mas, assim que levantaram o carro, o tempo parou e as pessoas vivas congelaram, porém nós, zumbis mortos--vivos, permanecemos acordados e capazes de nos mover. Aquilo foi a sorte de Brian e Ringo, que teriam sido trucidados se tivessem alcançado a multidão antes de ficarem suspensos no ar.

JULIE PROUST: Como paramos o relógio? Simples *poder feminino.* Envolve sincronizar os ciclos menstruais, realinhar a lua e... bem, não vou lhe contar mais nada, porque estou trabalhando no meu próprio livro.

GEORGE HARRISON: As garotas, aquelas BEATLES, carregaram nossa limusine pelo meio dos corpos inertes e se moviam *rápido.* Chegamos ao seu covil em exatos três minutos e, pelo que entendi, percorremos vários quilômetros para chegar lá. Minha noção geográfica era um pouco nebulosa naquela época, mas eu sabia que não estávamos mais em Manhattan.

JULIE PROUST: Nosso covil era uma velha casa caindo aos pedaços em Yonkers — até mesmo naquela época, os aluguéis em Manhattan eram altos demais para nós, e nosso grupo não recebia lá muito patrocínio.

Nós o chamamos de Covil do Amor e da Morte e o enchemos de camas com colchões d´água e suprimentos médicos. Estávamos tentando dar um ar sexy e assustador, mas acabou ficando tolo e vulgar. Ainda assim, serviu a seu propósito.

JOHN LENNON: Aquelas gatas tinham tudo planejado, cara. Elas largaram a limusine bem em frente à porta do que chamavam de Covil do Amor e da Morte ou alguma merda assim, então abriram as portas do carro e nos tiraram de dentro como se não pesássemos nada. Elas bloquearam nossos poderes de zumbi de alguma forma, por isso não podíamos reagir, o que acabou não sendo nada terrível.

PAUL McCARTNEY: Logo depois que elas tiraram todas as nossas roupas e nos amarraram a mesas de operação, elas tiraram as próprias roupas, sabe? John virou para mim enquanto uma das garotas zumbis o chicoteava com seu sutiã e disse:

— Aposto que o Ringo adoraria isso.

RINGO STARR: Puta merda, eu teria amado aquilo!

JOHN LENNON: Uma das gatas examinou minhas bolas de perto e comentou:

— Parece que você sofreu avarias recentes aqui embaixo, Sr. Lennon. Problemas com adrenalina?

Aquelas moças zumbis sabiam o que estavam fazendo.

GEORGE HARRISON: Não sei bem o que estavam tentando provar. Elas nos sequestraram, nos amarraram, mostraram seus corpos e então nos desamarraram e nos carregaram de colchão d´água em colchão d´água. Qual era o sentido?

JULIE PROUST: Nosso objetivo final era mostrar àqueles garotos que nós, meninas, não éramos brinquedos, que nós tínhamos sentimentos e não devíamos ser subestimadas. O problema é que eles eram muito lindos e *extremamente* carismáticos, e algumas de nós nos distraímos, aí, como os políticos dizem, deixamos a mensagem escapar. Quanto ela escapou? Vamos dizer que quando os colocamos de volta na limusine, o Covil do Amor e da Morte era um depósito de posperma.

BRIAN EPSTEIN: Depois que John e George colocaram Ringo e eu de volta na limusine, eles nos contaram o que aconteceu, e não tive outra escolha a não ser acreditar. De que outra maneira você pode explicar um carro que estava ali em um segundo e que não estava mais no segundo seguinte e então estava ali novamente no segundo depois daquele? De que outra maneira você pode explicar que perdi noventa minutos da minha vida?

No fim do dia, os rapazes estavam felizes e seguros e isso era tudo o que importava. Bem, aquilo não era exatamente *tudo* o que importava: eu precisava que estivessem prontos para Sullivan.

•

Desde que o apresentador de talk show David Letterman e sua equipe começaram a transmitir seus bate-papos a partir do Ed Sullivan Theater em Nova York, em 1993, muitas pessoas na equipe de Letterman acreditam que o fantasma do Sr. Sullivan ainda assombra aquele local, que foi o lar de seu amado programa de variedades por mais de três décadas.

Adivinhem? Eles estão certos.

As teorias sobre por que Ed virou um fantasma são inúmeras: talvez tenha sido mordido por Anna, a ursa malabarista, depois de sua aparição não muito bem-sucedida no programa de Ed em 1959. Talvez ele tenha inalado produtos capilares demais, ou tenha comido um cachorro-quente estragado na sala verde. Não importa como tenha acontecido, Ed é conflitante a respeito de seu estado fantasmagórico: por um lado, sua vida de antes era muito boa, mas, por outro, se ele vai ficar preso a um lugar por toda a eternidade, onde poderia ser melhor do que um lugar que guarda tantas memórias rrrrrrrrealmente grandes... memórias que o espectro está sempre disposto a compartilhar.

Como o fantasma de Ed me contou em 2002, um de seus momentos favoritos como apresentador do possivelmente mais reverenciado show de variedades na história da televisão foi a noite em que os Beatles conquistaram os Estados Unidos... quase.

ED SULLIVAN: Não importa o que lhe digam, bem no fundo, John, Paul, George e Ringo eram bons rapazes. Sempre achei que todo o papo de dominação *total* do mundo era para aparecer. Pense nisto: se três zumbis artisticamente criativos e um ninja talentoso não fizerem o mínimo esforço para comandar o céu e a Terra, eles não têm nenhuma credibilidade. No fim do dia, acho que ficariam satisfeitos em dominar as paradas e mais um punhado de metrópoles no Reino Unido e nos Estados Unidos.

Você podia não apreciar a música deles, podia não gostar do comprimento de seus cabelos e não aprovar sua predileção por assassinatos e confusão, mas você não pode negar que os Beatles eram profissionais. Música era tanto a vida quanto o trabalho deles, e eles levavam isso muito a sério. Vieram ao meu estúdio com um plano e o executaram com perfeição. Se o plano tivesse funcionado, o mundo como o conhecemos seria um lugar bem diferente.

Eles me chamaram em seu camarim depois do ensaio de figurino à tarde. John falou para mim:

— Escute, Ed, nós não vamos ser seus convidados normais.

Eu falei:

— Ah, sei disso. A América vai se lembrar dessa.

George anunciou calmamente:

— Não se pudermos fazer algo a respeito disso.

Eu perguntei:

— O que você quer dizer com isso?

Paul se levantou, passou o braço em volta do meu ombro e disse:

— Escute, amigo, nós gostamos de você. E, ainda mais importante do que isso, nós o respeitamos e não queremos que nenhum mal aconteça a você, sabe? Então aqui vai um pequeno conselho: quando começarmos a cantar "All My Loving", tape seus ouvidos.

— Por que, em nome de Deus, eu faria isso? É uma música maravilhosa, simplesmente maravilhosa — argumentei.

John disse:

— Obrigado, Ed. É uma honra. Mas confie em nós. Você. Não. Quer. Ouvir. Aquela. Música.

JOHN LENNON: Eu *achei* que seríamos capazes de fazer aquilo sair como desejado, mas não tinha certeza. Veja bem, não é o tipo de coisa que você pode ensaiar, o que quer dizer que não saberíamos até que soubéssemos. Ou não soubéssemos. O que acontecesse primeiro.

GEORGE HARRISON: Se você quiser apontar um culpado — e não estou apontando, só para deixar claro —, teria que apontar para Paul. Afinal de contas, John e eu fizemos nosso backing vocal perfeitamente.

PAUL McCARTNEY: Não foi culpa de ninguém. Nós tentamos e não funcionou. Aprendemos a lição. Bola pra frente.

RINGO STARR: Toda vez que John, Paul e George faziam algo que não deviam, sempre botavam a culpa na natureza zumbi. Como "Ah, não pudemos evitar matar todo mundo no Cavern Club; foi nossa natureza zumbi". Ou "Ah, não pretendíamos destruir o estúdio da EMI; foi nossa natureza zumbi". Eles tinham um bocado de livre-arbítrio; só não o usavam o tempo todo. Então, quando tentaram explicar o lance do Sullivan como se fosse culpa da natureza zumbi, bem, foi completamente ridículo.

PAUL McCARTNEY: O plano era simples. Quando chegássemos à ponte, os "Oohs" descendentes de John e George iam se misturar com meu vocal principal para criar uma frequência que nos permitiria controlar as mentes de cada um dos ouvintes. E, humm, funcionou. Por exatamente 13 segundos.

ED SULLIVAN: Quando pararam de cantar, tirei as mãos dos ouvidos e gritei:

— Rapazes, o que está acontecendo? Continuem tocando, continuem tocando!

Aí percebi que todos na plateia estavam olhando fixamente para os quatro, com um olhar vidrado em seus rostos, sem mover um músculo.

John gritou para mim:

— Ei, Eddie, fale baixo. Temos um trabalho a fazer! — Então falou ao microfone: — Concentrem-se na minha voz. Prestem atenção ao meu comando. Vocês têm três tarefas e vão segui-las até o fim. Tarefa número um, comprem nosso último disco. Tarefa número dois...

E, antes que ele pudesse continuar, todos saíram do transe e começaram a gritar.

RINGO STARR: Quando a plateia do estúdio acordou, estavam muito assustados. Dê uma olhada nas fotos. O olhar de terror no rosto do pessoal dava calafrios.

JOHN LENNON: Eu estava fazendo uma piada com a primeira tarefa. Sempre falei que não venderia discos por hipnose, e era sério. Achei que os rapazes iam se divertir com aquilo. Mas não.

Não vou dizer quais eram as outras duas tarefas. Veja bem, pode ser que eu ainda tente usá-las em algum ponto mais adiante e, como Ringo diz, "o elemento surpresa é seu amigo". Só que, acredite em mim, são boas tarefas. Muito, muito boas.

PAUL McCARTNEY: Aquela foi a última vez que tentamos controlar a mente de espectadores de televisão. Hipnose eletrônica funcionava muito pouco e, francamente, era um saco, sabe?

JOHN LENNON: Tentamos dominar os Estados Unidos naquela noite e tudo que acabamos conseguindo foi outro single em primeiro lugar.

BRIAN EPSTEIN: Eles tocaram no programa de Sullivan novamente na semana seguinte; dessa vez transmitido de Miami Beach, em vez de Nova York. Nos dois dias anteriores ao programa, tudo sobre o que falavam era controle da mente, controle da mente, controle da mente, e eu não estava gostando daquilo. Implorei para que esquecessem hipnose e apenas tocassem suas canções, mas eles eram insistentes. John disse:

— A América pode se esquecer de nós na próxima semana. Pense nisto: vir aqui não ajudou outros artistas britânicos, então temos que fazer *o que* pudermos, *quando* pudermos.

Perguntei a ele:

— Por que vocês têm que fazer isso?

— É nossa natureza zumbi — respondeu John.

GEORGE HARRISON: Nós reduzimos a escala consideravelmente, para possuir as mentes e dobrar as vontades apenas das pessoas que assistiam ao show no Deauville Beach Resort. Como a hipnose não tinha funcionado quando Paul estava fazendo a voz principal, optamos por usar "This Boy" como nosso ponto de lançamento. A maior parte da música foi cantada em três vozes, mas havia um instante logo antes da ponte em que John fazia um "whoa, whoa, whoa", e aquele seria o momento.

RINGO STARR: Cara, aquilo foi um desastre. Se eu fosse um morto-vivo, teria ficado envergonhado por toda a nação zumbi. Do jeito que foi, fiquei envergonhado de ser um Beatle.

JOHN LENNON: Quem não arrisca não petisca, é o que sempre falo.

PAUL McCARTNEY: Chegamos à ponte da música e fizemos nossa coisa de hipnotizar com a harmonia e *nada*. Ninguém congelou e ninguém se esgoelou horrorizado. A plateia só ficou sentada e assistiu enquanto as lentes de todas as quatro câmeras se estilhaçaram. Os cinegrafistas estavam mortos antes que tivéssemos a chance de reanimá-los.

Sim, vendemos um monte de discos e, sim, ganhamos um monte de fãs leais, mas, para nós, nossa primeira viagem aos Estados Unidos tinha sido um fracasso. Não matamos uma única pessoa, tirando aqueles cinegrafistas, só que eles não contam, porque nós não os matamos *realmente* e tudo mais. Eles apenas morreram na nossa presença.

Ninguém falou muita coisa no nosso voo de volta para casa. Antes de pousarmos em Heathrow, me aproximei de John e disse:

— Escute, fizemos o melhor que pudemos e foi tudo que pudemos fazer. Vamos pegá-los da próxima vez.

— Se *houver* uma próxima vez — acrescentou ele.

•

Quando o diretor de cinema Richard Lester — Dick para os amigos — foi contratado para dirigir o filme de estreia dos Beatles, A Hard Day's Night, *tinha uma experiência apenas limitada em trabalhar com seres sobrenaturais: o assistente de direção de seu lançamento de 1963,* O Rato na Lua, *era um homem toupeira reformado, e havia boatos de que seu colaborador habitual, a lenda da comédia britânica Spike Mulligan, tinha habilidades telecinéticas modestas. Então, como Lester me contou ao longo de muitas garrafas de vinho em março de 2005, ele estava um pouco preocupado quando a filmagem começou na primavera de 1964.*

RICHARD LESTER: Três questões me preocupavam desde o começo: como se *filmam* zumbis? Como se *dirigem* zumbis? E zumbis são *dirigíveis*? Eu não fazia ideia. Não tinha a quem perguntar. Por isso mergulhei de cabeça. Brian Epstein me jurou de pés juntos que ninguém na banda ia me machucar, então, o que era o pior que podia acontecer? Eu perderia uns trocados do estúdio. Não seria o fim do mundo.

Tirando a preparação durante a noite em que Paul tomou muitas pílulas estimulantes e ficou verde-neon, a primeira semana de filmagem foi tranquila. Circulou um boato no set de que George tinha tido algum tipo de briga com uma zumbi da cidade, mas escolhi não me envolver. Os assuntos de Georgie eram só dele.

Tudo foi pra merda no oitavo dia. Tínhamos filmado cerca de metade do filme e todo o elenco e a equipe estavam se sentindo muito bem a respeito da coisa toda, muito bem... até que nos sentamos para assistir ao primeiro lote de material bruto.

Até hoje, ninguém sabe exatamente como aconteceu. Não havia precedente para aquilo. Mas, também, ninguém tinha feito um longa-metragem que dava a zumbis papéis significantes, então como poderia haver?

BRIAN EPSTEIN: Ringo estava maravilhoso. Wilfred Brambell, o ator que interpretava o avô de Paul, estava genial. O estilo visual de Lester era original e surpreendente, cheio de ângulos extravagantes e energia frenética. Só que tinha um pequeno problema.

Nada de zumbis.

RICHARD LESTER: O estúdio estava colocando muita pressão em mim para acabar no prazo e dentro do orçamento, então, quando nem John, nem Paul, nem George apareceram na tela, meu primeiro pensamento foi, *nós jogamos fora metade do nosso orçamento: 250 mil direto pela janela.* Fiquei curioso: *Será que um zumbi não aparecer no filme é parte do mesmo princípio de um vampiro não aparecer no espelho? Por que podemos vê-los perfeitamente bem quando os filmamos com câmeras de televisão, mas não com as de cinema? Por que suas roupas também se tornam invisíveis?* Então entrei no modo resolução de problemas: *como posso fazer isso funcionar? Como faço com que esses rapazes apareçam na tela?*

E a resposta apareceu para mim. Duas palavras: Claude Rains.

JOHN LENNON: Dick puxou Paul e eu de lado e falou:

— Vocês querem fazer esse filme dar certo?

Eu respondi:

— Claro que sim, porra. Se Elvis consegue levar pessoas aos cinemas, nós temos que ao menos *tentar*.

Ele ponderou:

— Esse é um grande problema. Vocês estão dispostos a fazer qualquer coisa para isso dar certo?

Paul assegurou:

— Com certeza.

— *Qualquer coisa?* — *sugeriu Dick.*

Eu falei:

— Sim, *qualquer coisa*. Em que você está pensando?

Então ele nos mostrou um rolo de silver tape.

RICHARD LESTER: Na versão de 1933 de *O Homem Invisível*, quando Claude Rains queria ser visto, ele se enrolava em gaze. Não havia gaze no set de filmagem de *A Hard Day's Night* — e, baseado no que tínhamos aprendido até aquele ponto, material macio se tornava invisível à câmera quando repousando sobre um corpo morto-vivo, o que acabei descobrindo que era por causa dos gases nocivos que emanavam da pele putrefaciente, coberta de pus e nauseante de três dos Fab Four.

A boa notícia era que tínhamos montes de silver tape.

Falei aos rapazes:

— Entrem nos trailers, fiquem pelados e chamem Ringo para cobrir seus corpos com isso.

Eles olharam para a fita por alguns instantes, então Paul disse:

— Dick, isso vai ficar ridículo.

Eu completei:

— É melhor do que nada, Paulie. E, se você não fizer isso, é exatamente o que esse maldito filme vai ser: *nada*.

RINGO STARR: Talvez fosse porque fui o último a me juntar ao grupo, ou talvez fosse porque não era um zumbi, mas algumas vezes eu me sentia como o bode expiatório da banda. Pense nisto: se não estou recolhendo seus testículos caídos, estou passando silver tape em volta de seus corpos nus. E quantas músicas eles me deixam cantar por disco? Uma é a resposta.

O lado positivo é que essa foi a última vez que tive que manipular as partes masculinas de Lennon e McCartney.

GEORGE HARRISON: Ringo era muito minucioso. Ele não deixava passar um cantinho. Não estou necessariamente convencido de que ele precisava colar alguma fita naquela pequena área entre nossas bolas e nosso cu, mas ele alegou que estava seguindo ordens de Dick Lester.

PAUL McCARTNEY: Por mim, gostei de ter fita colada naquela vizinhança particular. Ainda colo um pouco de fita ali de vez em quando, sabe?

RICHARD LESTER: Eu nunca, em nenhuma ocasião, disse a Ringo para colar silver tape na área entre os escrotos e ânus de zumbi de John Lennon, Paul McCartney e George Harrison. Mesmo se quisesse ou precisasse de fita ali, não teria colocado aquilo em questão; sim, eu era dos Estados Unidos, mas havia trabalhado no Reino Unido o suficiente para saber que aquela pequena área do corpo é o tipo da coisa que não se menciona em conversas.

Mas, considerando como *A Hard Day's Night* ficou bom, valeu a pena.

GEORGE HARRISON: Me recuso a discutir a retirada do silver tape. Não vou lhe dizer quem fez. Não vou lhe dizer como foi feito. Não vou lhe dizer quais foram as consequências. É melhor deixar algumas coisas por falar, e é melhor não se lembrar de algumas memórias.

•

Irvine Paris tinha acabado de completar 20 anos quando conseguiu um emprego como crítico de arte do Liverpool Herald, *em 1960. Como fã fervoroso dos Beatles, escreveu de forma afetuosa sobre a banda durante toda sua jornada de quinze anos no jornal. Cada resenha de disco, matéria sobre show ou notícia sobre a banda era elogiosa. Nunca uma palavra de cunho ruim foi escrita.*

A não ser por duas pequenas resenhas. E a primeira foi uma crítica que quase terminou em uma fatwã *no estilo de Liverpool.*

O primeiro livro de poesia de John, In His Own Write, *foi lançado no dia 23 de março, e a resenha de Paris, que foi publicada no dia seguinte, não era exatamente o que se poderia chamar de elogiosa.*

JOHN LENNON EM SEU PRÓPRIO ERRO
Poesia Farsante ou Farsa Poética?
Por Irvine Paris

24 de março de 1964

Durante os últimos 13 meses, o cofundador dos Beatles, John Lennon, tem sido o queridinho de Liverpool. Ele não faz nada errado. A música de seu grupo é cintilante. Seu comportamento público tem sido exemplar. Ele é um orgulho para nossa cidade, para os músicos de rock'n'roll e para os mortos-vivos. No entanto, não se pode esperar perfeição. John Lennon vai ter uma longa carreira e dará passos em falso durante o caminho. E o primeiro passo em falso do Beatle John foi bem grande.

Considerando seu amadorismo, pode-se perguntar se *In His Own Write*, a coleção de poemas simplistas e histórias sem sentido de Lennon, é uma piada com os fãs dos Beatles. Esse cavalheiro, que ao lado de seu parceiro, Paul McCartney, compôs algumas das canções pop mais memoráveis da história musical recente, nos apresenta uma montanha de estrume que poderia ser apreciada apenas por um zumbi de 6 anos e de inteligência duvidosa.

Considerem, se quiserem, as duas primeiras estrofes da peça intitulada "I Eat Salami", ou "Eu como salame"

I eat salami mixed with brains
(Misturado com miolos como salami),
cantando Sitting in the winter rain
(Num dia de inverno que passa chuviscando)
Song on my lips, chunks in my teeth
(Canção nos lábios, pedaços no meu dente)
My favorite Scottish town is Leith
(A cidade da Escócia que mais amo é Leith)

Googly moogly bombity bombie
(Dupi Dapi Dura)
I´m a gray and rancid zombie
(Sou um zumbi cinzento e de carme dura)
Bombity bombie your blood is red
(Durapi dura seu sangue é cor de vinho bordeaux)
You are alive, I am undead
(Você está vivo e a morte-vida pra mim já chegou)

Em uma leitura apressada, pode-se supor que a única mensagem que Lennon tentou transmitir em "I Eat Salami" é que ele está sozinho. Pode-se também supor que, como Lennon é Lennon, essa é apenas a mensagem superficial e um significado mais profundo está escondido sob ela. Depois de ler quatro ou cinco vezes, percebe-se que esse não é o caso. O restante do poema consiste de palavras sem sentido, como "dupi dapi dura", e imagens repugnantes similares às do terceiro verso. Esse tipo de imagem — descrição de morte, desmembramento e entranhas gotejantes — é cansativo.

Então, por favor, por favor, Beatle John, por favor, por favor, volte à guitarra. Nós o amamos, yeah, yeah, yeah... mas só quando você está cantando, tocando ou falando. Deixe o verso para os especialistas.

JOHN LENNON: Se você gosta do meu livro, você gosta do meu livro. Se não gosta, não gosta, foda-se, o problema é seu. Irvine Paris? Aquele nojentinho não me irritou nem um pouco.

NEIL ASPINALL: Irvine Paris irritou John um bocado.

Nós todos sabíamos o que acontecia quando John *realmente* perdia a cabeça: farra de assassinatos no almoço, arrancar a própria perna esquerda e atirá-la pela janela do hotel, comer todos os pombos em que pudesse botar as mãos, esse tipo de coisa. Mas ele sempre conseguia reassumir o controle sobre si mesmo dentro de algumas horas. No entanto, quando ele viu a resenha de Paris, passou ao que George começou a chamar de "escuridão de Johnny".

BRIAN EPSTEIN: John entrou pela porta do meu apartamento — literalmente entrou por ela; ele a deixou em pedaços — segurando o jornal com o braço esticado, entre o polegar e o indicador, como se fosse um peixe que estivesse morto há uma semana. E gritou:

— Ei, Eppy, você viu isso?

Eu não tinha visto. Era indiscutivelmente uma resenha impiedosa, e eu podia entender por que ele estava tão chateado: até aquele momento, ninguém tinha escrito uma palavra negativa sobre ele ou a banda e, como qualquer um no campo das artes sabe, a primeira crítica negativa é difícil de engolir.

Fiz com que ele se sentasse, lhe servi chá e falei:

— Escute, John, as pessoas vão dizer o que quiserem. Algumas vezes vão gostar de você e outras vão querer destruí-lo. O que alguém fala sobre você não devia mudar sua visão ou seus sonhos. Continue a escrever sua poesia.

Continue a escrever suas músicas. Seja o melhor John Lennon que você puder ser.

Ele disse calmamente:

— Tudo bem, então. Eu entendo, Brian, eu entendo. Nem toda palavra escrita sobre nós pode ser uma palavra boa. Jornalistas têm suas opiniões e têm direito a escrevê-las. Acredito em liberdade artística. Acredito em individualidade. Acredito no direito de cada homem olhar para o resto do mundo a partir de sua própria perspectiva e de compartilhá-la com o mundo. E agora vou ao prédio do *Herald* para medianizar o rabo de Irvine Paris.

Ele se levantou, sorriu, deu um tapinha no meu ombro e seguiu seu caminho alegremente.

Ainda não entendo por que ele saiu atravessando minha janela em vez de passar pelo buraco na porta que tinha criado cinco minutos antes. Mas esse era John Lennon.

A sorte de Irvine Paris é que John estava tão irritado que se perdeu no caminho para o prédio do *Herald*. De alguma forma ele acabou em Everton, com o carro sem gasolina no meio do nada e sem nenhum dinheiro. Paulie o achou três dias depois no cemitério de Everton, na Long Lane, enroscado sob a moldura da porta de um pequeno mausoléu. John alegou que aquele era o único lugar confortável que achou para dormir, mas acho que ele se alojou ali para que, quando fosse achado, parecesse mais dramático. Acredito que ele estava fingindo.

JOHN LENNON: É claro que eu estava fingindo.

BRIAN EPSTEIN: Irvine Paris sumiu sabiamente do mapa por um tempo. John também, mas em seu caso, sumir do mapa significou duas semanas nos esgotos de Liverpool.

Tínhamos uma turnê pela frente, por isso nem Paul, nem George iam descer lá para buscá-lo. Sobrou para mim e, apesar de apenas pensar na ideia já ser repulsivo o suficiente, fiz aquilo porque é o que empresários fazem.

Vendo como aqueles zumbis viviam, tudo o que posso dizer é que não é de se estranhar que sejam tão mal-humorados.

•

Graças ao humor seco, ao comportamento fofo e ao fato de que ele era o Beatle com menos chance de lançar um ataque físico sem motivos, que poderia levar a uma laringe cortada ou a uma rótula deslocada, Ringo Starr criou um grupo de fãs próprio. Para falar a verdade, até mesmo a rainha acreditava que ele era realmente o fundador e líder da banda.

O que deixava Jimmy Nicol em uma posição delicada.

Jimmy, um verdadeiro artesão da percussão, foi contratado para substituir Ringo durante uma breve excursão pela Europa, China e Austrália, quando o ninja favorito do mundo ficou doente com amigdalite — ou pelo menos foi o que se disse aos jornais. Como Jimmy explicou quando falei com ele em sua casa em Londres, em outubro de 2000, a história das amígdalas era apenas isso mesmo, uma história.

JIMMY NICOL: Quando Brian Epstein ligou e me convidou para participar da turnê, a primeira coisa que perguntei foi:

— Posso falar com Ringo antes de me decidir? Gostaria de ter sua bênção.

Ele me contou a mesma coisa que contou a todo mundo: Ringo estava doente no hospital e, por causa das amígdalas, não podia falar. Aquilo me pareceu estranho, mas não me preocupei. A coisa mais importante era aprender as músicas.

Depois de alguns shows, eu tinha meio que esquecido da situação do Ringo, porém, na viagem de Amsterdam para Hong Kong, Paul veio até meu assento e falou:

— Escute, amigo, você tocou muito bem durante a última semana, então vou lhe contar algo que só outras seis ou sete pessoas no mundo sabem. Mas você tem que prometer não falar disso com ninguém além de John, George e eu. Se você abrir o bico para pessoas de fora, pode sofrer consequências terríveis, sabe?

Eu falei:

— Meu bico está fechado.

É óbvio que meu bico estava fechado. Eu sabia o que tinha acontecido no Cavern Club em 1962, e estava muito ciente do que "consequências terríveis" significava.

— Ringo não está doente — disse Paul.

Ele olhou fixamente para mim como se quisesse uma resposta, no entanto, continuei calado, por medo de dizer algo que pudesse causar dor. Finalmente, quando percebi que ele não ia abrir a boca até eu falar algo, perguntei:

— Ringo caiu fora, então?

Ele balançou a cabeça e disse:

— Mais ou menos, Jimmy. Mais ou menos. — Então ele soltou uma espécie de suspiro, todo triste, e contou. — Veja bem, Ringo é um lorde ninja do sétimo nível, sabe, e para alcançar o oitavo nível ele tem que completar o Triunvirato Shu Shen Shwa à satisfação da mestra Sbagw N'phszyz Xi, que calha de ser a única lorde ninja viva do vigésimo sexto nível. Ela está na porra da Groenlândia. Não podemos deixar ninguém saber disso, porque, se as pessoas souberem que Ringo sente a necessidade de pular de nível ninja, podem achar que ele está vulnerável, e isso pode levar a um ataque e, sério, quem precisa desse tipo de besteira? O negócio é que Ringo podia ter entrado num táxi até o West End para estudar com um ninja do vigésimo quinto nível, mas ele teve que ir para a porra de Qaqortoq, na Groenlândia. Você entende o que eu quero dizer? Esses ninjas são todos loucos.

Ficamos olhando um para o outro por um tempo, então eu disse:

— Que merda é essa que você está falando?

Paul respondeu:

— Não se preocupe com isso. Apenas diga a todos que Ringo está com dor de garganta e vai voltar logo.

— Ele *vai* voltar logo? — perguntei.

Paul disse:

— Não sei, cara. É por isso que estou discutindo isso com você. Você toca bateria muito bem e é um sujeito legal, então, se Ringo se recusar a sair da Groenlândia depois que alcançar o oitavo nível, você estaria interessado em se juntar a nós permanentemente? Ou pelo menos semipermanentemente?

Obviamente estava lisonjeado, mas fiquei pensando no que "se juntar a nós permanentemente" significava. Significava que eu seria um baterista, um zumbi ou um baterista zumbi? Eu não gostava muito da ideia dos dois últimos. Eu era conhecido por desmaiar quando via sangue, e a ideia de comer cérebros era, bem, vamos apenas dizer que comer comida inglesa era mais atraente, e qualquer um que tenha sido apresentado à culinária inglesa de 1964 sabe que isso quer dizer algo. Não queria rejeitar a ideia totalmente, porém não queria necessariamente deixá-la aberta. Falei para Paul:

— Vamos ver o que acontece.

Ele sorriu e disse:

— Parece bom para mim, Jimmy. — Então ele se aproximou, me tocou logo abaixo da minha orelha, cheirou meu pescoço e falou: — Parece bom mesmo.

Fiquei tonto de repente e senti um calafrio em todo o corpo. Ringo precisava voltar o mais rápido possível.

PAUL McCARTNEY: Se Ringo tivesse ficado preso em Qaqortoq, teríamos matado Jimmy em um piscar de olhos, sabe? Aquele garoto sabia tocar.

JIMMY NICOL: Não era opção eu me levantar e pedir demissão. Não podia parecer amedrontado também — acho que podem sentir o cheiro do medo, e eles não gostam disso —, por isso fiz o que pude para completar meu trabalho sem chamar muita atenção. Mas é difícil você agir normalmente quando está vendo pessoas segurando cartazes que dizem RINGO PARA SEMPRE, JIMMY NUNCA, ou quando John Lennon deixa seus dois polegares na pia do seu quarto de hotel só para se divertir, ou quando lindas jovens escravas sexuais imploram para provar seu posperma, seja lá o que for isso.

Então fiz meu trabalho e não chamei nenhuma atenção. E quando Ringo apareceu em Melbourne, beijei-o na boca e pedi que Eppy me colocasse no primeiro avião para a Inglaterra.

Quando cheguei em Heathrow, beijei o chão. Nunca um chão de aeroporto teve um gosto tão doce.

RINGO STARR: Não passei na minha prova de ninja. A mestra Sbagw N'phszyz Xi era cheia das politicagens e servia de exemplo para tudo que era ruim na burocracia ninja. Aprendi na Groenlândia que o salto do sétimo para o oitavo nível tinha menos a ver com habilidades do que com puxa--saquismo, e eu não ia puxar o saco de ninguém para nada.

De qualquer forma, ela me deu uma linda camiseta que dizia EU ♥ QAQORTOQ, então não foi uma completa perda de tempo.

•

BRIAN EPSTEIN: A primeira turnê americana de verdade da banda, no outono de 1964, pode ser definida por uma coisa e apenas uma coisa: *gritaria*. A imprensa a pintou como sendo fabulosa, mas, na verdade, foi horrível.

Os rapazes não ligavam para a gritaria — para falar a verdade, John e Paul pareciam ficar excitados com aquela coisa toda, especialmente quando um homem sentado na primeira fila no segundo show do Hollywood Bowl gritou tão intensamente que esguichou sangue de seus olhos, nariz e boca até o instrumento de Ringo — embora fosse difícil ouvir o que estava acontecendo no palco.

GEORGE HARRISON: Excursionar era um borrão. Ir de uma vila a outra, de uma cidade a outra, de um país a outro, sem ter um minuto para respirar era extremamente difícil. Mas, quando você soma Mick Jagger à equação, bem, aí é coisa de Mania.

RINGO STARR: Estávamos em Chicago para um show no International Amphitheater, e, depois que acabamos nossa passagem de som, Brian e nós quatro voltamos para a limusine e lá estava ele, o próprio Mick Jagger, nos esperando no banco de trás, seus enormes lábios formando um sorriso inchado, que podia ou não ser maldoso — era sempre difícil saber quando se tratava dele. Não tínhamos ideia de como ele tinha passado pela segurança. Não temos ideia de como o motorista da limusine não notou sua presença. Era um comportamento digno de ninja e não pude evitar ficar impressionado e lisonjeado que um cantor tão bom quanto Mick tenha tido todo aquele trabalho só para nos ver.

Mick pegou Eppy pela gola e disse:

— Brian, se estiver tudo bem com você, gostaria de ter uma conversa com meus liverpudianos favoritos. Preciso mexer em seus cérebros... quero dizer, antes de eles mexerem no meu.

Uma bela frase para um sujeito de Kent, pensei. Mick abriu a porta com o pé e jogou Eppy para fora, para o concreto da calçada, então, em uma voz igual à de Lennon, disse ao motorista para nos levar ao William Green Homes.

John perguntou:

— Que porra é essa de William Green Homes?

Mick disse:

— Não ligue para isso, Johnny. Apenas se sente e aproveite a viagem.

Ninguém falou uma palavra durante a viagem de quinze minutos até o que acabou por ser um conjunto habitacional de baixo custo bem ao lado de um campo vazio — se é que dava para chamar aquilo de campo. Mick disse ao motorista da limusine para se mandar, que voltaríamos sozinhos para o hotel — se é que íamos voltar ao hotel. Enquanto o motorista saía correndo, Mick falou:

— Certo, rapazes, para fora.

Saímos do carro. A calçada estava rachada, e havia vidro quebrado por todo lado. George sussurrou para mim:

— Você não vai fazer nada, Rings? Fique invisível, cara. Salve nossa pele.

Eu sussurrei:

— Deixe comigo.

Eu podia não ter alcançado o oitavo nível, mas ainda tinha alguns truques em minha manga. Exatamente quando estava prestes a me confundir com o cenário, uma van chegou cantando pneu, atropelou o motorista que fugia e então bateu na limusine.

E de dentro da van saiu um Zombie.

ROD ARGENT: Meus companheiros de banda não gostavam muito da ideia de seguir os Beatles. Eles deixaram bem claro que achavam meu pequeno ressentimento sem sentido. Também achavam que qualquer combinação de John, Paul, George e Ringo iria facilmente nos matar, mas eu acreditava que eles não davam crédito suficiente às nossas habilidades de luta coletiva. Pessoalmente, considerava que pelo menos um de nós poderia ter sobrevivido a um confronto de verdade dos Beatles contra os Zombies.

Apesar disso, entendia o lado de meus companheiros Zombies. Os Beatles tinham matado milhares, e os Zombies nunca tinham feito nem mesmo uma pessoa sangrar. De qualquer forma, aquilo me deixava com um pé atrás, pois não tinha a mínima chance contra os Beatles em modalidade de luta solo, mesmo se tivesse dez mil metralhadoras e cinquenta mil balas de diamante. Então, quando ouvi falar que Mick estava atrás deles, comecei a segui-lo e ele nunca desconfiou. Além disso, mesmo se Jagger percebesse que eu estava no seu rastro, ele provavelmente não saberia quem eu era mesmo. Os Zombies não frequentavam exatamente os mesmos círculos dos Rolling Stones, entende o que quero dizer?

De qualquer forma, lá estavam John, Paul e George, todos agrupados em um terreno baldio em Chicago, e lá estava Ringo entrando e saindo de foco — lordes ninjas me levam à loucura com essa coisa de desaparecer — e lá estava também Jagger, olhando para eles com determinação. Então exclamei:

— Estou aqui, Mick! Vamos resolver isso!

MICK JAGGER: A primeira coisa que passou pela minha cabeça foi: *quem é esse filho da puta?*

ROD ARGENT: Eu estava certo. O babaca descarado não me reconheceu.

MICK JAGGER: A segunda coisa que passou pela minha cabeça foi: *posso ser capaz de usar esse cara.* Falei para ele:

— Declare suas intenções, mortal!

Não havia nenhuma necessidade de chamá-lo de "mortal", ou de falar como um cavaleiro do século XVI. Aquilo apenas soava bacana.

Ele levantou as mãos e disse:

— Estou aqui para lhe oferecer socorro, oh, grande caçador Jagger.

— Declare seu nome! — exigi novamente.

— Sou Rod Argent, um dos líderes da banda de rock The Zombies.

Eu declarei:

— Conheço vagamente sua banda, mas preciso de provas de que você é quem você diz que é. Recite sua discografia, mortal!

Ele disse:

— Nosso primeiro single acabou de ser lançado, oh, grande caçador. "She's Not There", com "You Make Me Feel Good" no lado B!

— Diga qual é a gravadora e o número de catálogo! — tornei a exigir.

— Decca F11940! — disse.

Eu falei:

— Conheço! Você pode se juntar à caçada!

É claro que eu estava falando qualquer merda. Ele poderia ter dito que seu primeiro single se chamava "Punhetando a Punheta Punheteira" para o selo Punheta, e eu não faria a menor ideia.

Ele disse:

— Obrigado, oh, grande caçador! O que você gostaria que eu fizesse?

Eu falei:

— Você pode limpar a bagunça depois que eu acabar com esses escrotos. Agora caia fora e deixe um profissional cuidar disso.

ROD ARGENT: Eu não ia aceitar aquilo de um cara que estava ganhando a vida fazendo cover de músicas de outros artistas. Quero dizer, se você é incapaz de compor a porra das próprias músicas, não deveria ficar dando ordens às pessoas por aí, certo? Certo.

Então falei para ele:

— Sinto muito, oh, grande caçador, mas insisto em ser parte dessa batalha.

Mick apontou sua arma para mim e disse:

— Afaste-se, Zombie.

Revidei:

— Me recuso.

Ele falou:

— Saia, imediatamente.

Respondi:

— Nunca.

Ele insistiu:

— Caia fora.

Ficamos naquilo por um longo e bom tempo.

GEORGE HARRISON: Enquanto aqueles dois idiotas tagarelavam, falei para John:

— Ei, que tal você e eu atacarmos Jagger, e Paul e Ringo irem atrás de Argent?

John disse:

— Tenho uma ideia melhor.

ROD ARGENT: Lennon tocou no meu ombro, e o que me lembro em seguida é que estávamos nos estúdios da Chess Records.

MICK JAGGER: Ele não teria sido capaz de me hipnotizar se eu não estivesse ocupado com aquele tal de Argent, posso dizer isso com certeza.

JOHN LENNON: Tem poucas coisas no mundo que gosto mais de fazer do que brigar em um estúdio de gravação. Algo sobre todo aquele equipamento deixa meus sucos zumbis borbulhando.

Mas, quando fui atacar Mick no estúdio, algo parecia errado.

PAUL McCARTNEY: Assim que chegamos à Chess, largamos Mick e Rod na sala de gravação e os tiramos do transe.

Afinal de contas, não éramos o tipo de pessoa que mata um sujeito quando ele não pode nem tentar se defender, sabe? Quando voltaram a si, tentei arrancar a piroca de Argent, mas, quanto mais me aproximava de seu corpo, mais fraco eu ficava. Por outro lado, quando eu andava para perto das guitarras e baixos, quase junto da parede no fundo da sala, me sentia mais forte do que já havia me sentido. No momento em que dei uma olhada para o Fender Jazz Bass com acabamento sunburst no canto da sala, alguma força me fez pegá-lo e passar a correia sobre o ombro.

GEORGE HARRISON: Pode soar ridículo, mas uma Gibson Les Paul Goldtop 1952 simplesmente apareceu nas minhas mãos.

JOHN LENNON: Quando dei por mim, estava tocando uma Gibson Les Paul TV 1955. Minhas mãos automaticamente começaram um blues em lá.

MICK JAGGER: Eu era um fã de Willie Dixon, mas nunca tinha ouvido "Built For Comfort" na minha vida. E mesmo assim lá estava eu, parado na frente de um microfone, cantando como se a tivesse escrito. O tom certo, a letra certa, o clima certo. Durante aquele momento, qualquer vontade que eu tinha de assassinar os Beatles havia saído direto pela janela.

ROD ARGENT: Eu nem gostava tanto de blues assim, mas cantei algumas harmonias com Mick e com uma noção de soul que nunca soube que tinha.

RINGO STARR: Não tinha uma bateria no estúdio, então me sentei no chão e cuidei da minha vida.

PAUL McCARTNEY: Tocamos até o momento de voltar ao anfiteatro, por cerca de três horas. Não lembro quantas músicas foram, mas antes de colocarmos os pés no estúdio, não conhecíamos nenhuma delas.

Nunca vimos ou ouvimos um engenheiro de som, só que quando saímos do estúdio, no chão, bem perto da porta da frente, estavam quatro fitas de rolo, cada uma delas com o rótulo BEATLES/STONES/ZOMBIES BLUES JAM. Como éramos quatro Beatles, um Stone e um Zombie, os primeiros puderam ficar com todas elas. A maioria decide.

Quando chegamos de volta ao anfiteatro, dei as fitas a Eppy; nunca mais as vi. Ele disse que alguém as roubou de nosso camarim. Maldito povo de Chicago.

BRIAN EPSTEIN: Ninguém roubou as fitas. Eis o que aconteceu:

Abri as caixas quando voltei ao meu quarto depois do show, e, juro para você, as fitas estavam vivas. Elas eram cobras marrons com pintas verdes, e suas línguas tinham cerca de 20 centímetros de comprimento, cheiravam a fezes. Era grotesco. Totalmente, completamente grotesco.

Estávamos hospedados perto do lago Michigan, então saí do hotel, atravessei a rua correndo e andei sobre a areia até chegar à água. Arremessei as fitas tão longe quanto pude, e, assim que a quarta fita tocou a água, uma bola de fogo se levantou do lago e flutuou a cerca de 1 metro da superfície como uma bolha de sabão gigante. Aquilo iluminou toda a área e aí pude ver milhares e milhares de peixes mortos flutuando. Então o lago todo ficou vermelho. E borbulhava e soltava fumaça. E cheirava como as cobras, só que mil vezes mais forte.

Naquele momento, decidi que era hora de voltar ao hotel e me arrastar para debaixo das cobertas. Ou me esconder sob a cama.

•

Uma das piadas mais velhas entre fãs de música é que, quando Bob Dylan fala, as pessoas ouvem... mas não conseguem entender uma única palavra do que ele diz. Já comentaram que o homem fala como se estivesse com a boca cheia de bolas de gude, ou com algodão em suas bochechas, ou com vários gramas de maconha presos entre os dentes. Considerando que ele é um músico profissional desde 1961, e que, dessa forma, conversou com inúmeros empresários, produtores, agentes, músicos de apoio, engenheiros de som, roadies e groupies, achei que toda essa coisa de ser impossível entender Bob era exagero.

Não era.

Em março de 2007, me sentei com Bob Dylan por um total de oito horas em um intervalo de três dias e, tirando "e aí?", "mande uma cópia do seu livro quando estiver pronto" e "você vai pagar a conta, não vai?", não consegui entender uma frase completa, tornando todas as minhas entrevistas inúteis. Assim, ficou a cargo do venerável Eppy contar a história do infame primeiro encontro dos Beatles com Dylan em Nova York, no dia 28 de agosto de 1964.

BRIAN EPSTEIN: Bob gostava dos discos dos rapazes, e os rapazes gostavam dos de Bob, então, quando ele e um escritor chamado Al Aronowitz apareceram em nosso hotel, ficamos felizes de convidá-los a subir.

Eles não falaram nada memorável por algum tempo, aí Bob pegou um baseado. Conhecíamos o que Paul ainda gosta de chamar de "cigarrinhos de jazz herbários". Mas os Beatles nunca tinham experimentado, e, francamente, considerando como aquelas pílulas os afetaram na época da Alemanha, eu não estava muito confortável com a ideia de estarem absorvendo o que alguns podem interpretar como uma substância estranha.

Ringo foi o primeiro Beatle a ficar doidão. Ele tragou quase um baseado inteiro sozinho e ficou bem; tudo o que aconteceu é que ele estava rindo muito. John, Paul e George foram em seguida, e dava para dizer que também estavam bem. Seus cérebros não derreteram e pingaram pelas suas orelhas. Os olhos permaneceram alegremente em suas cavidades. As línguas não incharam como balões. As peles não ficaram de cores estranhas.

Não, o que aconteceu foi que eles ficaram com gases. E acharam aquela coisa toda hilária.

Lembro que John foi o primeiro a peidar, e ele disse:

— Opa, desculpem pela tulipa aérea, rapazes.

George seguiu seu exemplo e disse:

— Upa-lá-lá. Acho que estou com um trompete nas calças. Minhas desculpas.

E então foi a vez de Paul, que falou:

— O-oh, alguém soltou um bem forte, vocês sabem, e acho que seu nome é Pequeno Paulie Macca.

E foi aí que a guerra começou. Um, logo depois do outro, e depois do outro: alguns molhados, um bocado de enraizados, um punhado de rasgados, um monte de imitados, um bom número de disparatados, um barulhento ou dois, uma penca de flutuantes, uma bela quantidade de barulhentos, uma revoada de fedegosos e uma coleção de esmagadores de bunda.

Veja, eu curto um bom peido tanto quanto qualquer outro sujeito, mas a maconha causou tamanho alvoroço no sistema gastrointestinal dos rapazes que levou aqueles gases fétidos a um novo nível. Quando acabaram o segundo baseado, o ar estava coberto por uma fumaça tóxica arroxeada.

Depois que acabaram de fumar a maconha, Bob se levantou, encheu bem os pulmões com a névoa roxa — lembre-se, o ar quente sobe — e disse:

— Isso é lindo, cara, simplesmente lindo. Nunca passei por um momento tão lindo. Lindeza. É isso que isso aqui é. Lindeza. Lindo.

Para um sujeito que escrevia letras tão profundas, Bob não era o cavalheiro mais articulado no mundo quando estava cercado por um bando de peidões. Mas não posso culpá-lo, acho; eu estava me sentindo um pouco tonto e bobo também.

Não tenho certeza de quanto tempo aquilo tudo durou. Podem ter sido dez minutos, ou talvez dez horas. Puns roxos de zumbi tem a capacidade de fazer o tempo se esticar.

•

E*nquanto grupo, ninjas, quando não estão defendendo seu território ou assassinando um político, são um bando afável, e Ringo Starr era tão afável quanto se podia ser. Assim é que, a maior parte das pessoas aprecia e respeita o ninja padrão, mas há outros ao redor do mundo que desprezam esses nobres guerreiros. Esses descontentes antininja tendem a gravitar em torno uns dos outros e algumas vezes formam organizações que promovem o ódio. Uma das mais militantes é baseada em Montreal; demonstrando uma séria falta de criatividade, é conhecida como "Fodam-se Ninjas".*

Formada em 1959, a FN nunca foi a unidade mais bem preparada, mas mostrava, sua força através de números absolutos. Em seu manifesto de 1980, com o título sem nenhuma inspiração, "Todos os ninjas devem morrer: Como matar um ninja em três lições simples", o antigo secretário de defesa da FN, Wilfred Hinckley White, escreveu: "Nosso plano tem sido, e sempre será, cercar, cercar e cercar nossa vítima em potencial. Se você encurralar um ninja, obstruir todas as suas rotas de fuga e tiver cem homens apontando cem armas para o coração do morimbundo, você vai VENCER! Esse foi nosso plano para Richard 'Ringo' Starkey 'Starr'. Cercá-lo e atirar até a morte."

Brian Epstein ficou sabendo do plano por um lorde ninja do décimo quinto nível, que vivia no Canadá, chamado Roger Aaron. Como ele, que se infiltrou na FN em 1962, me explicou em uma entrevista em dezembro de 2003, o batalha entre a FN e Ringo aconteceu durante um show no Montreal Forum no dia 8 de setembro de 1964.

ROGER AARON: A FN tinha apenas um plano para matar ninjas — circundar seu alvo com a maior quantidade de homens armados que conseguisse recrutar —, e ela o usava sem parar. Era inacreditavelmente simplista, mas inegavelmente efetivo e quase impossível para um deles escapar. É possível que um único deles com habilidades do sexagésimo sexto nível conseguisse dar cabo disso, porém eu era apenas do décimo quinto nível, então não tinha nenhuma chance... e nem teria Ringo. Minha única esperança para protegê-lo era conseguir que os Beatles cancelassem o show.

Brian Epstein não acreditou em mim, e acho que consigo entender por quê. Estávamos no fim de 1964. Os Beatles eram basicamente a maior coisa do mundo, por isso milhares de lunáticos apareciam com todo tipo de ameaça.

Imagine se você atendesse um telefone e um estranho lhe dissesse: "Sou um lorde ninja que está infiltrado por alguns anos entre os matadores mais perigosos do Canadá. São chamados "Fodam-se Ninjas" e estão planejando matar seu baterista, e você deve sair do país imediatamente." O que você pensaria? Eu sei *exatamente* o que você pensaria. Você pensaria: *esse cara é um lunático*. Então, o show aconteceu.

Na noite do show, a FN não perdeu tempo; seus integrantes abriram fogo durante a segunda música da banda. (Até hoje desejo que tivessem esperado, porque queria realmente ouvir a banda fazer o que sabe fazer melhor.) Como foi o caso com a maioria das batalhas públicas dos Beatles, essa acabou em minutos, e, se não fosse pela velocidade e exatidão da contraofensiva de John, Paul e George, o número de mortes daquela noite estaria entre os milhares.

No segundo em que Wilfred White deu o sinal para atacar — não, não no segundo, no milissegundo —, John desceu do palco e arrancou, na plateia, cada arma de fogo que pudesse encontrar. Pelas minhas contas, ele, sozinho, desarmou 73 atiradores em nove segundos, deixando a FN com 127 agressores armados. Paul cuidou de outros 71, e George, 63. Em trinta segundos, apenas vinte e poucas armas estavam apontadas para Ringo, e isso é um número razoável até para um ninja do quarto nível. Para alguém do sétimo nível, como Ringo, escapar foi moleza.

Ringo saiu ileso e ainda conseguiu acertar alguns FN com um lançamento estratégico do prato da bateria. Arriscaria dizer que John, Paul e George receberam entre 50 a 73 balas cada, mas nenhuma delas era feita de diamante, então eles saíram ilesos, apesar de pipocados com ferimentos a bala fumegantes e tóxicos.

Tristemente, 53 mortais inocentes foram mortos no ataque e outros 207 ficaram feridos, no entanto, se não fosse pelo pensamento rápido e defesa ainda mais rápida dos Fab Four, estaríamos olhando para um estádio cheio de fãs dos Beatles mortos e, o pior de tudo, um baterista ninja muito morto.

JOHN LENNON: Ninguém, mas *ninguém* mesmo ia matar um Beatle na minha presença... A não ser que fosse eu que estivesse matando. Como sempre digo, todos pelos zumbis, e os zumbis por todos.

Além disso, estávamos a apenas alguns milímetros de alcançar o Toppermost of the Poppermost, e eu não ia deixar ninguém ou nada nos deter.

CAPÍTULO QUATRO

1965

O filme de estreia dos Beatles, A Hard Day's Night, *foi sucesso tanto de público quanto de crítica, então os espertos liverpudianos, sem querer estragar uma fórmula de sucesso, trouxeram o diretor Dick Lester de volta ao grupo para, o filme seguinte,* Help! *Eles tinham um orçamento maior dessa vez, o que significava que puderam filmar não só no Reino Unido como na Áustria e nas Bahamas. Locações diferentes e melhores significavam cigarrinhos de jazz herbários diferentes e melhores; assim, de acordo com Lester, era luz, câmera, silver tape, maconha, ação... e confusão.*

RICHARD LESTER: Eles queriam colocar uma cena de esqui no filme, e quem era eu para negar algo aos Beatles? Imagine o seguinte: você tem três zumbis entorpecidos e alucinados sobre esquis, envolvidos completamente por silver tape — completamente, no caso, tirando os pequenos buracos sobre as bocas e os narizes que possibilitavam que respirassem e, claro, fumassem maconha —, cambaleando em uma montanha. Cara, queria que existissem DVDs naquela época, porque esse filme teria os melhores extras.

Eppy tinha me contado sobre como a maconha — e seus efeitos — tinha se tornado uma parte normal de suas vidas, e o que pensei foi, *contanto que façam seu trabalho, podem fumar e peidar o quanto quiserem.*

E foi exatamente o que fizeram.

Eram reservados quanto a isso; eu nem sabia que tinham saído para fumar até que, bem, já estivessem chapados. Em um minuto eu os via calmamente tentando descobrir como prender seus pés aos esquis e no outro os via arrancando todo o silver tape e começando uma guerra épica de bola de neve. Bem, isso pode não parecer ser um grande problema — garotos de 6 anos fazem o mesmo e sobrevivem —, mas as bolas de neve cresciam e cresciam e a guerra ficava furiosa; e a coisa, cada vez mais feia. Não era o caso de estarem com raiva um do outro; acho que era mais pela competição. Eles todos queriam ser o Rei da Cocada Preta da Montanha de Neve.

George foi o primeiro a elevar o patamar da disputa, quando removeu a própria perna e a usou para jogar uma bola de neve em John. (Bem, eu jamais tinha visto alguém usar a própria perna como um taco de críquete, mas assim *eram* os Beatles, então você deve esperar o inesperado.) John seguiu o exemplo, arrancando o braço direito e o arremessando na cabeça de Harrison. Ele acertou em cheio, só que o arremesso não foi forte o suficiente para derrubar a cabeça de George, o que foi uma sorte, porque se ele tivesse conseguido, teríamos perdido pelo menos um dia de filmagem procurando um cirurgião que a pudesse recolocar.

Paul, que, até aquele momento, por razões desconhecidas, estava jogando bolas de neve em si mesmo, percebeu a comoção. Em dois ou três segundos, preparou uma enorme bola de neve, tão grande quanto um menir e gritou:

— Ei, se não pararem com essa merda, os dois babacas vão comer isso de almoço, entenderam?

Usando apenas os dentes, John tirou o próprio braço esquerdo e o cuspiu no chão, chutando-o na direção de Paul, que se esquivou, devolvendo a enorme bola de neve na direção de John. Por sua vez este evitou o choque e, com uma velocidade impressionante, recuperou e reatou os dois braços. Depois deu um chute na bunda de Paulie. E ele o acertou com força, com tanta força que Paul caiu de cara na neve a uns 70 metros de distância. Apesar de a luta estar atrapalhando minha programação de filmagem, fiquei impressionado. É necessária muita força para derrubar Paul McCartney.

George, que aparentemente tinha se recuperado, tirou um de seus esquis e o jogou em John, que se esquivou com facilidade. Aí, George tirou o outro e o arremessou no caído Sr. McCartney. A ponta fina do esqui se alojou nas costas de Paul, teoricamente pregando-o ao chão. Mas, como todo mundo que foi atacado por qualquer um dos Fab Four sabe, é difícil manter um Beatle incapacitado por muito tempo. Por isso, sem nem mesmo remover o esqui de sua caixa torácica, Paul se levantou; o esqui permaneceu alojado nas costas, porém só por pouco tempo, pois ele o arrancou sem nem piscar. Onde seu coração deveria estar, havia um buraco escancarado, estranho para um homem que era conhecido por escrever canções tão cheias de romance.

George tentou fugir subindo a montanha, no entanto Paul o apanhou facilmente. Ele segurou George pelo tornozelo e o rodou sobre a cabeça como se ele fosse uma bandeira do Arsenal — um golpe inteligente que ele mais tarde disse que aprendeu com John — e o arremessou montanha acima. Harrison parou a uma distância aproximada de seis campos de futebol; a quantidade de neve que foi levantada parecia uma nuvem atômica. Então não sei se ficaram cansados ou entediados, ou o efeito da maconha passou, mas, naquele exato momento, a confusão parou tão rapidamente quanto começou.

Eles tiveram umas duas outras brigas antes de terminarmos a filmagem, a mais notável delas aconteceu nas Bahamas, quando George lançou Paul no oceano e ele foi parar a uns 800 metros de distância. Ele voltou à costa, mas demorou um bom tempo. Só para constar, zumbis de Liverpool são nadadores lentos e desajeitados.

Eu ficava tão entretido assistindo às batalhas que nunca passou pela minha cabeça filmar aquilo, e acabei não filmando nenhum duelo de zumbis. Francamente, noventa minutos daquele tipo de loucura morta-viva teria dado um filme melhor, com toda certeza.

•

GEORGE HARRISON: Depois que terminamos de filmar *Help!*, sofremos de um pouco de, sei lá, acho que dá para chamar de mal-estar. Toda aquela Mania pode afetar um sujeito.

PAUL McCARTNEY: Estávamos exaustos, sabe, mas eu não achava que a gente devia parar.

NEIL ASPINALL: Os rapazes precisavam de um descanso, só que Brian não ia deixar aquilo acontecer. Estavam exauridos, e John era quem sofria mais.

JOHN LENNON: Não sei se foi a maconha ou o que, mas eu ficava com fome o tempo todo, e comida humana não estava dando conta. Eu podia comer três bifes, quatro batatas assadas, seis latas de feijão e 18 caixas de cereais de uma vez e ainda ficava faminto. A única forma de acalmar meu estômago era com a clássica refeição zumbi de cérebros humanos, com uma porção extra de medula óssea.

LYMAN COSGROVE: A onda de assassinatos de Lennon em 1965 é digna de entrar para os registros oficiais. Ela rivalizou com os acessos de fome de Earl J. Eaves em 1956 — o Sr. Eaves comeu 32 cérebros em 17 dias — e o ataque de Martine Jefferson de 1961, um banho de sangue de três dias de duração que acabou com 12 mortes e dez novas vítimas do Processo Liverpool. John também se destacou, devorando 28 cérebros em um período de duas semanas. Aquilo era impressionante, e é impossível não admirar sua persistência.

O que Eaves, Jefferson e Lennon tiveram em comum foi um perceptível ganho de peso. Você sabe, zumbis de Liverpool poucas vezes ficam extremamente famintos e geralmente só precisam de uma meia dúzia de cérebros ao ano para sobreviver. Mas, quando algo desencadeia aquele mecanismo de alimentação e eles ingerem cérebro atrás de cérebro, seu sistema gastrointestinal sai dos trilhos. O fato de Lennon estar consumindo uma quantidade excessiva de cannabis não o ajudou nesse caso.

JOHN LENNON: Então ganhei quase 1 quilo. Acho que ninguém percebeu.

NEIL ASPINALL: John passou por uma fase de balofo, com certeza.

RINGO STARR: O rosto ficou um pouco mais redondo, a barriga, um pouco mais larga, e a pele, mais cinza. Não era bonito.

PAUL McCARTNEY: Ele certamente estava com as roupas apertadas, o John, você sabe.

GEORGE HARRISON: Ele era o zumbi mais gordo que vi pessoalmente. E aquilo o deixou mais lento. Ainda era capaz de se mover bem — podia perseguir um mortal sem muito problema, então era capaz de continuar comendo —, mas, se precisasse se defender de, vamos dizer, um ninja, ele não teria tido nenhuma chance.

Se havia uma hora para Ringo ou eu tomarmos o controle da banda, seria aquela.

RINGO STARR: Uma tarde, George me convidou para almoçar, e passou a refeição inteira me falando:

— John é um balofo, Rings. Ele está mais lento, e você pode derrotá-lo. Pense nisso: é sempre Lennon e McCartney isso, Lennon e McCartney aquilo. Não está na hora de as pessoas começarem a falar de Harrison e Starr? Você pode ser o cara. *Nós* podemos ser os *caras*! A melhor parte é que, se John estiver fora, você pode cantar mais do que uma música por disco.

Falei a ele que me sentia perfeitamente satisfeito com o modo como as coisas estavam e que, se ele quisesse começar uma rebelião, ele estava sozinho. Ele pareceu ter ficado puto, e você não quer ver George Harrison quando ele fica puto. Então fiquei totalmente invisível e fui embora para casa. Tirando me repreender por tê-lo deixado sozinho para pagar a conta, George nunca mencionou aquele almoço novamente.

JOHN LENNON: Comer cérebros não é como comer comida. Existem centenas de milhares de refeições de humanos diferentes para escolher, mas cérebros são todos iguais. O cérebro de um cavalheiro espanhol de 72 anos tem exatamente o mesmo gosto dos miolos de uma menina francesa de 11. Sendo assim, para não chamar atenção para todas essas mortes, restringi minhas refeições à ala geriátrica do hospital de Addenbrooke.

Se você estivesse à beira da morte, era meu café da manhã. Se estivesse com um pé na cova, era meu almoço. Se estivesse pronto para desligar os aparelhos, era o jantar. Não acho que você vai gostar de ouvir sobre meus lanchinhos entre as refeições.

Brian achou que eu estava sendo guloso. Parecia que de hora em hora ele me falava: "Você não precisa de toda essa comida, John." Eu não achava que isso era nenhum grande problema. Aquelas pessoas estavam próximas do fim, de qualquer maneira; se elas morressem um dia ou dois antes do programado, qual seria a porra do problema? Haviam tido vidas boas e ainda poderiam dizer a todos no pós-morte que foram comidos por um Beatle. Tenho certeza de que, em algum momento, isso fazia os mortos acharem você muito mais bacana.

Mas, sim, nenhum ganho de peso para Johnny Lennon. Não mesmo. Tudo bem, posso ter engordado alguns quilos. Talvez dois ou três.

PAUL McCARTNEY: Nós o colocamos em uma balança uma noite em Paris: cem quilos. Isso é muito excesso de cérebro, sabe? Muito excesso de cérebro mesmo.

BRIAN EPSTEIN: Imagem não é tudo, mas ainda importa, então pedi a ele para perder 20 quilos. Ele tirou a perna, enrolou em volta do meu pescoço, como um cachecol, e disse:

— Aí estão 30 quilos, amigo. Está bom para você?

Até aquele ponto, eu nunca tinha percebido como os membros putrefatos dos zumbis fedem; quase desmaiei por causa do cheiro. Encolhi os ombros e deixei a perna cair no chão. Então a empurrei com meu pé e disse:

— Johnny, meu rapaz, é melhor você tomar jeito imediatamente porque Nova York está esperando. É um show importante, nosso maior até agora, e você precisa da sua força de volta, mental e fisicamente.

Como tenho certeza de que você sabe, John me escutou. Logo ele estava totalmente forte. Muito, muito forte.

•

E*m junho de 1965, apenas uma semana após se formar como a segunda melhor aluna da Escola de Jornalismo da Universidade de Columbia, Jessica Brandice conseguiu um emprego no* New York Times. *Já foi dito que o editor do* Times, *Arthur Sulzberger, teve uma simpatia pessoal pela Srta. Brandice — nenhuma surpresa, considerando como ela transborda inteligência e sensualidade, mesmo morta-viva —, e foi por isso que ele ignorou o código não escrito do repórter e a designou para as páginas policiais antes mesmo de ela ter escrito uma única palavra para o venerável jornal.*

Para a sorte de Sulzberger, acabou que Jessica era mais do que uma CDF e um rostinho bonito; a garota era uma excelente repórter investigativa, como foi comprovado por sua brilhante cobertura do show dos Beatles no dia 15 de agosto no Shea Stadium, cobertura que por fim levou ao livro A tragédia do Shea Stadium: Como os Beatles quase destruíram a cidade de Nova York, *provavelmente o melhor estudo sobre como, se algumas coisas tivessem ocorrido de modo diferente, a invasão zumbi britânica poderia ter tirado os Estados Unidos do mapa.*

Todo dia 15 de agosto, Jessica homenageia a memória da tragédia com uma palestra na Biblioteca Pública de Nova York. Conversei com ela por muito tempo depois de sua palestra de 2005; era o quadragésimo aniversário do show do Shea Stadium, mas Jessica se lembra daquela noite horripilante como se fosse ontem. Não é de se estranhar, pois, quando você dá uma olhada nas cicatrizes que cobrem seu belo rosto cinzento, sabe que aquele é um dia que ela nunca vai esquecer, até o fim dos tempos.

(Nota: Brian Epstein, Neil Aspinall e três quartos dos Beatles se recusaram a falar sobre o Shea, gravando ou não. Lennon falou. Mais ou menos.)

JOHN LENNON: A única coisa que vou falar sobre o Shea é que vocês podem botar a culpa na minha natureza zumbi.

JESSICA BRANDICE: Foi um dos primeiros shows de rock feito em um grande estádio ao ar livre, e o fato de que uma banda de zumbis estava tocando deixou a prefeitura preocupada. Como não havia nenhum precedente, a preparação de um plano de segurança para o Shea Stadium — sem falar na cidade de Nova York como um todo — foi feita totalmente no chute. Nem o prefeito da cidade de Nova York, Robert

F. Wagner Jr. nem sua equipe tinham ideia de como lidar com... Bem, o que importa é que eles não sabiam com o *que* precisariam lidar. Poderia ter sido um público completamente pacífico, centenas de milhares de beatlemaníacos e fanáticos por zumbis perturbados prontos e ansiosos para destruir o Queens. Poderia ter acontecido de ser algo entre os dois extremos. Eles não faziam a menor ideia.

Meu editor não me designou para cobrir o show; a única razão de eu estar lá era porque meu namorado, Dave Errol, era o crítico de rock do *Times* e eu era a acompanhante dele. Eu certamente não teria ido ao show por conta própria. Eu gostava dos Beatles tanto quanto qualquer garota, mas não iria de jeito nenhum ao Shea apenas para ficar cercada de meninas adolescentes gritando.

Bem, a única vez que tinha visto os Beatles tocarem antes foi na segunda aparição da banda no *Ed Sullivan Show*, aquele em que eles explodiram os pobres cinegrafistas. Os Fab Four pareciam perfeitamente equilibrados na tela da televisão, exatamente até o momento em que a tela ficou preta. Mas, naquela noite no Shea, quando entraram no palco vindo do banco de reservas da terceira base, achei que os rapazes pareciam agitados.

Tinham colocado Dave e eu no banco de reservas da primeira base, que ficava praticamente a 3 metros do lado esquerdo do palco, que era elevado e abaixo do nível do chão. Portanto, o único Beatle que podíamos ver claramente era o que sempre ficava do lado esquerdo do palco, John Lennon. Recentemente li uma entrevista em que Paul declarou que John "ficou maluco" durante o show, mas me pareceu que ele estava agindo dessa forma antes mesmo de terem tocado qualquer nota.

Dave disse que a banda estava enérgica *demais*, salientou que Paul estava puxando as músicas muito rápido e que eles estavam tocando canções de dois minutos e meio em um minuto e quarenta e cinco segundos. Ele também notou que era estranho terem um teclado elétrico no palco para John, porque, até onde ele sabia, Lennon era, na melhor das hipóteses, um pianista amador.

Eles tinham ligado os amplificadores no máximo, e, como estávamos tão perto do palco, já na terceira música, nossos ouvidos estavam zunindo. Então peguei um lenço de papel na minha bolsa, rasguei dois pedaços pequenos, amassei-os e... pronto, protetores de ouvido improvisados. Fiz o mesmo para Dave.

Aparentemente apenas alguns minutos depois, a banda chegou à última música de seu set, "I´m Down". Lennon começou a tocar o teclado com o cotovelo... na verdade, ele não estava *tocando*, estava, mais precisamente, *espancando*, deslizando sobre as teclas de um lado para o outro, criando uma barulheira dissonante. Quando a música acabou, Lennon bateu no teclado com a cabeça e o estádio ficou em silêncio. A gritaria parou. Mais de 55 mil pessoas se calaram de uma hora para outra.

E então Lennon segurou o microfone, pulou sobre o teclado e sussurrou a palavra "Poppermost."

Então o lugar enlouqueceu.

Praticamente ao mesmo tempo, todas as pessoas da plateia arrancaram seus assentos do concreto e os jogaram no campo. Um bom número de cadeiras de madeira verdes e duras acertou os Beatles, mas eles não pareceram surpresos; por falar nisso, Harrison inclusive jogou um monte delas de volta.

Aí, os adultos na plateia congelaram em seus lugares, e os adolescentes invadiram o campo. Observar o destacamento da polícia tentar conter a maré de garotos e garotas era risível. Os policiais pareciam separados por algo como 3 metros, e os adolescentes — que estavam literalmente espumando pela boca — passaram por cima, pelos lados e por dentro do orgulho de Nova York. Em sua defesa, a polícia fez o melhor que pôde, mas eles não tinham nenhuma chance.

Depois de os adolescentes arrancarem e comerem cada lâmina de grama do Shea Stadium, toda a multidão — uma turba a essa altura — correu para as saídas; os jovens se moviam rápida e violentamente, mas quase educadamente, como para se assegurar de que nenhum de seus aliados se ferisse. Tirando todos os adolescentes vomitando grama semidigerida, me pareceu que estavam indo para a estação de trem.

Àquela altura, o show do Shea Stadium passou de uma história do caderno cultural às páginas policiais. Nesse instante disse a Dave para ir correndo para seu apartamento, porque eu tinha que seguir isso até o fim e não podia deixar que ele fosse junto. Ele me repreendeu por arriscar minha vida por um jornal que me pagava 15 mil dólares ao ano e eu o mandei à merda, pois essa era uma coisa importante e dinheiro não estava em questão. Então ele me perguntou como diabos eu esperava que qualquer um de nós chegasse a Manhattan quando o metrô estaria lotado de beatlemaníacos hipnotizados que podiam estar à procura de sangue. Falei que ele tinha razão, mas eu precisava ir atrás da reportagem. Se ele achasse que poderia me acompanhar, ótimo, senão eu teria que ir sem ele.

Eu tinha sido uma corredora em Columbia e corria consideravelmente mais rápido do que Dave, então dei um beijo nele e saí correndo do estádio para a estação de metrô. Quando vi Dave depois, ele estava na sala de recuperação pós-cirúrgica no Centro Médico do Queens. Ele voltou a trabalhar oito semanas depois com uma cicatriz em zigue-zague de 50 centímetros que ia do peito até a pélvis.

A multidão tomou conta do metrô, e aquela estranha aura de educação foi embora pela janela. Do outro lado da rua, dava para ver que eles não estavam apenas pulando as roletas — mas arrancando e passando um por cima do outro, como se fossem tigres caçando: agarrando, dando patadas, mordendo, cuspindo, rugindo, não ligando para o que ou quem feriam. Não havia a menor chance de eu entrar naquele trem, por isso fiz sinal para um táxi.

Minha intuição me dizia que eles iam do Shea Stadium para a estação Grand Central, e eu estava certa. De acordo com relatos, um terço da multidão saiu na Grand Central, enquanto os outros dois terços se transferiram para outras linhas. Dentro de uma hora, as 55 mil pessoas que John Lennon havia hipnotizado estavam espalhadas estrategicamente pela cidade. Não sei se ele planejou aquilo dessa forma ou se aquelas pobres pessoas passaram a agir por instinto.

Se seus leitores quiserem detalhes sobre os distúrbios — por exemplo, a fogueira da Times Square, a destruição completa do sistema de esgoto do Bronx ou os linchamentos brutais no Prospect Park —, está tudo no meu livro. O que *não* está é a minha própria jornada pessoal, e a única razão pela qual sou capaz de discutir isso com você agora é porque passei por uma quantidade absurda de terapia.

Imaginei que Midtown Manhattan era um dos melhores lugares possíveis para ter uma boa visão da ação e ficar fora de perigo. Por isso pedi para o taxista me deixar em um hotel — esqueci qual — na esquina da Quarenta e três com a Park e me acomodei no saguão, bem ao lado da grande janela de frente para a Park. A turba estava se movendo de forma metódica pela calçada, indo para o sul, literalmente passando por cima de qualquer um que ficasse em seu caminho. Pessoas que tinham ido ao show agarravam as que não tinham ido e as arremessavam do outro lado da rua e com *força*. Essas pessoas estavam batendo nas laterais dos prédios a 50 quilômetros por hora. No fim, havia pilhas de corpos esmagados e poças de sangue espesso sujando as calçadas da Park Avenue.

Assim que a turba foi embora, corri para oeste, na direção da Oitava Avenida, imaginando que conseguiria parar um táxi e chegar mais rápido do que a multidão ao Greenwich Village. Não. De jeito nenhum. Àquela altura, a notícia tinha se espalhado sobre as milhares de aberrações desorientadas marchando pela cidade, atacando irracionalmente estranhos, e os táxis não estavam parando para ninguém. Então abri minha bolsa, peguei minha carteira, um bloco e uma caneta, joguei a bolsa na lata de lixo mais próxima, me fiz de superior e saí correndo para o centro. Percorri os 3 quilômetros em pouco mais de 14 minutos.

A turba estava dispersa pela área do centro, mas parecia estar se agrupando no West Village. Fui até um pequeno parque na Sexta Avenida com a Bleecker e subi em uma árvore baixa. Era o lugar perfeito para ficar: eu tinha uma visão clara da ação e supus acertadamente que os maníacos não iam procurar em árvores por pessoas para atacar. Havia pessoas suficientes na rua para atormentar.

A imprensa se referiu ao que vi como o Massacre do Greenwich Village, mas *massacre*, para mim, dá a impressão de que foi um único ato que aconteceu rapidamente, o que não foi mesmo o caso. Os assassinatos do centro da cidade foram aleatórios, porém meticulosos. Vi mais pessoas arremessadas contra prédios. E uma mulher arrancar os membros de outra, um depois do outro. Vi uma pessoa de gênero indeterminado arrancar o coração de um jovem homem. Vi duas meninas adolescentes levantarem um Ford Galaxie e jogar aquela porra na direção da Houston Street; quando o carro caiu, ele explodiu e começou um incêndio que continuou por quase quarenta e oito horas.

Não sei se sua sede de sangue foi saciada, se o encanto acabou ou o que, mas logo depois da meia-noite a turba se dispersou e, tirando os feridos, os agonizantes e os mortos, as ruas ficaram vazias. Enquanto as ambulâncias chegavam à cena, achei um telefone público e fiz uma ligação a cobrar para a redação do *Times*. Tenho pena de quem quer que tenha atendido minha ligação porque, depois que me identifiquei, gritei coisas sem sentido por um minuto ou dois antes de conseguir falar uma frase completa. Assim que achei minha voz, perguntei se ele poderia descobrir onde os Beatles estavam hospedados. Não, eu não *perguntei* — eu *mandei* ele descobrir. Ele me deixou esperando; então cinco minutos depois, ele disse duas palavras: "Plaza Hotel." Ainda não havia táxi em nenhum lugar e eu não me sentia confortável de entrar em um vagão de metrô, por isso andei até o hotel, que ficava na Quinta Avenida com a Central Park South. Sessenta e poucos minutos e 5 quilômetros depois, eu estava parada na frente do Plaza.

Havia um amontoado de repórteres de TV e jornal, assim como por volta de cinquenta policiais uniformizados e acampados na rua. Estes tinham bloqueado a entrada, e prefiro não comentar sobre como consegui me infiltrar ou como descobri o número do quarto de John Lennon.

Os Beatles não estavam na cobertura ou em um andar particularmente alto; seus quartos eram no sexto andar, como se eles fossem hóspedes quaisquer. Lennon estava no 606. Bati na porta, e ele gritou imediatamente:

— Queeeeeem está aíííííííííí?

Ele parecia praticamente abobalhado.

Eu disse:

— Sou uma repórter do *New York Times*. Posso encostar meu crachá no olho mágico se você quiser.

Depois de confirmar que eu era quem eu disse que era, ele me perguntou:

— Por que eu deveria deixar você entrar?

Falei com minha voz mais sexy:

— Quero fazer algumas perguntas e prometo que vai valer o seu tempo.

Ele riu e disse:

— Meu amor, se eu quisesse que você fosse minha escrava sexual, você *já seria* minha escrava sexual.

Então ele abriu a porta e falou:

— Vou responder duas perguntas. O que você acha disso?

Eu disse:

— Certo. Por quê? Por que você fez aquilo?

Ele disse:

— Não pude evitar. Natureza zumbi. Próxima pergunta.

Eu falei:

— O que exatamente é "natureza zumbi"?

Lennon disse:

— Você quer saber sobre natureza zumbi?

Ele andou na minha direção, e o que me lembro depois é de estar em casa, na minha cama, de banho tomado, vestindo minha camisola preferida, totalmente morta-viva.

Os números finais do show do Shea Stadium: 1.501 mortos, 3.198 feridos, aproximadamente dois milhões de dólares em prejuízo e uma repórter do *New York Times* transformada em zumbi.

GEORGE HARRISON: Depois do que aconteceu no Shea, os shows se tornaram, humm, vamos chamá-los de *tensos*. Não tensos da nossa parte, para falar a verdade. Nós sabíamos que não haveria uma performance repetida da "natureza zumbi" do Sr. Lennon, porque Brian tacou fogo naquele teclado até ele virar cinzas e John prometeu não falar daquela merda de Poppermost quando estivéssemos em público. Não, a tensão vinha das plateias e não posso culpá-las. Se um dos líderes da minha banda favorita transformasse cinquenta mil pessoas em máquinas assassinas com um sol menor e uma palavra que não queria dizer nada, acho que ficaria um pouco preocupado de ir ao show deles.

Grande parte do restante da turnê foi um borrão para mim — era Mania, Mania e mais Mania —, porém algo legal aconteceu na Califórnia. Não foi tão legal quanto podia ter sido, mas foi bem legal. Tudo bem, não foi nem um pouco legal. Vamos apenas chamar de memorável.

•

PAUL McCARTNEY: Nós éramos enormes fãs de Elvis Presley, você sabe, e queríamos muito conhecê-lo. Não lembro se ele nos convidou para ir à sua casa ou se nos convidamos, mas, no dia anterior ao nosso show no Hollywood Bowl, lá estávamos nós em sua mansão: os quatro, o empresário de Elvis, coronel Tom Parker, um monte de parasitas e o rei do rock'n'roll em pessoa.

Queríamos falar com Elvis sem nenhum bisbilhoteiro em volta, então hipnotizei o coronel Tom e os outros sujeitos que estavam sem fazer nada, depois Ringo os arrastou até a garagem e os pregou à parede com algumas shuriken. Eu disse a Rings que eles não iam acordar até que eu mesmo os fizesse, mas ele disse que não queria correr nenhum risco.

Elvis estava um pouquinho fora de órbita quando chegamos lá, sabe — aparentemente ele tinha ingerido um punhado de seu remédio favorito antes de chegarmos. Depois George o levou até a cozinha e o esbofeteou por alguns minutos até que estivesse mais lúcido.

Quando Elvis estava mais ou menos coerente e confortável na cadeira reclinada de sua sala, John começou o discurso de recrutamento.

JOHN LENNON: Eu me ajoelhei na frente de Elvis — era como se ele fosse da realeza e eu, um de seus súditos — e disse:

— Escute, rei, sua vida é só comer sanduíches de banana, tomar todas as drogas que você conseguir achar, tocar música e fazer filmes. Agora, esta me parece uma vida muito boa, amigo, e, se eu fosse você, gostaria que ela durasse para sempre. E vamos encarar os fatos: você não está ficando mais novo, está começando a ficar rechonchudo, sei lá quantas pílulas você toma para levantar da cama de manhã e nem sei o que falar sobre seu guarda-roupa, mas está tudo em decadência. Você não é mais tão bonito quanto era nos anos 1950, só que a boa notícia é que, se ficar nesse planeta por toda a eternidade, você pode dar um jeito na sua vida de verdade.

Ele disse:

— Do que você está falando?

Eu respondi:

— Do que estou falando? Cara, de transformá-lo em um zumbi que vai ficar vivo para sempre.

Ele perguntou:

— Que tipo de porcaria é essa? Zumbis não existem.

Eu falei:

— Olhe para mim, cara.

Ele disse:

— Sim, estou olhando. E daí?

Aí eu falei:

— Meu rosto é cinzento. Cinzento como de um homem morto.

Ele comentou:

— O do coronel Tom também é.

Eu tive que admitir que ele tinha razão quanto a isso. Falei:

— Certo, bem, observe isto.

— Então tirei meus dois dedos mindinhos e fiz uma virada de bateria em seu colo. — Isso é uma coisa de zumbi. O coronel Tom não consegue fazer isso.

Ele encolheu os ombros e disse:

— Sim, mas vi um cara em Tupelo que conseguia.

Eu disse:

— Provavelmente ele era um zumbi. Existem muitos mortos-vivos no sul dos Estados Unidos, amigo.

Ele insistiu:

— Zumbis não existem.

Eu afirmei:

— Sim, existem.

Então recoloquei meus mindinhos e removi minha perna esquerda. Ele disse:

— Não existem, não.

Eu assegurei:

—Sim. E recoloquei minha perna e removi meu braço direito.

Ele disse:

— Não.

Percebi que aquilo poderia durar o dia todo, por isso coloquei meu braço de volta e acrescentei:

— Certo, rei, vamos fingir. Vamos dizer que zumbis existem. Você não gostaria de ser um? Você não gostaria de comer suas merdas de sanduíches, tomar um monte de drogas, cantar e fazer filmes entre medíocres e horríveis para todo o sempre? Sem contar que você pode trepar com todas as gatas que quiser sem se preocupar de engravidar ninguém ou pegar sífilis. Não parece excelente?

Ele balançou a cabeça por um tempo, e eu sabia que tinha conseguido convencê-lo. Exatamente quando estava pronto para cair sobre o pescoço dele e começar o bom e velho Processo Liverpool, ele disse:

— Quer saber, John? Não quero ficar por aqui para sempre. Quero morrer na privada, dando uma bela barrigada. Foi assim que meu pai morreu e foi assim que o pai do meu pai morreu. Não sei bem como o pai do pai do meu pai morreu, mas, se eu fosse um cara que gosta de apostar, chutaria que ele também bateu as botas enquanto estava sentado no trono, soltando um barro.

Sério, o que você pode dizer depois disso?

PAUL McCARTNEY: Ringo libertou o coronel Tom e sua turma e tomamos nosso rumo. Eu estava tão deprimido com aquilo tudo que risquei aquele encontro da minha memória. Para falar a verdade, a próxima vez que pensei nisso foi uns 12 anos depois, quando Elvis morreu na privada, dando uma bela barrigada. Não é exatamente uma forma majestosa de morrer, é?

•

Então, eis como a ligação se desenrolou:

— Bom dia, você ligou para o Palácio de Buckingham. Posso ajudá-lo?

— Sim, olá, meu nome é Alan, sou um jornalista de Chicago e estou escrevendo um livro sobre os Beatles. A rainha está disponível? Eu preciso muito entrevistá-la.

— Cai fora, ianque.

Click.

Certo, estou exagerando — o britânico típico é educado demais para esse tipo de comportamento, e eu sou um pouco mais profissional do que isso, mas o pessoal da rainha não exatamente estendeu o tapete vermelho para mim... quero dizer, até descobrirem que eu sabia uma certa coisa sobre uma certa pessoa que aquela certa pessoa provavelmente preferiria que ficasse em segredo.

Então. Lá veio meu tapete vermelho.

Chantagem normalmente não é o meu estilo, no entanto, considerando como minha conversa com a rainha em novembro de 2003 acabou sendo elucidativa, valeu sacrificar meus princípios por um minuto ou dois.

RAINHA ELIZABETH II: Eu tinha emoções conflitantes sobre os Beatles. Sentia orgulho do que eles tinham feito pelo nosso país. Eles tanto inspiravam quanto instilavam muito orgulho entre nossos jovens. Mas também assustavam em demasia quase todos que eles já conheceram. Eu não sabia se devia torná-los cavaleiros ou se devia mandar um atirador de elite do Sistema de Inteligência acabar com aquela loucura com três balas de diamante. (Eu pouparia Ringo Starr. Nosso país tem poucos ninjas; além do mais, ele é um rapaz muito bom para buscar vingança pela morte dos parceiros.)

Um de meus conselheiros sugeriu que o público apreciaria que eu fizesse dos Beatles membros da Ordem do Império Britânico, e eu achei aquilo o ideal. Eu não precisaria torná-los cavaleiros ou matá-los. Adorável. Perfeito.

PAUL McCARTNEY: John normalmente arrumava algum tipo de confusão em eventos como esse, você sabe, mas ele estava tranquilo com aquela coisa dos membros do Império Britânico. Porém algo a respeito daquilo não estava me cheirando bem. Era como se ela não achasse que fôssemos bons o suficiente para sermos cavaleiros. Então sugeri que aceitássemos a honraria; e que, na cerimônia, a derrubássemos com nossos peidos de zumbi. Aquilo ia lhe mostrar quem deveria ou não ser condecorado com o título de cavaleiro.

RINGO STARR: Possivelmente pela primeira vez John foi a nossa voz da razão. Ele disse a Paul:

— Adoro a sua forma de pensar, cara, mas mexer com a rainha é muita coisa para nós. A FN provavelmente se tornaria internacional e mataria Rings, e cada sujeito que pudesse segurar uma arma compraria todas as balas de diamante que pudesse achar e estaríamos debaixo da terra em vinte e quatro horas, independentemente de quantos hits tivéssemos nas paradas. Vamos lá pegar nossas medalhas, sorrir para as câmeras e acabar logo com isso.

Paul perguntou:

— Posso pelo menos comer o cérebro do primeiro ministro?

Nós todos achamos que aquela era uma boa ideia, mas Eppy nos convenceu a não fazer aquilo.

RAINHA ELIZABETH II: Nunca ouvi nenhuma discussão sobre qualquer tentativa dos Beatles de causar confusão durante a cerimônia. Pode ser que tenha boatos sobre isso entre membros da minha equipe, no entanto, como sempre, eles fizeram um trabalho soberbo em me deixar isolada e despreocupada. Mesmo se tivesse ouvido algo sobre isso, teria sido cética. Sabia que os mortos-vivos podem às vezes ser irracionais, mas no fim das contas eles ainda eram rapazes britânicos educados, e rapazes britânicos educados não liberam gases na presença da rainha.

Porém, francamente, quase desejei que tivessem tentado. Veja bem, teria sido um grande prazer chutar seus rabos liverpudianos até o St. James Park, aqueles zumbis escrotos e arrogantes de merda.

•

A rainha podia ter ignorado o papo de peido, mas Mick Jagger estava bem por dentro de tudo. Depois de ter perdido seguidas batalhas contra os Beatles, estava claro que ele não podia mais fazer aquilo sozinho. É aí que entra o senhor Watts.

Um homem que não tinha nenhum sentimento contra ou a favor dos mortos-vivos, o baterista dos Rolling Stones, Charlie Watts, se tornou o recruta involuntário de Mick em sua eterna guerra contra os Fab Four. Frustrado com seu papel nos vários arranca-rabos, Charlie estava mais do que disposto a conversar comigo sobre sua mais memorável investida na caçada a zumbis depois de um ensaio da Charlie Watts Orchestra no Resident Studios em Londres, em 2007.

CHARLIE WATTS: Keith Richards e Brian Jones estavam perdidos no mundo das drogas, e Bill Wyman tinha medo até da própria sombra, o que dirá de zumbis, então, quando Mick ouviu dizer que os Fab Four queriam envergonhar Sua Majestade Real, fui o único da banda a quem ele pôde pedir ajuda... como sempre.

O problema em ele me incluir naquilo é que eu, pessoalmente, achava que John, Paul e George eram ótimos sujeitos. (Ringo também era um cara legal, mas ele não tinha problemas pessoais com ninjas, então o Sr. Starkey estava seguro.) Se os Beatles queriam comer cérebros, que os deixassem comer cérebros, contanto que não fosse o meu ou o de alguém da minha família ou de minha banda. Então, você quer saber se eu queria tomar parte em acabar com o reinado de terror dos Beatles? Não. Mas eu tinha o dever moral de ajudar meu colega de banda? Sim. Por isso, no dia 31 de dezembro, saímos pelas ruas de Londres à procura dos três zumbis mais famosos do mundo.

Mick sempre foi bom em farejar os mortos-vivos, então levamos um total de noventa minutos para encontrar os Beatles: estavam todos juntos, se divertindo no Ronnie Scott's Jazz Club, apreciando uma apresentação de réveillon de um guitarrista americano chamado Wes Montgomery. Depois que o sujeito na porta nos deixou entrar de graça — essa era uma vantagem de ser um Rolling Stone: eu nunca tinha que pagar ingresso —, ocupamos dois lugares perto do bar. Olhei ao redor da casa lotada e perguntei a Mick:

— O que você vai fazer, cara? Atacá-los em frente a todas essas pessoas?

Ele disse:

— Não, não, não, não quero que nenhum civil saia ferido.

Eu falei:

— E quanto a mim? Você não quer que eu não saia ferido?

Mick respondeu:

— Não haja como criancinha.

E isso foi tudo o que ele disse. Nada muito reconfortante.

Quando o show acabou, boa parte da plateia seguiu para a saída e Ringo foi ao banheiro. Mick disse:

— Fique vigiando a porta, Charlie. Não deixe ninguém entrar. Não deixe ninguém sair. Está na hora de levar o lixo para fora.

Eu argumentei:

— Levar o lixo para fora? Que merda é essa de levar o lixo para fora?

Ele explicou:

— Estou falando de Lennon, McCartney e Harrison. Claro que eles são músicos brilhantes. E tudo bem, eles colocaram as bandas inglesas no mapa, o que vai nos ajudar. E sim, eles são espertos, bonitos e são extremamente bacanas, mas eles são zumbis e, dessa forma, são lixo. Entendeu?

Eu disse:

— Sim, Mick, entendi. Você está falando como uma maldita bichinha, mas eu entendi.

Ele odiava quando eu o chamava de bichinha, e eu odiava quando ele me trazia para merdas como essa, então estávamos quites.

Eu falei:

— E que negócio é esse de eu vigiar a saída? Como você espera que eu impeça pessoas de entrar ou sair do clube de jazz mais movimentado em toda a porra da Europa? Sou magro como um palito.

— Sei lá, cara. Você é um homem inteligente. Mantenha-os distraídos. Dê autógrafos ou algo assim. — Mick disse.

Eu disse:

— Sério, cara, esta é a última vez — completei.

Mick confirmou:

— Claro que é. Porque isso acaba aqui.

Ele estava sempre falando "isso acaba aqui". Aquilo nunca acabava ali.

Assim, fiquei tomando conta da porta... ou fingi que tomava. Veja bem, Mick estava tão preocupado em começar a batalha que eu poderia ter arriado as calças e balançado meu troço por todo lado e ele não teria percebido se eu estava vigiando a porta ou dando uma mijada.

Ele silenciosamente começou a fazer suas balançadas de quadril e suas infladas de lábio, que ele tinha falado que eram armas poderosas contra zumbis — mas fiquei imaginando, se era uma arma tão poderosa, por que os Beatles ainda estavam por aí? John devia ter um sexto sentido para essas coisas, porque ele estava de pé e em guarda em segundos. Quando ele viu que era Mick, começou a rir, então bateu no ombro de McCartney e disse:

— Ei, Paulie, olhe quem está aqui!

Paul se virou e riu com tanta vontade que cuspiu todo o whisky com Coca que estava em sua boca. Ele falou:

— Opa, Mick voltou. Venha me dar um beijinho, querido.

E então Paul mandou um beijo para ele.

Mick disse:

— Para você, McCartney, este beijo será o beijo da morte.

George disse:

— Meu Deus, Mick, você está falando como uma maldita bichinha.

Eu gritei:

— Foi o que eu disse!

Ringo saiu do banheiro e gritou para mim:

— Isso, muito boa, Charlie! Como você está, cara?

Eu respondi:

— Ótimo, Rings. Ouvi dizer que a Ludwig mandou uma caixa nova para você. Como é o som dela?

— Adorei, simplesmente adorei! — Ringo comemorou.

Mick falou:

— Vocês aí, calem a boca! Nesse solo, no solo sagrado dessa casa de shows sagrada, bem agora, bem neste minuto, proponho uma batalha até a morte! Mortal contra zumbi! Caçador contra caça! Os Stones contra os Beatles!

Ringo fez alguma coisa ninja e apareceu como por mágica atrás de Mick, então falou:

— Você está sendo muito dramático, Sr. Jagger.

Em uma excelente imitação de Mick, ele declarou:

— Seus poderes são inúteis contra lordes ninjas, oh, grande caçador de zumbis! Renda-se ou sinta a ferroada da shuriken!

John, Paul e George começaram a rir novamente. Paul disse:

— É isso aí, Rings! Dê um jeito neles!

George amassou seu guardanapo e o jogou em Mick; a bola bateu na cabeça do Stone, e não pude evitar uma risada. Mick disse para mim:

— Deixe de ser babaca, Charlie. Se você vai agir dessa forma, por que simplesmente não cai fora?

Falei para ele:

— Valeu, cara!

E caí fora.

RINGO STARR: Jagger não pesava quase nada, então o levantei, levei-o para o lado de fora, fiz sinal para um táxi e o joguei dentro dele.

Falei:

— Feliz Ano-Novo, Mick. E um pequeno conselho: você não vai conseguir pegar os três ao mesmo tempo. Lute com eles um de cada vez. Vai ter uma chance melhor.

Ele coçou a cabeça e respondeu:

— Este é na verdade um conselho muito bom, Rings. Nunca tinha pensado nisso, mesmo com aquela merda de "todos pelos zumbis, e os zumbis por todos". Mas por que você está me dizendo isso?

Eu expliquei:

— Eu gosto de você, cara.

Mick disse:

— Eu gosto de você também. Droga, eu até gosto deles. Mas não posso deixar isso de lado. Tenho que terminar o que comecei ou vou parecer um idiota.

Eu falei:

— Entendo. Mas, como eu disse, um de cada vez. Se você fizer isso dessa forma, vai ser menos vergonhoso para todo mundo. Você nunca vai vencê-los, mas pelo menos se você for no mano-a-mano, não vai sair, humm, parecendo um idiota.

Mick disse:

— Escute, Ringo, um de cada vez não é nenhum problema. Tudo o que tenho que fazer é dar um único beijo no peito deles e os Beatles vão estar acabados como nenhuma outra banda nunca...

Eu o interrompi:

— Sim, sim, sim, eu sei que isso é tudo o que você precisa fazer, mas você não vai ser capaz de fazer isso. Nada, mas *nada*, nunca vai separar os Beatles.

Mick fez uma cara de tédio e disse:

— Agora quem é que está sendo dramático?

CAPÍTULO CINCO

1966

Por volta de 2008, qual era a melhor forma de procurar alguém, fosse uma ex-namorada, um velho colega de escola ou uma antiga repórter britânica? Exatamente, pelo Facebook. Graças a essa útil ferramenta social online, fui capaz de encontrar Maureen Cleave, antiga jornalista de cultura pop do London Evening Standard.

No dia 4 de março de 1966, Cleave se sentou com John Lennon para uma entrevista que foi, sem dúvida, a mais reveladora do Beatle em seus anos de banda. Nela, John foi extremamente sincero em suas opiniões sobre literatura, música, as armadilhas da fama, como era sua forma preferida de matar humanos e, a parte mais controversa, sua fé, ou a falta dela. (Estranho que alguns comentários hiperbólicos sobre Deus tenham criado mais confusão do que um músico morto-vivo internacionalmente reverenciado descrevendo a maneira como gostava de matar, mas assim é esse pessoal religioso.)

Temendo um possível ataque terrorista por parte dos religiosos ou das pessoas que odeiam zumbis de uma forma geral, Maureen Cleave nunca aceitaria um encontro com um estranho, então tive sorte por ela ter decidido, em maio de 2008, que seria razoável participar de uma conversa em tempo real através do bom e velho Facebook.

Alan
Qual era o tipo de humor de John naquele dia?

Maureen
bom. falante. algumas vezes irritado. estava bonito.

Alan
Quando o entrevistei, ele sempre foi sincero e acessível.

Maureen
comigo também. dolorosamente sincero de vez em quando. quando ele descreveu como arranja e come cérebros fiquei arrepiada.

Alan
Fale sobre o lance da religião.

Maureen
procurei a transcrição original para você. uma parte dela não entrou no artigo original. estou copiando e colando o parágrafo importante aqui.

O cristianismo vai acabar. Talvez não hoje, talvez não amanhã, mas, quando chegarmos à metade do século XXII — quando eu tiver 200 e tantos anos —, o cristianismo vai estar morto. Não sei o que vai tomar o seu lugar. Possivelmente algo liderado por zumbis. E vou lhe dizer por que isso pode acontecer: os Beatles são mais populares do que Jesus. Merda, não somos apenas mais populares do que Jesus; de algumas formas somos *melhores* do que Jesus. Pense nisso: Jesus pode remover e recolocar seu braço? Não. Jesus viveu para sempre neste planeta? Não. Nós vamos sempre neste planeta? Sim. Tirando Ringo, claro, mas estou pensando em transformá-lo em breve.

Alan
Houve algum momento em que você pensou: "Uau, esse cara está me sacaneando?"

Maureen
de forma alguma. Se você estivesse lá, se estivesse no Reino Unido no meio dos anos 1960, entenderia por que eu me sentia do modo como me sentia, os Beatles ERAM maiores, melhores e mais fortes. e mais assustadores. se você cruzasse com John em um beco escuro e ele dissesse "acredite em mim ou vou matá-lo", você acreditaria nele.

Alan
Você poderia ter imaginado a reação do pessoal religioso dos Estados Unidos?

Maureen
não não não não não não não!!!

Alan
Sabendo o que você sabe agora, se tivesse que fazer tudo de novo, você teria incluído os comentários de John sobre religião no artigo?

Maureen
NÃO NÃO NÃO NÃO NÃO NÃO NÃO!!! mortes demais. sangue demais em minhas mãos. demais, demais, demais.

•

Em julho de 2006, recebi um e-mail do endereço MyNameIsJohnSmith@yahoo.com. A primeira frase: "John Smith não é meu nome." O Sr. Não John Smith continuou escrevendo:

Há uma passagem de avião esperando por você no balcão da American Airlines no aeroporto O'Hare. É um voo direto para Washington, DC. Sai amanhã às 8 horas. Às 13 horas, horário da costa leste, você me encontrará em um banco no lado leste do Monumento de Washington. O banco é pintado com uma propaganda de um charlatão local chamado Zelman Berger. Estarei de jeans e com uma camiseta vermelha do Guevara. Se você não aparecer, nunca mais vai ter notícias minhas. Se aparecer, vou dar mais detalhes a respeito dos Beatles e de Elvis Presley que você pode achar muito interessantes. Aguardo ansiosamente por nosso encontro. P.S.: O almoço é por minha conta.

Como sou chegado a teorias conspiratórias, aquela era uma oferta que eu não podia recusar, então atualizei meu testamento, fiz um seguro de vida de 5 milhões de dólares e peguei o avião para a capital.

Smith seguiu suas palavras à risca: camiseta do Che, jeans, dois sanduíches de peru e uma caralhada de detalhes muito interessante.

"JOHN SMITH": Fui recrutado pela CIA logo depois de sair de Stanford, em 1962. Eu era um rapaz magrelo do Arizona que mijaria nas calças só de ver uma arma, então não conseguia entender por que eles me queriam. Acontece que a Companhia precisava de recrutas jovens, porque nenhum daqueles babacas sabia merda nenhuma da merda toda que aconteceu depois de 1958. Com 24 anos, eu era disparado o agente mais novo, o único com algum conceito de cultura pop e provavelmente o único que sabia quem caralhos era Paul McCartney.

Não me lembro da data exata em que recebi o memorando, e na verdade não importa, porque aquilo podia estar encostado na caixa de correspondência de alguém por uma semana, um mês ou um ano. Não me lembro das palavras exatas também — tanta merda aparecia na minha mesa que uma coisa acabava misturando com a outra —, mas o ponto era que Andreas Cornelis van Kuijk, também conhecido como Thomas Andrew Parker, o coronel Tom, empresário de Elvis Aaron Presley, tinha contatado um de nossos agentes a respeito dos Beatles. Para encurtar a história, van Kuijk queria os Fab Four banidos dos Estados Unidos.

Por mais maluco que pareça, a argumentação de van Kuijk era quase perfeita. Ele alegava que: (a) o governo devia estar preocupado que o desastre no Shea Stadium se repetisse; (b) os Estados Unidos não estavam preparados para se defender de zumbis ingleses; e (c), como havia boatos de escravidão sexual vindos da Europa, a presença dos Beatles era um perigo real e imediato para meninas e mulheres entre as idades de 15 e 35 anos.

Bem, se eu fosse algum babaca que estivesse na Companhia desde o tempo da vovozinha, provavelmente teria armado um plano extremamente complicado para manter Lennon, McCartney, Harrison e Starr longe de nosso lindo país. Mas eu era um garoto que sabia que (a) Lennon tinha assumido responsabilidade total pelos distúrbios do

Shea e jurado de pé junto que não faria mais aquilo (e eu acreditava nele); (b) zumbis de Liverpool eram geralmente ultraeducados — alguns diziam que eles eram os fracotes do mundo dos zumbis — e eram eminentemente defensáveis; e (c) eu nunca tinha ouvido nem uma única reclamação sobre quaisquer supostas escravas sexuais vinda de uma escrava, um mestre ou um dos pais. Só um completo idiota não perceberia que o coronel Tom estava com medo de os Beatles arrancarem o Pelvis das paradas.

Por isso liguei para van Kuijk e o mandei se foder. Aí, entrei em contato com Brian Epstein. Achava que esse era o tipo de coisa que sua banda gostaria de saber.

BRIAN EPSTEIN: Os rapazes sempre vão amar a música de Presley, mas acho que perderam o interesse nele como pessoa quando este recusou o convite para se juntar ao movimento morto-vivo, por assim dizer. Por causa disso, eles não ficaram particularmente perturbados ou surpresos quando lhes dei a notícia sobre a tentativa do rei de bani-los de seu reino. Tampouco ficaram felizes. Ainda não sei por que não decoraram Graceland com os intestinos delgados dele.

JOHN LENNON: Se tivéssemos desejado, teríamos conseguido que ele fosse banido do Reino Unido. Afinal de contas, éramos membros da Ordem do Império Britânico. E temos as medalhas para provar.

Também poderíamos tê-lo zumbificado contra a vontade, mas aquilo ia acabar dando um trabalhão depois, então, foda-se.

Não, fomos superiores e deixamos aquilo de lado e o deixamos viver. Não éramos *sempre* tão escrotos. Só de vez em quando.

•

Existem incontáveis histórias descrevendo a remoção dos próprios membros e o seu subsequente rejuntamento feito pelos Beatles, porém poucos fora do círculo mais íntimo da banda experimentaram o prazer, a fascinação e o horror de ver, de perto e pessoalmente, John, Paul ou George arrancando calmamente um pé, e depois, ainda com mais calma, o colocando de volta. (Eu vi várias dezenas de versões desse ato e nunca deixa de me enojar... especialmente quando George come uma batata frita que acabou de mergulhar em uma ferida aberta.) Mas aquilo tudo mudou em 1966, quando o mundo foi presenteado com a documentação fotográfica do que muitos consideram ser o melhor truque dos zumbis de Liverpool.

A data: 25 de março. O local: um estúdio de fotografia no bairro londrino de Chelsea. A ocasião: uma sessão de fotos para um futuro projeto dos Beatles a ser determinado. O fotógrafo: o veterano artista britânico, Robert Whitaker. O resultado: porções iguais de controvérsia e nojo. A argumentação por trás do conceito artístico para a sessão: ninguém tem muita certeza, mas, em abril de 2003, Whitaker contou a história por trás de um dos momentos mais repugnantes na inacreditavelmente repugnante história da banda.

ROBERT WHITAKER: Já tinha fotografado os Beatles dezenas de vezes, e, tirando a vez em que Paul me levantou sobre sua cabeça e me jogou para John, que me jogou para Ringo, que prontamente me deixou cair sobre meu traseiro, as sessões haviam transcorrido dentro da normalidade, muitas vezes até divertidas. Os rapazes estavam sempre dispostos a uma boa gargalhada.

No dia da sessão a que me refiro, eles chegaram pontualmente, como sempre, todos vestindo capas de chuva iguais. Naquele ponto da carreira, eles estavam por dentro do mundo da moda. Em termos de guarda-roupa, eu deixava que escolhessem sozinhos, imaginando que saberiam melhor do que eu o que os jovens andavam vestindo. Se me falassem que capas de chuva eram a última moda, então íamos de capa de chuva.

Enquanto meu assistente lhes preparou um chá, John colocou o braço sobre meus ombros e me guiou até o canto. Ele disse:

— Escute, Robert, temos uma ideia de como devíamos fazer essas fotos. Não sei se você vai gostar, mas acredite em mim, todo o resto das pessoas no mundo vai.

Baseado na quantidade de discos que eles vendiam, sabia que John tinha uma ideia melhor do que eu sobre o que "todo o resto das pessoas no mundo" gostaria, por isso falei:

— É claro que confio em vocês. Façam como quiserem.

John continuou:

— Isso é adorável, Robert, simplesmente adorável. Agora, que tal você dar o fora por quinze minutos enquanto nos organizamos?

Então dei o fora por quinze minutos. Quando voltei, fui recebido por uma cena que poderia ser melhor descrita como... impactante.

Tirando Ringo, que estava todo fantasiado de ninja, os outros usavam seus jalecos de açougueiro, mas essa não era a parte impactante. John, Paul e George estavam posicionados nas cadeiras, um ao lado do outro, e Ringo, deitado a seus pés, mas *essa* também não era a parte impactante. O que me desconcertou foi o que eles tinham feito com seus corpos.

Todos os quatro membros de John estavam dispostos organizadamente no chão em frente a Ringo — a ordem era: perna direita, braço esquerdo, braço direito, perna esquerda. Paul tinha removido a perna esquerda e a segurava próximo ao ouvido, como se fosse um telefone, e ele tinha enfiado sua língua na parte aberta do membro. George tinha tirado todos os dez dedos e os tinha amarrado em um arranjo com o que parecia ser ou seu próprio intestino delgado ou uma corda de guitarra; quando entrei no estúdio, ele amavelmente colocou o arranjo na cabeça. Todos os quatro rapazes estavam cobertos com amostras da gosma roxa que corre no corpo de um zumbi de Liverpool.

Como ser humano, eu estava indignado — somando-se à atrocidade do visual, o cheiro ia além do pavoroso —, mas como fotógrafo, eu estava fascinado. Se as fotos saíssem direito, a sessão poderia ficar para a história. Então botei um lenço sobre meu nariz, fiz tudo o que pude para segurar meu almoço no estômago, peguei minha Kodak Brownie Auto 27 e, pelos 45 minutos seguintes, tirei fotos e mais fotos e mais fotos. Enquanto a tarde progredia, os rapazes continuavam arrancando partes de si mesmos, que eles empilhavam na frente de Ringo. No fim, John, Paul e George eram apenas torsos com cabeças, e Ringo estava cercado por uma profusão de partes de corpos. Era uma visão e tanto para se contemplar.

Sugeri que se montassem novamente para que pudéssemos tirar algumas fotos com o corpo inteiro, só para o caso de a gravadora criar caso. Eles concordaram de má vontade, mas só se pudessem ficar cobertos da gosma roxa de zumbi. Falei a eles que aquilo seria adorável.

Passei a noite em claro revelando as fotos, que ficaram maravilhosas. Ainda considero aquele o ápice da minha carreira, tanto que nem me importo que meu estúdio, até hoje, cheire levemente a zumbi molhado.

BRIAN EPSTEIN: Odiei as fotos, e Neil Aspinall odiou as fotos, e George Martin odiou as fotos, e todo mundo na gravadora odiou as fotos, mas não importava o que nenhum de nós achasse; aqueles garotos tinham tanto crédito àquela altura que podiam ter tirado uma foto de Ringo fazendo malabarismo com a genitália destacada de John, Paul e George, usando um smoking quadriculado verde e rosa, e ninguém teria questionado.

Quando o disco chegou às lojas em junho, o público não ficou tão fascinado.

•

N*a semana depois de entrevistar Whitaker, postei uma pergunta no meu blog: qual foi a sua reação inicial ao ver o que se tornou conhecido como* The Butcher Cover, *algo como banda açougueira?*

BEATLESNERD2121@YAHOO.COM: Tenho um estômago bem forte, mas quando vi a capa na loja de discos, vomitei sobre toda a seção da letra B. Acabei pagando por 56 discos. Aparentemente a loja tinha uma política de "vomitou, comprou".

EVELUVZADAM@AOL.COM: Só tenho 15 anos e obviamente não vi uma cópia da capa de verdade, mas vi uma foto on-line. É nojenta, só que ainda assim achei bem legal, então a usei como meu protetor de tela. Quando meus pais viram aquilo, me tiraram o computador por uma semana.

123GUITARMEISTER321@GMAIL.COM: Fiquei dividido. Por um lado, eu os respeitava por se manterem fiéis aos seus ideais, mas, por outro, aquela merda me causou pesadelos por semanas. Aquilo não mudou meus sentimentos em relação à música deles, mas com certeza não os convidaria para o meu bar mitzvah.

BRIAN EPSTEIN: O público falou, e graças a Deus o pessoal da EMI Records escutou. Eles recolheram todos os discos com aquela capa e os substituíram por outra foto da sessão com Whitaker. A foto substituta era brutal por si mesma: Paul estava deitado em um baú, fazendo uma imitação esquisita de vampiro (sabe Deus por quê), e os outros três estavam encharcados com aquela gosma roxa horrível. Mas depois da anterior, era comparativamente inofensiva. Aquela confusão toda não atrapalhou a venda do disco, no entanto acho que nos custou uma bela quantidade de boa vontade.

•

A perda de boa vontade continuou quando a matéria de jornal de Maureen Cleave — o artigo em que John Lennon afirmou que os Beatles eram equivalentes a Jesus — atravessou o Atlântico. No Reino Unido, a entrevista foi vista com desconfiança — o sentimento geral era: "Ai, lá vai Johnny outra vez. Ele deve estar faminto. Alguém dê ao pobre sujeito um pouco de córtex para ele beliscar" —, mas a direita religiosa americana levou aquilo muito mais a sério.

O padre Jeffrey Jenkins da Cathedral of the Incarnation Catholic Church em Nashville, Tennessee, já era um opositor declarado da butcher cover, mas, quando ficou sabendo da declaração de Lennon, enlouqueceu. Jenkins se tornou um dos opositores mais ferrenhos dos Beatles e de tudo que eles representavam. Ele ainda guardava amargura em relação à banda quando falei com ele em maio de 2000.

PADRE JEFFREY JENKINS: Em geral, não tenho problemas com zumbis, contanto que saibam seu lugar. Havia zumbis em minha congregação, e eles eram silenciosos, sabiam respeitar e eram tementes a Deus, e nós os recebemos de braços abertos. Poxa, em 1998, até recebi um zumbi em minha casa para jantar. Logo, zumbis não são problema para mim.

Meu ódio pelos Beatles não tem nada a ver com o estado vital deles. Poxa, considerando o comportamento dos caras, eles poderiam ser bichos-papões, monstros-toupeira ou da linha de ataque titular dos poderosos Volunteers da Universidade do Tennessee que eu ainda teria começado o movimento. Quero dizer, se você se colocar no mesmo nível de Jesus Cristo, que foi exatamente o que aquele pagão John Lennon fez, merece ser punido, não estou certo? Quando você inunda as ruas com imundície, como aquela capa horrível de disco, você merece sofrer, e sofrer muito. Por isso, tratei de me assegurar de que os Beatles sofressem como mereciam.

Tive dificuldades para decidir o nome do nosso movimento. Minha primeira opção era Pais, Filhos e Filhas

Pisando Sobre Músicos Zumbis da Inglaterra, mas achei que a mídia podia ter problemas com ele; se quiséssemos que nossa palavra fosse ouvida por aí, a mídia era uma aliada importante. Depois de dias e dias pensando e rezando, resolvi deixar por Amantes de Deus Contra os Beatles, ou ADCB. Esse era fácil o suficiente para todo mundo lembrar.

O objetivo do ADCB era muito simples: fazer cada pessoa nos Estados Unidos perceber que os Beatles eram diabólicos e deveriam ser banidos dos quartos de nossos filhos, dos nossos estabelecimentos comerciais e do nosso país temente a Deus. O primeiro passo para alcançar nosso objetivo era organizar o que chamamos de fogueiras dos Beatles.

As Fogueiras dos Beatles eram eventos festivos em que nossos seguidores queimavam todos os discos e objetos relacionados à banda em que pudessem botar as mãos. Elas eram um grande sucesso — poxa, provavelmente livramos o mundo de quase oito mil álbuns e singles só em Nashville —, mas a comunidade zumbi deixou claro que eles não estavam felizes conosco. Não gostavam da ideia de irmos atrás de seus semelhantes, e eu não gostava da ideia de eles atacarem meu Deus, então não importa quanta confusão fossem arrumar, eu não ia arredar pé, de jeito nenhum, de forma alguma, não mesmo.

Fomos atacados durante nossa sétima Fogueira dos Beatles. Não posso lhe dizer exatamente o que aconteceu, porque, quando aquele primeiro zumbi veio subindo a montanha, saí correndo de lá o mais rápido que pude. Eu podia ter ficado e lutado, certamente, mas decidi que era importante que o líder do ADCB continuasse são e salvo, e ileso, para poder propagar a palavra e cumprir a missão. E ainda acredito que foi a melhor decisão. O ADCB sofreu perdas horríveis naquela tarde: 26 dos nossos integrantes foram mortos e mais de cinquenta pessoas ficaram feridas. No entanto, nenhum foi transformado em zumbi, porque os terríveis homens e mulheres mortos-vivos que participaram do ataque deixaram claro que não acreditavam que nenhum integrante do ADCB era digno de ser reanimado. Achei aquilo hilário: um zumbi fedido dizendo que meus seguidores não eram bons o suficiente para virarem zumbis fedidos. Dá um tempo.

Depois do ataque, a divisão de Nashville do ADCB foi se afastando — acabei descobrindo que a maior parte dos meus paroquianos era covarde —, mas o movimento ganhou força ao redor do país. Fogueiras dos Beatles se tornaram lugar-comum, e meu coração ficou orgulhoso quando vi uma foto daqueles malditos zumbis britânicos sendo queimada de forma simbólica em Dallas. Também gostei do grupo em Biloxi que ateou fogo àquela loja de discos. Infelizmente, no fim do verão o furor morreu e, infelizmente, do ADCB também.

O ADCB foi um sucesso? Depende da sua definição de sucesso. Sim, perdemos mais de duas mil pessoas em vários ataques de zumbis em todo o país e não impedimos a banda de excursionar, gravar ou entrar nos Estados Unidos. Por outro lado, ajudamos a manter a *butcher cover* longe das lojas e queimamos centenas de milhares de discos dos Beatles. Pessoalmente, escapei ileso. Então, do meu ponto de vista, sim, o movimento foi um grande sucesso.

•

Os Beatles estavam ficando cansados de excursionar e começaram a gastar mais tempo no estúdio de gravação, o que era um bônus para um jovem novato da EMI que atendia pelo nome de

Geoff Emerick. Apesar de Geoff nunca ter atingido o status de Quinto Beatle como seu mentor, George Martin, ele se tornou uma parte integral do processo de gravação da banda, tanto que, depois que ele sugeriu que John gravasse um canal de voz através de uma caixa Leslie — um efeito que capturou sua verdadeira zumbitude pela primeira vez no vinil —, Lennon e McCartney se ofereceram para achar Stuart Sutcliffe e transformar Emerick em vampiro. (Aparentemente, Emerick teve um pequeno colapso nervoso quando o assunto de zumbificá-lo foi levantado, por isso a oferta do vampirismo.) Quando Geoff comentou nervosamente que Sutcliffe estava morto, os dois Beatles se calaram, correram pelo corredor e nunca mais tocaram no assunto.

Por mais que ele gostasse de estar no estúdio com os Fab Four, colapsos nervosos à parte, as sessões de gravação sempre tinham sua cota de risco — principalmente, como ele me contou em novembro de 2002, quando o estúdio foi invadido por um certo matador de zumbis local.

GEOFF EMERICK: Eu já tinha visto Mick várias vezes e o achava um sujeito adorável, então, quando John falou para mim, uma tarde durante o almoço, que "se aquele filho da puta do Jagger aparecer alguma hora, nos avise que ele está aqui e então saia correndo. Se ele estiver por perto quando estivermos perto de você, se esconda. Você vai me agradecer", achei que ele estava fazendo uma piada e logo depois me esqueci daquilo.

Tarde da noite, umas duas semanas depois, George Martin e eu estávamos sentados na técnica de Abbey Road, mexendo em uma mixagem ou outra. Estávamos exaustos, mas era uma exaustão boa, do tipo que você está mostrando o brilho de um dia de trabalho bem-sucedido. Fizemos uma pausa para fumar e depois de alguns minutos de silêncio confortável, George disse:

— Jagger voltou.

Eu repliquei:

— Legal, cara. Não o vejo há meses.

George explicou:

— Você não está entendendo.

Então ele me colocou a par do eterno conflito dos Beatles contra os Stones. Não acreditei nele e comentei:

— Achei que isso era tudo invenção da imprensa.

George apagou seu cigarro no cinzeiro.

— Que nada. Tudo verdade. De uma forma estranha, Mick gosta de nós, e de uma forma estranha, nós gostamos de Mick, mas ele tem problemas com zumbis e, quando entra no espírito de caçador, não é nada bonito.

E aí, como se estivesse planejado, Mick entrou correndo no estúdio e gritou:

— Velho Martin! Jovem Emerick! Levem-me até Lennon! Levem-me até McCartney! Levem-me até Harrison! Se não levarem, vocês sofrerão a estocada de minha espada!

George disse:

— Oi, Mick. Bom ver você. E você não tem uma espada.

Mick balançou sua cintura para a frente e para trás e disse:

— Meus quadris são minha espada! E são espadas afiadas!

George balançou a cabeça:

— Suas espadas de quadril não são muito afiadas, Mick. Elas não funcionam em mortais. E mal funcionam com zumbis, para falar a verdade.

Mick deixou o tom dramático de lado e disse:

— Elas funcionam com todo mundo, menos com os malditos Beatles. Por falar nisso, aqueles babacas infelizes estão por aí?

George respondeu:

— Eles se mandaram há horas, Mick. Geoff e eu estamos trabalhando na mixagem. Você está convidado a ficar e escutar. É bem capaz de você gostar.

Mick se aproximou de George, agachou e disse:

— Ah, eu vou ficar, George Martin. Você quer saber por quê?

George olhou com uma expressão meio impaciente e falou:

— Claro, Mick. Por que você vai ficar?

Mick sussurrou:

— Porque eu tenho sede de sangue dos Beatles...

Eu esclareci:

— Os Beatles não tem sangue de verdade, Mick. Bem, Ringo tem.

Mick me mandou ficar quieto, então repetiu para George:

— Tenho sede de sangue dos Beatles. Mas como eles não estão por aqui, provarei o sangue de George Martin!

George fez aquela expressão impaciente de novo e disse:

— Pelo amor de deus, Mick, são duas da manhã...

Quando Mick pegou uma cadeira e a jogou pela janela de vidro, a expressão de impaciência sumiu na mesma hora. Mick gritou:

— Prepare-se para a batalha, Martin!

George se levantou e gritou:

— Sou de Highgate! O povo de Highgate não briga! Sou de Highgate! Sou de Highgate!

Mick disse:

— Sim, bem, eu sou de Kent, e em Kent nós brigamos, brigamos e brigamos um pouco mais!

Antes que ele estivesse pronto para causar estragos em George, no estúdio e nas fitas da sessão daquela tarde, peguei a lata de lixo de metal que estava debaixo da mesa de som, joguei o conteúdo no chão e acertei a cabeça de Mick.

Enquanto o Stone estava inconsciente, George e eu o amarramos com vários metros de fita de rolo, e depois perguntei para George:

— E agora?

George ainda estava abalado e não falou nada por um tempo. No fim, andou até o outro lado da sala, pegou o telefone e discou um número. Passados alguns segundos, ele disse:

— Oi, é o George... Mick desmaiou... Sim, Emerick o derrubou... Sim, ele está amarrado... Ótimo... Então, posso levá-lo aí?... Maravilha... Vejo você daqui a pouco.

Aí, George levantou Mick — o que não poderia ter sido tão difícil, pois Mick não pesa quase nada —, depois me desejou uma boa noite e saiu de Abbey Road.

No dia seguinte no estúdio, Paul chegou atrasado, com um sorriso enorme. Ele gritou:

— Rapazes, venham aqui! Agora! Tenho um colar novo!

Ringo disse:

— Foda-se seu colar. Ligue seu Höfner e vamos trabalhar.

Paul retrucou:

— Não até você ver minha joia.

Harrison balançou a cabeça e perguntou:

— Sério, Paulie, você realmente não vai tocar até que a gente veja seu brinquedo novo?

Paul disse:

— Humm, sério.

Assim sendo, depois que todos fomos até Macca, ele estufou o peito, apontou para o colar e disse:

— Dá uma olhada, galera. Da uma olhada legal.

Eu falei:

— Paul, isso é um dente.

Paul confirmou:

— Exatamente.

George Harrison disse:

— Parece que tem algo brilhante no meio.

Paul respondeu:

— Exatamente, acertou de novo.

— O que é isso? — eu quis saber.

Paul disse:

— Um diamante.

— Um diamante, é? E um diamante encrustado em um dente significa alguma coisa? — insisti.

Paul disse:

— Sim. Significa que não vamos ouvir falar de Michael Philip Jagger por um bom tempo.

•

Possivelmente o pioneiro no estudo de drogas psicodélicas, o Dr. Timothy Leary foi a primeira pessoa com quem conversei sobre este livro, e, para ser sincero, não sei exatamente por que uma figura lendária como Leary convidaria um jornalista novato para seu quarto de hospital enquanto descansava no que em breve seria seu leito de morte. Eu ainda não tinha publicado nada notável, não tinha qualquer conexão direta com nenhum dos Beatles nem tomava drogas. Então, por que eu?

Acontece que, por décadas, todos no círculo mais próximo do Dr. Leary desdenharam da legitimidade e da importância dos zumbis para a cultura moderna, e imagino que ele quisesse conversar sobre os mortos-vivos com alguém antes de ir para o grande laboratório de LSD no céu. E na primavera de 1996, apenas alegres dias antes de sua morte, esse alguém era eu.

DR. TIMOTHY LEARY: Trabalhei com muitos outros seres sobrenaturais. Por exemplo, dei cogumelos para um sátiro — o pobre coitado não conseguiu ficar na vertical durante três dias — e peiote para um lobisomem, que coçou sua região púbica até ficar em carne viva, uma visão terrível. Mas sempre vou ter um arrependimento profissional: nunca ter sido capaz de testar uma única droga em um único zumbi em um laboratório.

Não consegui arrumar um único voluntário morto-vivo para um miserável experimento controlado, e meus assistentes eram completamente inúteis porque nenhum deles dava a mínima. Foi um enorme buraco em minha pesquisa, e rezo para que um dia alguém pegue o bastão e corra com ele. O mundo precisa saber especificamente se, ou como, zumbis são afetados geneticamente por drogas psicodélicas. Um dia o destino da humanidade pode depender disso.

Antes de os Beatles experimentarem, eu tinha minhas teorias. Sabemos que drogas de qualquer tipo — sejam naturais ou sintéticas — alteram a coloração de um zumbi, e sempre desejei ver um deles tomar ácido e observar sua palidez sofrer a transição do tradicional cinza até arco-íris. Visualizei uma espécie de derretimento da pele e gotejamento do cérebro. Combustão espontânea dos órgãos internos era uma possibilidade distinta, assim como o crescimento de fungos musguentos dentro e em volta dos ouvidos.

Mas a questão real, a questão importante era: será que minha confiável dietilamida do ácido lisérgico ia deixar aqueles seres felizes? Será que ela abriria suas mentes e lhes daria uma perspectiva melhor da vida e da morte-vida? Ou será que causaria larica e os compeliria a comer mais cérebros, dessa forma aumentando exponencialmente o número de mortes causadas por zumbis?

Minha esperança — não, meu *sonho* — era que uma dose trouxesse os mortos-vivos de volta a uma vida feliz e eterna, e estava disposto a gastar tempo e dinheiro para descobrir como fazer isso acontecer. Zumbis são criaturas lindas e merecem uma chance de alcançar a felicidade. É por isso que eu estava tão curioso para saber o que aconteceria quando os Beatles começaram com aquele negócio.

Acabou que eu estava completamente errado. Muito errado.

GEORGE HARRISON: A história conta que foi um dentista que nos deu o temido lisérgico pela primeira vez em uma festa, mas isso é balela. A verdade é que nós fomos muito mais proativos a respeito disso. E a pessoa que mais foi proativa entre nós todos, por incrível que pareça, foi Brian Epstein.

PAUL McCARTNEY: Desde o primeiro dia em que nos contratou, Eppy se precocupa muito em proteger a nossa imagem, especialmente porque tínhamos o que ele chamava de "uma tendência irritante" a, humm, comer nossos fãs. Sua forma de pensar era a de que, se as coisas corressem bem para nós na imprensa e se continuássemos na crista da onda, as pessoas iam relevar coisas tão sem importância como um cadáver sem cérebro aqui ou um corpo decapitado em um beco ali. Aquilo fazia perfeito sentido para nós, sabe, então toda vez que ele dizia "dancem, rapazes", nós perguntávamos "que passo?". Se ele nos desse uma sugestão, nós geralmente a aceitávamos sem reclamar — até mesmo a de experimentar drogas pesadas.

RINGO STARR: Não sei muito bem como Eppy ouviu falar que LSD era a última moda, mas, quando ele convocou uma reunião da banda e nos contou que gostaria que tomássemos ácido para continuarmos na vanguarda, nós o acompanhamos com boa vontade. O único problema é que Eppy não era o tipo de cara que sabia onde comprar drogas ilegais, e todos concordamos que seria uma ideia ruim um Beatle, ou alguém associado à banda, vagar pelas ruas de Londres à procura de um traficante. Então ele resolveu tomar a frente do processo de manufatura.

BRIAN EPSTEIN: Sempre tive um grande interesse por ciências e fiquei feliz de tentar produzir meu próprio lisérgico. A história de como consegui juntar o equipamento apropriado e os ingredientes necessários é longa e chata, e envolve muitos telefonemas e numerosas viagens de carro à Irlanda com Mal Evans. Basta dizer que arranjei tudo o que precisava sem ninguém do nosso time ser preso.

Era um processo aleatório. Em minha primeira semana de trabalho, comecei quatro grandes incêndios e incontáveis pequenos, que levaram a várias queimaduras de primeiro grau e, infelizmente, à destruição da minha coleção de discos. Acabei me acostumando e consegui produzir o que acreditei ser uma leva respeitável. Neil Aspinall se ofereceu para ser o primeiro a tomar a mistura, e Deus o abençoe por isso, porque, se eu tivesse dado os três primeiros lotes direto aos rapazes, quem sabe o que teria acontecido?

NEIL ASPINALL: Não me lembro da maioria das coisas que aconteceram desde o verão de 1965 até a primavera de 1967. John sempre disse que eu não perdi muita coisa, mas acho que ele só fala isso para fazer eu me sentir melhor.

PAUL McCARTNEY: Depois de botar para dentro a primeira dose da mistura de Brian, Neil ficou andando pela casa com as costas dobradas em um ângulo de noventa graus. Quando voltou ao normal, cinco dias depois, Eppy lhe deu uma dose da segunda leva, que deixou o pobre Neil falando através de sons de animais por duas ou três semanas. Finalmente, já na quinta leva, Eppy se sentiu suficientemente confortável para dar uma dose a Ringo.

RINGO STARR: Fiquei excitado, ligadão, alienado, e foi maravilhoso. Quando o barato da minha primeira viagem passou, liguei para 忍の者乱破 e tentei convencê-lo a experimentar — se havia alguém que precisava abrir a mente era 忍の者乱破 —, mas ele não quis tomar. Ele ficou torrando minha paciência sobre como lordes ninjas não precisam usar meios sintéticos para alcançar uma consciência mais elevada, e nosso trabalho terreno deveria nos satisfazer e nos manter conectados apropriadamente ao cosmos e blá-blá-blá. Mandei ele catar coquinho, desliguei o telefone e tomei outra dose. Eppy era a porra de um gênio.

BRIAN EPSTEIN: Depois que Ringo sobreviveu a 63 viagens lisérgicas em oito dias, eu estava pronto a oferecer ao resto dos rapazes... mas não aos três de uma vez só. Eu podia aguentar que um único Beatle "entrasse de férias", mas não podia deixar o bando todo sair de órbita. Naturalmente, John se ofereceu para ir primeiro.

PAUL McCARTNEY: Nós todos fomos ao apartamento de John — eu, Ringo, George, Neil e Eppy — e tiramos todas as coisas quebráveis da sala de estar, então jogamos almofadas e cobertores por todos os lados. Johnny estava impaciente, então demos a ele a pílula e todos se mandaram, menos eu, que fui eleito a ficar por ali e me assegurar de que ele não ferisse a si mesmo nem a ninguém.

O ácido fez efeito imediatamente, e, para encurtar a história, ele morreu.

JOHN LENNON: No minuto em que cheguei à vida após a morte, encontrei com Jesus Cristo, e a primeira coisa que ele me disse foi:

— Você estava certo naquela entrevista, amigo. Vocês Beatles *são* melhores do que eu. Depois de ler aquela merda, tentei tirar o som de guitarra do começo de "A Hard Day's Night" e não consegui chegar nem perto. Então juntei um monte de anjos para cantar as harmonias do refrão de "Nowhere Man" e ficou uma merda. E estou envergonhado demais para contar o que aconteceu quando tentei copiar a linha de baixo de Paul em "Ticket to Ride". Então, é isso aí, Johnny... vai ser um prazer tê-lo aqui em cima conosco. Quer ir tomar uma cerveja?

Cristo parecia ser um cara muito legal, e acho que teria sido ótimo conviver com ele por toda a eternidade. Mas o Sr. Showbiz não ia aceitar aquilo.

PAUL McCARTNEY: Nós tínhamos discos para gravar, shows para fazer. Tínhamos garotas para foder, membros dos Rolling Stones com bunda magra e lábios grossos para atormentar. Morte não era uma opção para John Lennon.

LYMAN COSGROVE: Reanimar o raro zumbi do Processo Liverpool que não foi morto por uma bala de diamante é uma tarefa arriscada. Não há nenhuma forma garantida de fazer isso acontecer. Técnicas diferentes funcionam em zumbis diferentes. Com alguns zumbis, nada funciona mesmo.

PAUL McCARTNEY: Liguei o piloto automático. Meu cérebro animal assumiu o controle, e meu corpo de zumbi seguiu suas instruções. Se estivesse com mais poder sobre minhas faculdades mentais, provavelmente não teria batido no rosto de John com seu violão Framus nem teria arrancado sua mão esquerda e seu pé direito e os reatado invertidos. Se estivesse pensando, eu provavelmente teria executado o Processo Liverpool... o que teria sido exatamente a coisa errada a se fazer. Aquilo teria sido o fim da linha para John. Para sempre.

O que aconteceu depois foi puramente instintivo, sabe? Arranquei a cabeça dele, tirei seu cérebro, levei-o correndo até a banheira e o lavei rapidamente com água e sabão, por talvez três minutos. O cérebro estava bastante escorregadio quando o tirei da banheira, tão escorregadio, na verdade, que quase derrubei aquela merda no chão. Depois que o sequei, levei-o correndo de volta para a sala e o coloquei em seu lugar apropriado, no que esperei ser a, humm, posição correta. Então fui até o armário dele onde, graças a Cristo, havia um kit de costura. Segundos depois que prendi a cabeça no lugar com pontos, John Lennon estava de volta, sóbrio e mais ranzinza do que nunca.

JOHN LENNON: A vida após a morte estava parecendo ótima. Nenhuma pressão. Nenhum compromisso. Nenhum Brian Epstein nos arrastando ao redor do mundo. Nenhum Paul McCartney nos mandando voltar a trabalhar. Apenas Cristo e eu, bebendo cerveja e batendo papo com artistas mortos. Exatamente quando eu estava ficando confortável — e exatamente quando meu camarada Jesus estava prestes a me apresentar a Charles Baudelaire —, senti um puxão e estava de volta à minha sala de estar, olhando para os olhos de cachorrinho de Paul.

Paul beijou meu rosto e disse:

— Achei que tínhamos perdido você, cara.

Eu o tranquilizei:

— Não. Vocês não me perderam. Estou de volta. Que sorte a minha. Diz aí, sobrou alguma coisa daquele ácido?

JESUS CRISTO: Fiquei puta triste de deixar John voltar à Terra, e teria adorado descobrir uma forma de mantê-lo por aqui, mas Papai fica furioso quando desobedeço uma regra, e, quando Papai fica furioso, é um inferno para todo mundo.

GEORGE HARRISON: Depois do desastre de John, eu mal podia *esperar* para experimentar a nova leva de Eppy.

BRIAN EPSTEIN: Mudei um pouco a receita, então a experiência de George foi bem melhor do que a de John, começando por ele não ter morrido. Mas ele teve seus próprios problemas, o mais notável deles, um caso grave de lepra que durou várias semanas.

GEORGE HARRISON: O barato foi bom, mas não o suficiente para compensar perder membros. O ponto positivo é que se não fosse pelo LSD de Brian, eu nunca teria tido a ideia de fazer a peletarra.

NEIL ASPINALL: Alguns dias antes de sairmos para uma turnê no Extremo Oriente — e enquanto ele estava no meio de seu problema de lepra —, George me ligou e disse para eu ir a seu apartamento *imediatamente*, porque ele tinha algo para mostrar. Quando cheguei à sua casa uma hora depois, toquei a campainha e ele gritou:

— Entre! A porta está aberta! Não vou sair de casa.

Apenas uma olhada para ele e entendi por que não queria ser visto em público. Além do fato de que um ou dois dos seus dedos caíam no chão de vez em quando, sua pele tinha, bem, *desaparecido*. Tudo bem, não *totalmente*, apenas as duas primeiras camadas, e a que restou era translúcida; dava para ver praticamente cada osso, órgão e músculo em seu corpo. Lembrava um mediano. Falei para ele:

— Você está bonito, George. Leslie Langley tem perguntado por você. Por que você não dá uma ligada para ela? Nunca o vi mais bonito.

Ele disse:

— Muito engraçado. Escute, tenho algo bastante sério para mostrar. Você vai ser a primeira pessoa a ver, não pode me julgar e, mais importante, não pode surtar

Eu disse:

— George, depois do que vi nos últimos quatro anos, nada tem a mínima chance de me deixar surtado.

Ele disse:

— Se você está dizendo.

Então ele esticou a mão atrás do sofá e tirou algo que me deixou surtado.

— E aí, o que você acha?

Perguntei a ele:

— Isso é o que eu estou pensando que é?

— Não sei. O que você acha que é isso? — George respondeu.

— Acho que é uma guitarra feita com a pele que caiu do seu corpo. Agora, se você me der licença, vou correr para o banheiro e dizer adeus ao meu almoço.

GEORGE HARRISON: Durante os meses anteriores, eu estava escutando vários sons musicais em minha cabeça, sons que minha confiável Epiphone não era capaz de produzir. Então, quando as duas primeiras camadas da minha pele caíram, durante minha viagem de LSD, peguei minhas ferramentas e botei a mão na massa.

A primeira coisa que fiz foi assar minha pele caída no forno em temperatura baixa por cerca de 45 minutos para que ela enrijecesse sem apodrecer e, quem sabe, para ficar com uma cor mais escura. Observei cuidadosamente, porque, se cozinhasse demais, ela ficaria crocante e perderia sua flexibilidade e ressonância. Assim que a pele estava satisfatoriamente aquecida, peguei um estilete, separei uma camada da epiderme e cortei a outra camada no que achei que seria o formato ideal para um instrumento. Então fiz um pouco de mingau — deixei cozinhando mais do que o normal, na verdade, para que ficasse bem espesso —, lambuzei toda a pele e coloquei aquilo tudo de volta no forno por mais uns dez minutos. Enquanto isso, enrolei a outra camada de pele até que ficasse um tubo bem apertado, fui até o forno e removi o que estava prestes a se tornar o corpo do instrumento, grudei as duas partes com um pouco mais de mingau, levei de volta ao forno por mais alguns minutos. Depois que esfriou, cobri com verniz. Quando secou, coloquei oito cordas nela — se seis era bom, oito era melhor — e pronto, uma peletarra.

Depois de tocar um acorde, me apaixonei pelo som — encorpado, suave e carnudo —, mas sabia de cara que manter aquilo afinado seria um problema.

NEIL ASPINALL: Quando saí do banheiro, George disse:

— Você é o roadie, então eis uma pergunta para você: posso levar a peletarra conosco para a turnê?

Aquilo era grotesco, totalmente grotesco, e, para, piorar não tinha um som particularmente bom, por isso disse a ele:

— É melhor você deixar em casa, Georgie. Tenho a impressão de que os japoneses não vão gostar muito desse tipo de coisa. Eles já estão de má vontade com Ringo, e não precisamos de mais problemas.

George balançou a cabeça e respondeu:

— Ah, certo. Aquela merda dos ninjas. Bem pensado.

•

RINGO STARR: Eppy tinha programado os shows em Tóquio havia meses, e, como nunca tínhamos ido ao Japão, o país estava em polvorosa. Além do fato de os japoneses quererem nos ouvir tocar, o Japão tem uma população de zumbis muito pequena, e, como a maior parte dela nunca tinha visto um morto-vivo, o nível de curiosidade estava altíssimo.

Tudo isso não é para dizer que eles estavam ansiosos para nos ver. Veja bem, o Japão tinha uma população de guerreiros enorme e, como logo descobri, guerreiros japoneses não eram grandes fãs dos lordes ninjas britânicos.

Como eu.

PAUL McCARTNEY: Aquela entrevista coletiva em Tóquio foi um pesadelo. Os jornalistas tiveram sorte que John não os atacou, sabe?

JOHN LENNON: Ei, se você está mexendo com Ringo, isso significa que você está mexendo comigo.

RINGO STARR: Os repórteres achavam que eu era uma farsa. Eles deixaram claro que, ao redor do país, acreditavam que a única razão por eu ter recebido o status do sétimo nível era por eu ser um rockstar e que eu estava manchando a boa reputação dos lordes ninjas. Tentei explicar que alcancei o sétimo nível antes de me juntar aos Beatles, mas eles ou não estavam escutando ou não acreditaram em mim. Tive vontade de chorar, só que lordes acima do quarto nível não têm permissão para chorar em público.

JOHN LENNON: Ringo se calou, mas não teria feito nenhuma diferença se o pobre rapaz estivesse lendo a Carta Magna, porque todos aqueles desgraçados teriam gritado até ele se calar. Cheguei perto de Ringo e falei:

— Você precisa fazer algo físico.

Ele murmurou:

— A única coisa que quero fazer é sair daqui.

Falei para ele:

— Saca só, a única coisa que vai parar esses babacas é uma demonstração dos seus talentos de ninja. Seja um guerreiro. Mostre a eles suas habilidades, cara. E, se você tiver que fazer um deles sangrar, que assim seja. Dou total permissão para você fazer isso, porque ninguém, mas *ninguém*, pode criar caso com os Beatles sem provocar nossa ira.

RINGO STARR: John tinha razão. Se eu mostrasse minhas habilidades de sétimo nível, haveria uma chance melhor de me aceitarem. O problema era que eu não ficava confortável em usar frivolamente minhas técnicas ninjas, especialmente perto do local de nascimento do movimento. Você se defender durante um ataque físico é aceitável — até encorajador —, mas ir para o ataque em uma disputa verbal não é.

Porém, quando o sujeito do jornal *Sekai Nippo* atirou uma bola de papel com cuspe em mim, tudo mudou.

PAUL McCARTNEY: Eu sabia que Ringo podia se mover com rapidez, mas não sabia que era *tão* rápido. Se eu pudesse realmente ter visto o que ele fez, tenho certeza de que seria uma cena para se guardar na memória, sabe, mas só vi os resultados. Por volta de uma dúzia de repórteres gritavam acusações para nosso pobre baterista quando então pisquei e o sujeito do *Sekai Nippo* já estava pendurado no ventilador de teto pela gravata, dois outros repórteres haviam sido pregados à parede com estrelas ninjas e o resto do bando estava deitado no chão, com os pulsos amarrados nas costas. Aquele pequeno incidente provavelmente nos custou milhares e milhares de dólares em vendas de disco perdidas, mas eu não podia culpar Ringo nem um pouquinho.

Aquilo nunca deveria ter ocorrido, sério. Aqueles caras eram japoneses, pelo amor de Deus. Eles foram criados na terra dos ninjas e deveriam saber que não era uma boa ideia irritar um lorde ninja legítimo.

RINGO STARR: A história tinha sido publicada em todos os jornais, e os fãs não estavam felizes. No dia seguinte, começamos nossa série de três shows no Budokan Hall e a plateia vaiava antes, durante e depois de cada música. Quando não estavam vaiando, estavam gritando, pedindo minha cabeça. Mas os japoneses são um povo normalmente pacífico e nunca foram atrás de mim; era só barulho.

Ainda assim, eu não podia esperar para sair daquele país e chegar às Filipinas. Eu sabia que ia ser bem, bem melhor.

GEORGE HARRISON: Nas Filipinas foi bem, bem pior.

JOHN LENNON: Estávamos sempre viajando, toda hora, e quase não tínhamos a oportunidade de ler nem nosso jornal local, então como eu poderia ter tempo de ler o que estava acontecendo na porra das Filipinas?

PAUL McCARTNEY: Os filipinos estavam atrás de nós desde o começo. Se soubéssemos o que tinha acontecido com a população zumbi de lá no ano anterior, provavelmente nem teríamos ido.

•

Rizal Guintu, um premiado repórter do Philippine Star, *é o tipo de cara que entraria correndo em um prédio em chamas se achasse que havia uma história a ser escrita. Inabalável e destemido, sua cobertura sobre a revolta dos mortos-vivos de Manila em 1965 é tida por especialistas como a descrição mais fiel da devastação que pode ser causada por um zumbi filipino. Algo de que eu não duvidaria depois de entrevistá-lo em julho de 2000.*

RIZAL GUINTU: Como um grupo, nós, filipinos, somos, em questão de tamanho, pessoas pequenas, mas a maior parte de nossos mortos-vivos tem a força e rapidez do maior zumbi norte-americano que você puder encontrar. E esses zumbis são agressivos, muito, muito agressivos.

No ano anterior à visita dos Beatles, Ferdinand Marcos assumiu o controle do país e um de seus primeiros atos foi mudar as leis a respeito dos zumbis. Durante as cinco ou seis décadas anteriores, o governo e os zumbis tinham chegado a um acordo confortável: estes eram segregados em uma área na periferia de Antipolo e, em troca da promessa de não interagir com a população em geral, recebiam os cérebros dos moribundos para se alimentarem. Não era um sistema perfeito, mas mantinha os inevitáveis conflitos entre mortos-vivos e humanos em um nível mínimo.

Então Marcos mudou as leis sem nenhum motivo a não ser o de querer deixar sua marca no país. Era a administração *dele*, e ele ia fazer as coisas da forma que quisesse, não importando se aquilo fazia sentido. O princípio fundamental da nova lei era que zumbis podiam se misturar com a população humana, mas Marcos tirou o acesso à alimentação — em outras palavras, quando o assunto era cérebro, eles estavam por conta própria. Isso acarretou chacinas, o que levou a centenas de zumbis encarcerados, a milhares de zumbis furiosos, chegando à invasão do Palácio Malacañan.

Marcos e sua família escaparam do ataque ilesos, porém 54 membros da Guarda Presidencial foram mortos, e o exército — que a maioria das pessoas acreditava até aquele momento ser inviolável — perdeu 99 homens. Nem um único zumbi foi ferido.

Para reprimir qualquer outra ação de guerra, Marcos reinstituiu as leis de mortos-vivos anteriores e mandou os zumbis de volta a Antipolo. Houve uma trégua desconfortável, e ainda havia a sensação de que a situação podia explodir com a menor provocação.

O sangue dos militares e as lágrimas dos seus familiares mal tinham secado quando os Beatles pousaram no Aeroporto Internacional Ninoy Aquino no dia 3 de julho, então poucos ficaram surpresos quando os zumbis de Liverpool não foram recebidos de braços abertos.

BRIAN EPSTEIN: A polícia nos cercou desde o momento em que pousamos no aeroporto. Achamos que eles estavam ali para nos proteger. O que não sabíamos era que na verdade precisávamos nos proteger *deles*. Por sorte, aqueles idiotas não tinham a menor ideia de como ferir um zumbi, o que explica por que fizeram um trabalho tão horrível em evitar aquela revolta.

Eles tentaram envenenar nossa comida, o que era completamente ineficaz. Meu estômago estava em péssimo estado, então eu não podia comer nada, e Ringo estava horrorizado com a culinária oriental, ele vivia dos feijões enlatados que tinha trazido de casa. John, Paul e George, no entanto, comeram alegremente *kare-kare, binakol* e *pancit*... todos eles contaminados com quantidades enormes de estricnina. Aquilo fez com que os rapazes tivessem gases terríveis e tornou a pele deles azul neon, mas não causou nenhum estrago de verdade.

A tentativa de assassinato seguinte ocorreu na noite anterior ao show, quando a polícia jogou John pela janela de seu quarto de hotel no vigésimo quinto andar enquanto ele dormia. John acordou brevemente quando bateu no chão, e logo voltou para a terra dos sonhos. Depois de um tempo a polícia apareceu e o mandou retornar a seu quarto, porque seus roncos estavam assustando as crianças locais.

Mas aquilo não foi o fim. Na manhã do dia do show, sequestraram Paul, que cooperou com aquilo por cerca de uma hora. Quando ficou de saco cheio do exercício, ele hipnotizou os sequestradores e os fez levá-lo de volta ao hotel. Sob o poder dos olhos de cachorrinho de Paul, eles rapidamente ficaram caidinhos por Macca, tanto que lhe ofereceram os serviços de várias das melhores prostitutas da cidade, que ele graciosamente recusou.

Então fomos convidados para almoçar com o presidente e a primeira-dama. Íamos recusar o convite, mas apontaram diversas armas em minha direção e explicaram que a presença era obrigatória; se recusasse, eu era um homem morto. John disse:

— Querem saber, rapazes? Vamos lá. Vai ser engraçado.

JOHN LENNON: Dava para perceber pela forma como Marcos governava os mortos-vivos que ele era um escroto. Não sou do tipo que vai para a rua protestar por direitos dos zumbis, mas a forma como meus irmãos filipinos eram tratados era espantosa, e, se tivesse a oportunidade de fazer algo a respeito, eu a aproveitaria.

Paul, George e eu não estávamos exatamente ansiosos para comer mais estricnina — tínhamos acabado de deixar os gases sob controle —, por isso, recusamos a refeição. Ringo e Eppy não queriam morrer de um jeito horrível, então também declinaram elegantemente. Marcos e sua igualmente escrota esposa, Imelda, fingiram ficar insultados porque havíamos rejeitado a comida envenenada. Aqueles dois eram atores horríveis. Marcos então começou com um monte de baboseiras como "estamos honrados em recebê-los em nosso país, e vocês deveriam estar honrados em comer o que tão gentilmente oferecemos", e Paulie caiu na gargalhada. Marcos logo perdeu a compostura e gritou:

— De que você está rindo? Eu o acolho em meu país e o convido à minha casa e você me desrespeita na minha própria mesa de jantar? Isto é um ultraje!

Olhei para meu prato e falei:

— Você tentou nos envenenar, porra!

Imelda fez uma expressão dolorosamente falsa de que tinha sido insultada, e disse:

— Como você ousa nos acusar de traição? Esse é o insulto supremo. Nunca cometeríamos um ato tão hediondo.

Paul disse:

— É mesmo? — Ele empurrou seu prato na direção dela e continuou. — Então o que você acha de pegar um pouquinho disso?

RINGO STARR: Imelda ficou branca e disse:

— Obrigada pela oferta, Sr. McCartney, mas estou bem satisfeita.

Ela apontou para o prato praticamente intacto.

Paul continuou:

— Você não precisa pegar um pedaço grande, amor. Só um pedacinho, sabe?

Então Imelda disse:

— Não poderia.

Paul insistiu:

— Pode sim.

E Imelda retrucou:

— Não deveria.

Paul respondeu:

— Deveria sim.

Imelda concluiu:

— Não vou.

Paul disse:

— Isso é uma pena. — Então ele olhou para o presidente e falou. — E você, Ferdie? Posso lhe oferecer um gostinho da morte?

Ferdinand olhou para Imelda, que olhou para Ferdinand; e aí, naquele exato momento, eles se levantaram e correram para a saída mais próxima.

Os seguranças se entreolharam por um minuto, então o único que falava inglês de verdade disse:

— Vocês estão liberados para ir embora, Beatles.

Brian disse:

— Valeu, amigo. Nós achamos a saída.

BRIAN EPSTEIN: Achar a saída do palácio não foi um problema, mas achar a saída do país foi uma coisa completamente diferente.

O que aconteceu foi que eles libertaram os mortos-vivos.

JOHN LENNON: Caramba, aqueles zumbis-anões filipinos são fortes.

RINGO STARR: Quando vi aquele bando de mortos-vivos minúsculos nos esperando no aeroporto, me tornei invisível. Percebi o que eles queriam, e eu não queria participar daquilo.

NEIL ASPINALL: Eram pelo menos quinhentos deles na pista. Eles criaram uma pirâmide humana — ou, sei lá, uma pirâmide inumana — e bloquearam o avião. O piloto se recusou a se mover.

PAUL McCARTNEY: Tudo o que posso dizer é que, graças a Deus, os zumbis filipinos são muito, *muito* suscetíveis a hipnose.

BRIAN EPSTEIN: Tudo acabou em trinta segundos. John, Paul e George cantaram uma frase estranha em harmonia — alguma porcaria como "Jay garoo divide um" — e aqueles zumbis desfizeram a pirâmide, então removeram suas cabeças e as jogaram com toda força para o alto. Até onde sabemos, aquelas cabeças jamais caíram.

GEORGE HARRISON: Para mim aquela foi a gota d'água. A Mania tinha dominado nossas vidas, e excursionar se tornou uma eterna chateação. Quando não era um ditador fascista filipino tentando nos envenenar, era alguma garota americana tentando roubar nosso troço. Por mim, eu estava pronto para parar de vez.

JOHN LENNON: Nada mais era divertido. Excursionar era um pesadelo. Tocar as mesmas músicas todas as noites era chato, chato, chato. Sim, nós ainda nos amávamos, mas às vezes a visão do rosto cinzento de George ou dos olhos de cachorrinho de Paul deixava meu estômago embrulhado. Parecia que estávamos nos afastando cada vez mais do Poppermost e aquele papo de "todos pelos zumbis, e os zumbis por todos" estava cansando. Eu precisava de um tempo... talvez um tempo permanente.

RINGO STARR: Eu queria duas coisas: alcançar o oitavo nível e que todos na banda estivessem felizes. O que quer que a maioria decidisse estava bom para mim. Se votassem por continuar seguindo em frente como se tudo estivesse maravilhoso, ótimo. Se quisessem acabar tudo, ótimo também. Se decidissem lançar uma ofensiva sobre o Palácio de Buckingham, maravilha. Se pelo menos dois dos rapazes estivessem felizes, então eu estava feliz.

PAUL McCARTNEY: Os Beatles não iam se separar. Os Beatles nunca iam se separar. Não se eu tivesse algo a dizer sobre isso.

CAPÍTULO SEIS

1967

GEORGE MARTIN: As sessões que acabaram se transformando no álbum *Sgt. Pepper* foram alucinantes. O estúdio parecia estar sempre cheio de convidados especiais, alguns convidados de fato, outros não: uma orquestra completa, groupies de zumbis, dignitários Shinobi vindos de Bornéu e alguns vampiros confusos. Era um entra e sai, um desfile de diversos rostos e roupas coloridas, e, a certa altura do primeiro dia do ano, juro que vi Stuart Sutcliffe. Quando comentei aquilo com os rapazes, John apenas riu, me chamou de louco e então sugeriu vigorosamente que eu nunca mais mencionasse Stuart Sutcliffe. Quando John lhe sugere vigorosamente que você não faça alguma coisa, você não faz.

John e Paul estavam especialmente intrigados com a seção de cordas; ter todos aqueles violinos e violoncelos à sua disposição pareceu encantá-los. Não tenho certeza se estavam empolgados com o som da orquestra ou satisfeitos por controlar mais de uma dúzia de músicos com um mero bastão, mas, seja o que for, eles estavam em transe. Naturalmente aquilo gerou problemas.

NEIL ASPINALL: Tínhamos acabado de terminar a parte final de "A Day in the Life", em que todas as cordas começam baixinho com os arcos tocando-as gentilmente, então ficam cada vez mais altas até que a música acaba em uma explosão de prazer orgástico. John ficou tão estupefato com a coisa toda que realmente teve um orgasmo que explodiu a frente de sua calça. Tinha posperma para todo lado, e uma pobre harpista chamada Sheila Bromberg acabou levando a pior. Posperma é branco, o vestido de Sheila era preto, e aquilo não foi nada bonito.

Depois que Johnny trocou a calça, ele subiu em uma cadeira em frente à orquestra e disse:

— Minha amada seção de cordas, vocês nos deram um presente. Vocês nos deram prazer. Vocês nos deram algo que vai durar até o fim dos tempos. E agora, Paul McCartney e eu gostaríamos de retribuir o favor.

Paul disse:

— Gostaríamos?

PAUL McCARTNEY: Eu tinha visto aquela expressão nos olhos de John muitas, muitas vezes, entende, e eu sabia *exatamente* o que *favor* significava.

JOHN LENNON: Achei que era uma ideia brilhante na época e até agora ainda acho que é, e, se tivesse que fazer tudo de novo, faria exatamente igual.

NEIL ASPINALL: Não sei se John e Paul estavam ficando velhos ou cansados, ou se os vários "experimentos" com drogas tinham afetado seus reflexos, mas seus ataques já não eram tão rápidos quanto foram um dia. Aquilo não significava que suas vítimas tinham uma chance muito maior de escapar. Tudo o que significava era que ficava mais fácil para um espectador ver exatamente o que eles estavam fazendo. O que, se você não é um fã de ter pesadelos por duas semanas consecutivas, não era uma coisa boa.

GEOFF EMERICK: Depois que John fez seu pequeno discurso para a orquestra, ele se virou para Paulie e disse:

— O que você acha, cara? Será que você está comigo, ou não?

Paul respondeu:

— Não. Você está nessa sozinho.

John insitiu:

— Não, não estou sozinho. Você está comigo. Eu estava sendo retórico. Não era uma pergunta.

Paul retrucou:

— Era sim. Você disse "Será que você está comigo, ou não?". Você começou a frase com a palavra *será*. Por definição, qualquer frase com a palavra *será* no começo é uma pergunta.

John argumentou:

— Isso não é necessariamente verdade. Não mudei a entonação, e, se não há mudança na entonação, não há pergunta. Como quando digo "Paulie é um babaca?" e mudo a entonação, aí é uma pergunta. Mas se eu disser "Paulie é um babaca" *sem* mudar a entonação, é uma declaração. Entendeu? "Paulie é um babaca." Declaração. Ponto.

Paul perguntou:

— Você está dizendo que sou um babaca?

John respondeu:

— Não. Estou explicando que, se eu disser "Paulie é um babaca" sem mudar a entonação, é uma afirmação. *Ipso facto*, "Paulie é um babaca" não é uma pergunta.

Paul continuou:

— Você *está* me chamando de babaca.

John disse:

— Não, estou explicando que *não estou perguntando* se Paulie é babaca. Agora, você vai me ajudar a assassinar a orquestra ou o quê?

Paul concluiu:

— Agora *isso* é uma pergunta.

NEIL ASPINALL: Três anos antes, John poderia ter feito o trabalho todo sozinho, mas agora ele precisava de Paul e ele provavelmente sabia disso. No entanto, aquilo não o impediu de começar sozinho.

GEORGE MARTIN: John foi atrás dos violinistas primeiro. Ele não os transformou individualmente, mas três de cada vez: morde, morde, morde; suga, suga, suga; língua, língua, língua; cuspe, cuspe, cuspe; cola, cola, cola. Era uma verdadeira linha de montagem zumbi. O problema foi que ele mordeu mais do que podia mastigar, por assim dizer, e ele não estava fechando os buracos no pescoço rápido o suficiente. Tinha sangue por todo lado.

PAUL McCARTNEY: Não sei qual era o problema com aqueles violinistas, mas eles estavam *esguichando*. Era como se as veias tivessem propulsão a jato. Em questão de segundos, o chão estava coberto, simplesmente *coberto* de sangue.

GEOFF EMERICK: As poças ficaram cada vez maiores, e nossos cabos de microfone estavam mais próximos de ser danificados, então o instinto assumiu o controle e corri da técnica para o estúdio, onde infelizmente escorreguei e caí de cara em uma poça de sangue. Meu nariz começou a sangrar... ou pelo menos acho que começou. Todos estavam vazando sangue, então o sangue em meu nariz poderia ter vindo da seção de violoncelo.

GEORGE MARTIN: Paul correu para o canto do estúdio e segurou seu baixo, colocando-o sobre um amplificador; então disse "Foda-se!" e se juntou à matança. Sei que Paul não queria ser parte da zumbificação dessa leva de músicos verdadeiramente talentosos, mas suspeito que ele tenha ajudado porque achou que John não seria capaz de fechar as feridas sozinho e o maremoto de sangue destruiria cada peça do equipamento.

PAUL McCARTNEY: Estávamos, àquela altura, com uma mistura vermelha até as canelas, e aquilo só ia piorar. Assim que soube que meu Höfner estava fora de perigo, fui ajudar John. Seria impossível ele cuidar daquilo sozinho. Johnny tinha perdido a mão. Droga, nós *todos* tínhamos perdido a mão.

JOHN LENNON: Eu estava mais rápido do que nunca e com certeza poderia ter cuidado daquilo sozinho.

GEOFF EMERICK: Assim que Paulie entrou no jogo, o massacre acabou bem rápido. No final das contas, Lennon e McCartney criaram 16 zumbis, e todos eles ainda estão com a Filarmônica de Londres; então foi bom para todo mundo.

John e Paul ganharam cérebros, e a orquestra local ganhou uma seção de cordas para toda a vida.

A única peça de equipamento que ficou permanentemente danificada foi o bumbo de Ringo; era possível tocá-lo, sem problema, mas ele ficou manchado de vermelho-escuro e estava horrível. No entanto não íamos tocar ao vivo tão cedo; dessa forma, seríamos as únicas pessoas que veriam seu bumbo manchado de sangue, por isso ninguém ficou muito preocupado. Tirando Ringo, claro, mas ele já estava de mau humor antes de tudo acontecer.

RINGO STARR: John e Paul estavam experimentando musicalmente, gravando em vários canais e matando nossos músicos convidados, e George estava na dele, tocando sua peletarra, portanto estavam todos em seu elemento, o que me deixava com muito tempo livre. Então o que eu fiz comigo mesmo? Escrevi umas músicas? Não. Treinei técnicas de bateria? Nada disso.

Liguei para 忍の者乱破 e marquei uma reunião. Eu ia chegar ao oitavo nível ou morrer tentando.

忍の者乱破: Richard Starkey era disciplinado. Richard Starkey tinha um bom coração. Richard Starkey era um ser espiritual que estava em contato com seu *tudo* interior. Mas Richard Starkey era, é e sempre será um lorde ninja do sétimo nível. Nada mais, nada menos. E não há nada errado com isso.

RINGO STARR: Fui até o *dojo* de 忍の者乱破 na Molyneux Road em Liverpool e fui saudado com uma recepção digna do quinquagésimo quinto nível: faixas, balões e centenas de shurikens presas na parede em um padrão que escrevia Beatles para sempre! Quase chorei. 忍の者乱破 não era muito chegado a exibições públicas de respeito, então aquilo foi especial.

忍の者乱破 me guiou até uma cadeira no meio da sala, bateu palma duas vezes, e, do nada, em uma impressionante exibição de habilidades ninjas, duas dúzias de alunos dele se materializaram. Eles apresentaram um espetáculo particular que teria deixado monges Shaolin aplaudindo de pé: coreografia impressionante, demonstrações de força incríveis e desaparecimentos e reaparecimentos. Foram duas horas de espetáculo; para mim, não foi longo o suficiente.

Assim que os 24 ninjas acabaram, 忍の者乱破 me levantou e me guiou até a porta. Ele disse:

— Jovem Starkey, você é um exemplo para lordes ninjas ao redor do planeta. Fale às massas. Mostre a eles suas habilidades. Faça o público saber que ninjas são uma raça singular e que merecem o respeito do mundo. Eu o amo. Sei que você me ama. Agora espalhe o amor, porque amor é tudo de que você precisa.

Então ele beijou meu rosto, e, quando dei por mim, já estava na calçada. Depois de ouvir a porta de entrada fazer barulho e fechar atrás de mim, entrei no carro e voltei dirigindo para Abbey Road. O que mais eu poderia fazer?

忍の者乱破: Excelente baterista, ninja razoável. Eu não queria fazê-lo passar por outro teste para o oitavo nível. Teria sido vergonhoso para todo mundo.

RINGO STARR: Apareci no estúdio por volta da hora do jantar, e lá estavam George Martin e Geoff Emerick se arrastando pelo jardim sobre as mãos e os joelhos, claramente à procura de algo. Quando perguntei o que estava acontecendo, o Sr. Martin me olhou com desgosto e disse:

— Vá até o telhado e descubra sozinho.

GEORGE HARRISON: Estávamos no meio de uma gravação, e, de repente, John disse:

— Parece que as paredes estão criando tentáculos. Tenho que ir.

Ele subiu as escadas correndo. Tendo visto nossa cota de tentáculos, Paul e eu chegamos bem rápido à conclusão de que alguém tinha dopado John. Nunca descobrimos quem nem como; o melhor que pudemos imaginar é que uma das groupies que ficavam para cima e para baixo no estúdio colocou um ácido em seus Corn Flakes.

Encontrei John no telhado, sentado no parapeito, peidando nuvens roxas e gritando:

— Voltem! Voltem! Voltem!

Gritei para ele:

— Ei, Johnny, o que você quer que volte?

E ele respondeu:

— A porra dos meus dedos!

GEOFF EMERICK: Harrison gritou para nós do topo da escada:

— Emerick e Martin, por favor, vão procurar o mindinho esquerdo e o polegar direito de John. Eles devem estar em algum lugar no gramado da frente. McCartney, por favor, me encontre no telhado.

Os dedos de John caíram na calçada em frente ao estúdio, e nossa preocupação inicial era que eles tivessem rolado para a rua e sido esmagados por um ônibus. Por sorte, não havia muito trânsito e não vimos nenhum dedo esmagado na rua, foi isso, a não ser que um dos dedos tenha pulado em um cano de descarga, eles estavam ali, *em algum lugar.*

Então, George Martin e eu — usando gravatas e calças elegantes, para você ter uma ideia — ficamos de quatro e remexemos os arbustos. Nada. Depois fomos até o gramado da frente. Nada. Perguntei a George se ele queria dar um pulo no telhado e se assegurar de que John não estava de sacanagem com a nossa cara. Ele me disse que, como eu era o membro mais novo da equipe, era meu trabalho lidar com os artistas, então eu deveria mover minha bunda até lá.

Enquanto subia as escadas, bateu a preocupação de como era que o artista lidaria comigo.

PAUL McCARTNEY: John estava inconsolável por causa da potencial perda de seus dedos. Ele disse:

— Como vou tocar guitarra? Como vou tocar teclado? Como vou ajeitar meu cabelo para não ficar parecendo um idiota?

Harrison e eu tentamos acalmá-lo, mas, quando um zumbi toma ácido, não tem conversa, sabe? Ele continuou e continuou, e seus gemidos estavam ficando cada vez mais ao estilo zumbi, começando a atrair atenção. Bem naquela hora, Geoff apareceu e disse:

— Boas novas, rapazes, achamos os dedos!

GEOFF EMERICK: Não tínhamos achado os dedos.

PAUL McCARTNEY: John se levantou com um salto — quase caindo do telhado no processo —, pulou sobre Geoff e tentou dar um beijo em seu pescoço. Não um beijo de morto-vivo. Apenas um beijo *beijo.*

GEOFF EMERICK: Eu me esquivei, e ele passou direto por mim, batendo com a cabeça na porta. Não ia deixar John Lennon chegar perto do meu pescoço de forma alguma.

PAUL McCARTNEY: John se levantou rapidamente, limpou as teias de aranha, deu um grande sorriso e disse:

— Certo, então. Vou descer. E da próxima vez que vocês virem o bom e velho John Winston Lennon, ele vai ter dez dedos, exatamente como o resto de vocês, babacas. — Ele fez uma pausa, então continuou. — Devíamos fazer um show aqui em cima um dia. Ia ser divertido.

GEORGE MARTIN: Geoff gritou para mim do telhado:

— Saia correndo daí, cara! Johnny está descendo! Ele acha que encontramos os dedos!

Eu estava de mãos abanando: nada do mindinho, nada do polegar, nadinha. Pensando rápido, fui até a árvore mais próxima, arranquei um galho e quebrei dois pedaços do tamanho de dedos. Estava escuro. John estava doidão. Pelo menos aquilo ia me dar algum tempo.

Quando dei a John os gravetos, ele chorou de felicidade. Enquanto ele me abraçava, dei um tapinha em suas costas e lhe disse:

— Não recoloque os dedos agora, John. Você está um pouco desorientado e não vai querer fazer algo tão sério até estar em um bom estado de espírito. Vá deitar na cama na sala de gravação. Vou lá daqui a pouco.

Levei mais duas horas para achar os dedos. Acabou que eles tinham caído em um ninho de pintarroxo. A mãe passarinho tirou um belo pedaço do mindinho, mas, fora isso, estavam em ótimo estado. Paul os colocou de volta enquanto

John estava dormindo no sofá, e ele nunca soube de nada; assim as mãos de Lennon viveram felizes para sempre.

GEORGE HARRISON: Brian inicialmente queria que a imprensa e o público em geral soubessem que estávamos experimentando o temido lisérgico, mas os resultados de tais experiências foram fracassos tão retumbantes que decidimos guardá-los para nós mesmos. Ou, pelo menos, John, Ringo e eu decidimos.

PAUL McCARTNEY: A jornalista me fez uma pergunta, sabe? Eu a respondi. Falei a verdade. Quem poderia imaginar que aquilo ia levar ao que levou?

BRIAN EPSTEIN: Depois que Paul contou à repórter do jornal que os rapazes tinham experimentado ácido, vários de nossos fãs americanos ficaram meio malucos. A imprensa inglesa não estava particularmente preocupada — parecia que todo mundo em Londres estava experimentando naquele verão, então quem se importava se alguns rockstars estivessem metidos naquilo também? — Mas nos Estados Unidos foi outra história. Especialmente para dezenas de milhares de meninas adolescentes.

•

Como única psiquiatra de zumbis de todo o estado de Wisconsin, a Dra. Jennifer Everett não foi a primeira jovem mulher a se juntar a um dos supostos cultos de ácido suicidas dos Beatles que pipocaram ao redor dos Estados Unidos, nem foi a última. Porém ela é uma das poucas que escapou não apenas mais ou menos viva, como também com a mente mais ou menos intacta.

O líder do culto de Jennifer — um zumbi que tentou se fazer passar por homem que usava a irônica alcunha de reverendo Starkey Best von Pollywog — fez um excelente trabalho de lavagem cerebral em seus seguidores, então as memórias da Dra. Everett de suas duas semanas como membro dos Felizes Mortos-Vivos são suspeitas, no máximo. Mas, em janeiro de 2000, ela me contou o suficiente para pintar um quadro que era, no mínimo, desconcertante.

DRA. JENNIFER EVERETT: Considerando como a cena musical moderna é ruim, pessoas que não estavam aqui quando os Beatles se encontravam no auge nunca entendem como um pequeno grupo de rock da Inglaterra poderia me controlar tão facilmente. E, levando em consideração que aquele culto teve um impacto irreversível em minha vida e que eu não teria me juntado a ele se não fosse por causa dos Beatles, penso naquilo constantemente. Foram suas músicas que me atraíram? Suas vozes? Seu visual? A época? Não faço a menor ideia. Ainda não consegui descobrir. Tudo o que sei é que não existiu outra banda antes ou depois deles que pudesse me deixar excitada física, emocional e sexualmente por simplesmente *existir.*

Eu teria seguido os Beatles para onde quer que fosse, mas em 1967 eles não estavam excursionando, então, a única forma que eu teria para ficar com eles seria me mudar para a Inglaterra. Só que garotinhas do coração de Winconsin não se mudavam para a Inglaterra, principalmente quando seus pais desprezavam veementemente tanto rock'n'roll quanto zumbis. Então, quando ouvi falar do reverendo Pollywog, bem, os Felizes Mortos-Vivos pareciam ser minha melhor opção.

Naquela época, os Felizes Mortos-Vivos eram cobertos por uma enorme nuvem de mistério, mas, se você tirasse o ônibus com as cores do arco-íris, os ponchos coloridos e a quantidade impressionante de ácido, aquilo era apenas uma fachada para um maluco qualquer tentar transar com tantas garotas quanto pudesse. A realidade era mais perversa do que misteriosa.

O reverendo Pollywog era um gênio do marketing. Ele de alguma forma conseguiu que todas as garotas hippies nas ruas falassem bem dele — "Ah, os Felizes Mortos-Vivos são tããããão lindos, têm as melhores drogas e andam com os zumbis mais bacanas" —, assim, quando o ônibus passou por Milwaukee naquele verão, Pollywog não precisou se dar ao trabalho de convencer ninguém. Ele tinha sua escolha da ninhada de amantes dos Beatles. E ele achou que eu era uma gracinha. Eu estava dentro.

Tenho lembranças vívidas de subir no ônibus, mas, depois que Pollywog enfiou sua língua na minha boca, tudo fica turvo. Lembro que as outras 23 garotas e eu estávamos constantemente nuas, e me lembro de comer um monte de Corn Flakes — e até hoje, quando passo pelo corredor de cereais no supermercado e olho para aquela caixa branca da Kellogg's, tenho calafrios. Lembro também de muitos tamborins. Estranhamente, não me lembro muito de escutar música.

No final, apenas duas de nós fomos realmente transformadas em zumbis — eu e uma menina de 17 anos, de St. Louis, chamada Annie —, mas tenho quase certeza de que esse não era o plano. Acho que Pollywog nos queria todas mortas-vivas, só que por alguma razão as outras meninas nunca foram reanimadas. Nunca recebemos uma explicação, porque, quando acordamos em um beco em Taos, no

Novo México, o reverendo já tinha sumido havia muito tempo. Juntamos as peças o melhor que pudemos, e decidimos que Pollywog tinha arranjado um carregamento de ácido horrível que matou todo mundo tão rápido que ele só teve tempo de zumbificar nós duas. Eu estava feliz de não estar a sete palmos, mas o lado negativo era que zumbis não eram bem-vindos à minha região de Wisconsin, então nunca mais vi minha família.

•

John Robert Parker Ravenscroft — também conhecido como John Peel — era um dos disc-jóqueis mais bem informados do Reino Unido, sempre divulgando as novidades musicais mais empolgantes em seu programa de rádio e sempre sendo visto nos melhores e mais concorridos shows ao redor de Londres. No dia 25 de junho de 1967, Peel ainda não era um funcionário da British Broadcasting Corporation, mas conseguiu entrar escondido nos estúdios da BBC, onde os Beatles estavam programados para tocar uma música que seria transmitida via satélite para uma plateia ao redor do mundo. (A BBC, que encomendou a música, alterou a primeira versão da canção, que Lennon tinha chamado de "All You Need is to Die a Painful Death". Ainda não foi estabelecido se John estava ou não fazendo uma piada com a BBC.) Quando falei com Peel em junho de 2004, apenas alguns meses antes de sua morte, ele explicou que não era o único medalhão do mundo da música na plateia do estúdio que viu o evento que o Sun *chamou de "a definição literal e figurativa de uma balbúrdia sangrenta".*

JOHN PEEL: Aquele lugar estava abarrotado de estrelas: Eric Clapton, Keith Moon, Marianne Faithfull, Graham Nash, gente desse naipe. Eu era tão patético que quis sair correndo e pegar autógrafos, mas não era patético o suficiente para fazer isso de verdade.

Algumas das pessoas estavam sentadas em seus assentos, enquanto outras permaneciam no chão, quando o diretor deu o sinal de largada. Mas, antes que John pudesse chegar mesmo ao primeiro verso, quem entra pela porta e pula bem no meio da confusão, com lábios beijantes e quadris saculejantes? Isso mesmo, garotos, o caçador de zumbis favorito de todo mundo.

Mick Jagger andou na direção de John, levantou seus braços ao céu e disse:

— Ah, zumbi Lennon! Isso acaba aqui. Diante de uma plateia global, você vai sentir o gosto da morte.

John falou:

— Você está certo, Mick. Isso acaba aqui.

Então John arrancou os fones de ouvido. E, depois disso, a loucura começou.

Se eu não tivesse visto o video-tape em câmera lenta, não teria acreditado que aquilo aconteceu daquela forma. Foi uma coisa tão completamente inumana e *errada* que minha mente nem conseguiu processar. O que aconteceu foi que John tirou o baixo de Paul de suas mãos e arrancou o braço do instrumento — era um Rickenbacker novinho em folha, e foi provavelmente por isso que Paul ficou tão irritado —, depois roeu a ponta com seus dentes até que ficasse afiado como uma faca. Então o levantou sobre a cabeça e o desceu com força sobre o ombro direito de Mick. O braço direito de Mick se desprendeu, voou pelo estúdio e caiu bem aos pés de Eric Clapton, manchando sua roupa hippie de vermelho vivo, e vou dizer que o grande "Slowhand" não ficou nem um pouco feliz. John segurou Mick pela nuca, então colocou sua boca em volta do buraco em seu braço; suas bochechas inflaram e desinflaram por um tempo. Mick caiu de bunda no chão. De onde eu estava olhando, Jagger parecia mais morto do que Big Bopper.

John gritou para Eric:

— Ei, Clappy, jogue esse braço para cá.

Clapton gritou de volta:

— Você ficou maluco, cara? Não vou tocar nessa merda!

Então ele chutou o braço de Mick — que voou até bater na lateral da cabeça de Marianne Faithful —, depois se levantou e saiu correndo pela porta.

Marianne balançou a cabeça e disse:

— Que covarde.

Aí, como John tinha pedido, ela arremessou o braço de Mick para o outro lado da sala. Devo salientar que foi um lançamento perfeito. Aquela Marianne era mesmo para casar.

John segurou o braço calmamente com uma das mãos e disse a McCartney:

— Que tal uma ajuda, Paulie?

Paul, que estava olhando fixamente para o que sobrou de seu baixo praticamente chorando, disse:

— Hoje não, John.

John olhou para Paul com desgosto e perguntou a George:

— E você? Está comigo?

George suspirou e disse:

— Acho que sim.

Ele andou até o corpo caído de Mick, fechou o punho, colocou sua mão no buraco e levantou Jagger sobre sua cabeça. Ele não pareceu muito feliz com aquilo, para falar a verdade, mas levou Mick até John.

E aí veio outro momento que minha mente não conseguiu processar muito bem: John pegou o corpo de Mick das mãos de George, lambeu tanto o braço quanto o buraco aberto e colou aquilo tudo de novo. Os olhos de Mick se abriram quase de imediato, e, com um enorme sorriso no rosto, ele disse:

— Puta merda! Morte-vida é a vida! Por que você não me disse, John? Por que você não falou algo?

John limpou o sangue de seus lábios e disse:

— Você teria escutado?

Mick respondeu:

— Provavelmente não, provavelmente não. — Ele olhou ao redor da sala e perguntou: — Então, humm, onde um cara arranja uns cérebros por aqui? Isso é o que vocês, zumbis, fazem, não é? Arranjar cérebros?

John explicou:

— Não é *vocês*, zumbis, Mick. É *nós*, zumbis. *Nós*, zumbis. Você é nós, e nós somos nós, e estamos todos juntos.

Eles se abraçaram demoradamente, e, se a boca de John não estivesse coberta de sangue coagulado e pele morta e Mick não estivesse se tornando cinza em frente aos meus olhos, aquele teria sido um momento terrivelmente emocionante.

•

GEORGE HARRISON: Depois do fiasco da BBC, eu precisava sair do país por um tempo. A Mania das turnês não era mais um problema, mas a Mania de viver em Londres com John, Paul e Ringo estava se tornando mais maníaca do que nunca, por isso fugi para São Francisco. Por que San Fran? Bem, aparentemente aquele era o lugar para se estar se você quisesse experimentar o Verão do Amor. Além disso, eu tinha ouvido falar que São Francisco era o epicentro do ácido dos Estados Unidos. Eu não tinha particularmente apreciado minhas experiências com o temido lisérgico, mas era possível que Eppy não tivesse feito um bom trabalho preparando aquela porcaria e que eu estivesse perdendo o verdadeiro barato. Então, como diz a canção, Califórnia, aí vou eu.

Fiquei surpreso com a quantidade de zumbis vagando pela cidade — por que zumbis migrariam para São Francisco, não faço ideia — e também com como eles cuidavam mal de si mesmos. Como um grupo, os mortos-vivos são nojentos, para começo de conversa — nosso cheiro é horrível, e você nem pode imaginar como é viver com esses insuperáveis problemas de pele —, mas somos muito meticulosos com nossa higiene pessoal, porque, se não nos cuidarmos apropriadamente, vamos ser mais evitados do que já somos, pra valer.

Aqueles zumbis da Bay Area, no entanto, eram repugnantes. Eles viviam nas ruas, e o clima úmido de São Francisco exacerbava seu odor e acentuava seus problemas de pele. As roupas eram esfarrapadas e rasgadas, o tipo de figurino clichê que você vê nos filmes da Hammer Productions de que John e Paul estão sempre falando. O pior de tudo: a maioria deles tinha membros ou dedos faltando, e ninguém parecia preocupado em substituí-los.

Bem, não sei se isso tudo queria dizer que o ácido era realmente muito bom ou realmente muito ruim, por isso não quis correr riscos. Por outro lado, não podia ir embora de São Francisco sem experimentar *alguma* droga, então no meu segundo dia na cidade fumei uma maconha excelente, peidei algumas nuvens coloridas impressionantes e aí resolvi parar.

Eu tinha uma passagem de volta sem data marcada, por isso podia voltar a Londres quando quisesse, mas, se tivesse voltado depois de apenas três dias, teria parecido um idiota. Assim sendo, fui até Oakland, em busca dos Hell's Angels.

•

Toda manhã, quando acordo, agradeço a qualquer que seja a força responsável pelo universo porque, quando o finado Hunter S. Thompson está chapado, sua habilidade de mirar vai para a vala. Vejam bem, quando coloquei os pés em sua terra, Woody Creek, no Colorado, em setembro de 2004, Thompson atirou quatro vezes em minha direção antes de eu chegar perto da casa.

Mas era importante que eu falasse com o guru Gonzo, então, enquanto ele estava recarregando sua Remington, balancei uma edição da revista da ESPN no ar, como se fosse uma bandeira branca, e falei:

— Eu escrevo para esta revista! Você escreve para esta revista! Nós somos praticamente conhecidos!

Sempre um tipo contraditório, Hunter me mandou à puta que pariu, depois me convidou a entrar.

O livro de Thompson de 1966, Hell's Angels: medo e delírio sobre duas rodas, *foi uma obra pioneira do jornalismo investigativo que quase o levou à morte nas mãos dos motoqueiros de pavio curto, e acreditava-se que, depois que o livro foi publicado, Thompson tinha se tornando* persona non grata *entre os Angels. Não é verdade. Hunter fez as pazes com vários chefes da gangue e, até ter se candidatado a xerife do condado de Pitkin, no Colorado, em 1970, sabia de tudo o que acontecia com os Angels.*

Thompson não estava em Oakland quando George e o chefão dos Angels, Sonny Barger, tiveram seu pequeno encontro de cúpula, mas as fontes de Thompson eram impecáveis. E como ele era um dos grandes jornalistas de sua época — mesmo quando estava fora de órbita por causa de uma ou outra substância —, podemos encarar sua descrição do encontro de Harrison com Barger como fato.

HUNTER S. THOMPSON: Sim, sim, eu sei que George Harrison tem a força de dez mulas, mas ele foi um completo idiota de ter ido encontrar Barger sem nenhum reforço. É claro que ele poderia acabar com aquele filho da puta do Sonny no mano a mano, só que Sonny quase nunca estava sozinho e acho que até mesmo um zumbi casca-grossa teria problemas contra quinze ou vinte daqueles malditos Angels.

Não havia muitos Angels que dessem a mínima para os Beatles, então, quando Harrison apareceu em sua sede sem avisar e sem ser convidado, aquilo poderia ter acabado numa grande merda. Os Angels podiam ter começado a atirar em Harrison ou ter corrido atrás dele com fervor antes mesmo de ele dizer olá. Mas antes que começassem a surrá-lo, um daqueles filhos da mãe o reconheceu e deu um basta à violência. Surrar um Beatle teria sido horrível para a imagem deles, e, não importa o que digam, aqueles desgraçados ligam para como são vistos pelo público.

Barger sempre gostou de estar perto de pessoas famosas, por isso ficou todo empolgado em conhecer Harrison. Meu informante não chegou perto o suficiente da conversa deles para saber o que exatamente eles discutiram, mas, pelo que sei sobre Sonny e pelo que li sobre Harrison, meu palpite é que a conversa foi meio sem pé nem cabeça.

Depois que acabaram de conversar, Barger, Harrison e meu informante foram procurar alguma da boa. Veja bem, aparentemente Harrison contou a Sonny que o LSD de São Francisco era uma bosta e Sonny insistiu que eles poderiam achar alguma parada boa em Oaktown, e esse foi exatamente o caso. Só que a parada era boa *demais* e o único motivo por que Harrison conseguiu voltar para a sua querida Inglaterra com as faculdades mentais mais ou menos intactas foi porque meu informante ficou limpo e o protegeu da realidade durante a viagem. Se todos tivessem ficado doidões, era possível que aqueles três filhos da puta acabassem no fundo da baía de São Francisco.

Aqueles imbecis chapados vagaram pela cidade por mais de quarenta e oito horas, mas teria sido bem menos se o nariz de Harrison não tivesse caído na merda de East Oakland. Ainda não consigo acreditar que encontraram aquela coisa. Se tivesse acontecido hoje, ele nunca o teria recuperado. East Oakland é um pulgueiro, e aquelas pessoas precisam de pão *desesperadamente*. Imagine quanto o nariz de George Harrison ia valer no eBay.

Eles trouxeram Harrison de volta à sede e, como Barger era Barger e os Angels eram os Angels, começaram a brigar, e acabou que três dúzias de Hell's Angels não eram capazes de derrubar um único Beatle zumbi. Meu informante era um cara esperto, então deu o fora de lá quando a briga ficou feia. Ele soube no dia seguinte que cinco Angels foram mortos e cada um daqueles filhos da puta naquele lugar ficou ferido... menos Harrison. A moral da história é: não se meta em confusão com um morto-vivo a não ser que você tenha um lobisomem em seu bando — e todos sabem que lobisomens não existem.

GEORGE HARRISON: Perder o nariz quase permanentemente serviu para abrir meus olhos, então, depois de Oakland, parei com o ácido, mas precisava de algo para preencher o vazio cada vez maior em minha alma. Música não estava me deixando empolgado, matar, também não, por isso parti em uma busca que vai durar o resto da minha morte-vida. Minha primeira descoberta: o Maharishi.

RINGO STARR: George nos falou desse sujeito chamado Maharishi Mahesh Yogi, que aparentemente tinha a habilidade de nos colocar em contato com nossa alguma coisa ou outra interior através da meditação... e minha alguma coisa ou outra interior estava seriamente precisando ser contatada.

Não achei que 忍の者乱破, ou o Alto Conselho Ninja, teria aprovado que eu estudasse com Maharishi — aqueles ninjas são muito possessivos em relação à espiritualidade —, mas eles tinham me negado uma oportunidade de chegar ao oitavo nível, então, sabe, eles que se fodam.

PAUL McCARTNEY: Se Ringo e George estavam dentro, *eu* estava dentro.

JOHN LENNON: Se Ringo, George e Paul estavam dentro, *eu* estava dentro.

GEORGE HARRISON: Uma das melhores coisas de ser um zumbi de Liverpool é que podemos remover nosso cérebro e fazer uma boa limpeza. Um pouco de água fria, uma ou duas gotas de detergente, uma secada rápida com a toalha e, pronto, suas sinapses estão funcionando melhor do que nunca. Mas esse é um processo complicado, e você não quer fazê-lo sempre porque é melhor não correr riscos. E se seu cérebro escorregar de sua mão e cair no chão? Quem pode dizer que seu pastor alemão não vai correr até ali e tirar um pedaço?

Sendo assim, o fato de podermos descobrir uma forma de limpar nossos cérebros sem deveras fisicamente limpar nossos cérebros foi uma verdadeira revelação.

Fomos ao País de Gales por alguns dias, e Maharishi nos ensinou sobre meditação transcendental, mostrou a cada um de nós um mantra, e aquilo *funcionou*. Em poucas horas, eu estava em meu estado mais relaxado desde o ensino fundamental. O fato de uma gosma rosa pingar do meu nariz quando eu alcançava uma consciência mais elevada nem me incomodava.

JOHN LENNON: Depois de apenas duas horas com Maha, o céu parecia mais azul, a grama, mais verde, o sol e as estrelas brilhavam mais intensamente, e os cérebros tinham um gosto melhor.

E eu não gostava nem um pouco daquela porra toda.

PAUL McCARTNEY: Eu estava em meu quarto de hotel, sentado em minha cama, recitando meu mantra, contemplando o universo e, humm, mentalmente repassando as vendas de nossos discos quando John arrancou minha porta das dobradiças. Sem nem dar um oi, ele disse:

— O Maharishi tem que morrer.

JOHN LENNON: Se eu estivesse relaxado, como eu poderia manter minha integridade artística? Se eu estivesse em um estado de espírito positivo, como eu poderia me defender e a minha banda de ataques? Se eu estivesse de bem com o universo, mastigar um cérebro humano seria praticamente impossível, com ou sem natureza zumbi. Eu não podia arriscar ser levado a um lugar feliz, por isso não ousaria deixar o Maharishi continuar a andar sobre a Terra.

PAUL McCARTNEY: Falei para John:

— Se você está preocupado com ele andando sobre a Terra, você não precisa matá-lo; é só cortar suas pernas, sabe?

Ele disse:

— Paulie, você é um gênio. Mas só para não correr riscos, vou cortar os braços dele também.

JOHN LENNON: Fui ao quarto dele e disse:

— Maha, seus ensinamentos são geniais. Nunca na minha vida me senti tão em paz. A sabedoria que transborda de você é uma inspiração. Mas você está cortando meu barato, então precisa sofrer, e sofrer muito.

O processo todo durou cerca de dez minutos, e ele nunca sentiu nada e não poderia ter sido mais cortês. Ele inclusive me agradeceu quando tudo acabou. Deixe-me declarar oficialmente que aquele Maharishi Mahesh Yogi foi a pessoa mais bondosa e mais gentil que já tive a honra de desmembrar completamente.

Sem membros, a presença autoritária de Maha não chegava nem perto de ser tão convincente — um de seus seguidores tinha que empurrá-lo por toda parte em um baú de vime, e é difícil levar um guru a sério quando ele tem que viajar em uma cesta de piquenique —, então fui capaz de não relaxar mais. Sem braços e pernas, era muito mais divertido conviver com Maha, e nós provavelmente teríamos ficado alguns dias a mais se Eppy não tivesse se matado.

E perder Eppy, cara, aquilo partiu meu não pulsante coração.

BRIAN EPSTEIN: Como lhe disse, eu morri e queria permanecer morto, e agora, graças a John Lennon, estou morto-vivo. Entenda isso como quiser.

•

Ainda no começo de 1966, Lennon foi recrutado pelo diretor de cinema favorito da banda, Richard Lester, para coestrelar a sátira aos filmes de guerra, Como ganhei a guerra. *Pela segunda vez em sua carreira, o crítico de arte do* Liverpool Herald, *que normalmente adorava os Beatles, Irvine Paris, pegou seu tanque Howitzer e deu alguns tiros certeiros na atuação do Beatle John, em uma crítica que foi publicada três dias antes da estreia oficial do filme, que aconteceria no dia 8 de novembro em Londres.*

COMO TIREI UMA SONECA

Beatle esperto erra o alvo em filme de guerra estúpido

Por Irvine Paris

5 de novembro de 1967

Como ganhei a guerra, do diretor Richard Lester, é a primeira colaboração entre Lester e John Lennon desde o quase clássico filme dos Beatles, *Help!*, de 1965, e o par deveria ter desistido depois daquele êxito impressionante. Na nova comédia-séria, Lennon — que está inexplicavelmente usando um par de óculos redondos com que nenhum homem morto-vivo que se respeita deveria ser visto — interpreta o papel do mosqueteiro Gripweed, um zumbi em uma missão de dominar primeiro sua própria unidade, então todo o exército britânico e depois

o mundo inteiro. Em outras palavras, Lennon interpreta um papel exagerado de si mesmo. Infelizmente, ele não o interpretou bem.

O filme tem inúmeros problemas, mas a pior ofensa é que não há uma trama da qual falar. O tempo todo cenas de diálogo se alternam com cenas de batalha, até que sobem os créditos. Uma transição típica tem Lennon conversando cordialmente (embora estupidamente) com o ator principal do filme, Michael Crawford, sobre a falta de zumbis no exército, então, dois minutos depois, Lennon está arremessando Crawford em um campo a 20 metros de altura. Devo admitir que, quando Lennon joga Crawford — e quando ele, de forma parecida, tortura seus colegas Lee Montague e Roy Kinnear —, aquilo dá a impressão de ser dolorosamente verdadeiro, especialmente o momento desconcertante em que o ombro de Montague parece sair de seu encaixe. Mas bons dublês e efeitos especiais realistas não fazem um filme de qualidade.

Tentando quebrar a quarta parede, Lester filma Lennon muitas vezes falando direto para a plateia. Tal técnica é legítima, certamente, mas quando Lennon diz à câmera que "zumbis comem cérebros enquanto andam de trem na garoa e nunca deixam manchas, apenas dor nem um pouco boa", e "bombas matam pessoas, mas comigo nada é nocivo. Você vai estar morto e eu estarei vivo", dá para imaginar o pobre Luigi Pirandello se debatendo em seu túmulo e agradecendo a suas estrelas da sorte porque nunca vai ser reanimado para ver essa baboseira no cinema.

Lester usa a morte-vida de Lennon/Gripweed como uma metáfora desajeitada para a falta de sentido da guerra — um conceito justo, para falar a verdade —, mas os dois cavalheiros retratam os numerosos ataques

a zumbis de uma maneira tão deselegante que dá para desejar um momento *deus ex machina* (por exemplo, uma rajada de balas de diamante com boa pontaria vinda de trás das linhas inimigas) de modo a acabar com esse filme abominável.

NEIL ASPINALL: Aquela resenha do *Herald* deixou John desorientado. Ele ficou no meu apartamento nos dois dias antes da estreia, e tudo o que ele fazia era gemer:

— Eles vão me matar. Eles vão me matar. Eles vão me matar.

Não tinha certeza se ele estava falando dos críticos, do público em geral ou de alguns desgraçados mortos-vivos amargurados. Não sei nem se *ele* sabia de quem estava falando.

GEORGE HARRISON: John nos proibiu de ir à estreia. Depois do que aquele sujeito do *Herald* falou, não seria nenhum problema para mim. Se John ficasse muito chateado, ele criaria um alvoroço; e, se ele criasse um alvoroço, eu seria sugado por ele e, francamente, eu não estava no clima.

RINGO STARR: Irvine Paris era um cara bem esperto e, se dissesse que algo era uma merda, então provavelmente era mesmo. Agora, não sei se Richard Lester fez alguma mudança no filme entre o dia em que o artigo do *Herald* foi para a rua e a noite da estreia, mas as resenhas que foram publicadas no dia seguinte foram muito mais generosas.

PAUL McCARTNEY: Quando o *Herald* publicou aquela retratação patética, meu primeiro pensamento foi *Irvine Paris deve ter conseguido o melhor ácido de Liverpool, porque o corte do filme que vi na semana passada era terrível.* O segundo foi *Lester deve ter reeditado o filme em tempo recorde.* O terceiro pensamento foi *espere um segundo, achei que Johnny tinha dito que nunca ia hipnotizar alguém para que gostasse dele.*

COMO EU GANHEI A GUERRA NÃO É MAIS O INFERNO

Genialidade, seus nomes são Lennon e Lester

Por Irvine Paris

9 de novembro de 1967

Uma das coisas mais maravilhosas de meu trabalho é que os editores me dão a oportunidade de corrigir meus erros, e, bem aqui, bem agora, gostaria de corrigir o mais errado da minha carreira. Depois de terminar de digitar este artigo, vou escalar o topo do Scafell Pike e gritar para os céus *COMO EU GANHEI A GUERRA É BRILHANTE!!!*. As caracterizações são perfeitamente realistas, os diálogos, impiedosos, e a fotografia é mais do que adorável. Tudo se junta em uma experiência cinematográfica mágica, e posso sinceramente dizer que um filme melhor do que esse não foi lançado nesse século... e possivelmente em nenhum outro.

Ainda não sei onde minha mente estava no dia 5 de novembro. Por aquele artigo não muito lisonjeiro e muito errado, ofereço minhas sentidas e sinceras desculpas a Richard Lester, à United Artists e especialmente ao gênio que é John Winston Lennon.

JOHN LENNON: Eu nunca, nunca, *nunca* usaria meus poderes de zumbi para influenciar a opinião de um jornalista sobre mim. E a todos vocês lendo esta porra deste livro que alguma vez questionaram as boas críticas de *Life with the Lions* podem tomar bem no meio de seus cus.

•

O *faz-tudo do showbiz Steven Spielberg é mais conhecido por filmes de família como* E.T. — o extraterrestre *e* Os caçadores da arca perdida, *mas ainda assim afirma que o filme para televisão britânico de 1967,* Magical Mystey Tour, *é uma influência indelével em sua própria arte. Os especialistas em cinema atuais provavelmente acham a postura de Spielberg estranha, porque imediatamente depois que foi lançado, esse filme nada família se tornou um saco de pancadas para os críticos de toda a Inglaterra.*

Levei mais de cinco anos e molhei um monte de mãos para conseguir um encontro com Spielberg, mas, quando me sentei com ele em setembro de 2009, ele explicou por que tem tanta afeição por esse pedaço de celuloide universalmente insultado.

STEVEN SPIELBERG: O que aconteceu foi que os melhores momentos de *Magical Mystery Tour* nunca chegaram à tela. Se eu pudesse juntar Lennon, McCartney, Harrison e Starr e fazer um longa-metragem com uma nova montagem, você entenderia por que acho esse filme tão brilhante. Mas, quando comprei as horas e horas de material não utilizado de Paul, em 1976 — logo depois que ganhei meu primeiro cheque dos royalties de *Tubarão* —, assinei um acordo me impedindo de lançar qualquer parte do material. No entanto, o acordo não diz nada sobre discutir o filme, então lá vai:

A estrutura do filme original — que era baseada em uma viagem de ônibus sem roteiro — era, no máximo, frágil, e o material extra, apesar de interessante, não deixaria o argumento mais claro; mas houve um bocado de ação que teria elevado *Magical Mystery Tour* quase ao status de clássico. O material mais memorável envolve uma visita surpresa de Rod Argent. Rod, que aparentemente ainda estava chateado porque os Beatles supostamente arruinaram a carreira dos Zombies, fez um ataque surpresa no set de filmagem no terceiro dia, e, para minha felicidade eterna, Lennon, McCartney e companhia deixaram as câmeras ligadas.

O que dizem é que Argent vinha treinando para aquele exato momento desde que os Beatles o surraram em Chicago, em 1964, e ele devia estar treinando bem, porque estava parecendo um jogador da linha de defesa de um time de futebol americano: músculos sobre músculos; cabeça tensionada entre os ombros; andando como se seus quadríceps fossem superdesenvolvidos à enésima potência; suando como um porco; pronto para a briga.

Dava para dizer, pela forma como olhava em volta do set de filmagem, que ele não tinha um plano de ação específico. Ele tinha ido atrás de Starr primeiro, provavelmente porque este foi o primeiro Beatle em quem ele colocou os olhos. A única razão por ele ter sido capaz de causar algum dano é porque ele apareceu de surpresa; se Ringo o tivesse visto, a batalha provavelmente teria acabado antes de começar. Mas Argent acertou uns dois arremessos de pedras contra a nuca de Ringo — nada grandioso, só o suficiente para tirar algumas gotas de sangue. Na hora em que Ringo se virou para responder, Argent já tinha ido embora; Rod, de alguma forma, foi mais ninja do que o ninja.

Segundos depois, Argent reapareceu atrás de Harrison e, antes mesmo de George saber o que estava acontecendo, arrancou o seu braço direito, jogando-o sobre o ônibus.

Apesar de ter durado apenas alguns segundos, aquele único momento era mais contundente que toda a parte de vinte minutos de *O resgate do soldado Ryan*, quando as tropas desembarcam na costa da Normandia.

A essa altura, Lennon e McCartney já estavam cientes do que estava acontecendo, então partiram atrás dele. No entanto, Argent era rápido e, por algumas centenas de metros, conseguiu fugir dos zumbis. Mas logo seu gás acabou e foi aí que a diversão começou.

Lennon segurou Argent pelo cabelo comprido e o jogou para o alto. O sol estava brilhando intensamente, e a câmera não estava equipada para lidar com aquele tipo de explosão de luminosidade, então foi impossível ver a altura que Argent alcançou, mas, como ele bateu no chão uns bons 45 segundos depois, dá para dizer que Lennon o levantou bastante.

A essa altura, Harrison tinha recuperado seu braço direito de cima do ônibus e dava para notar que ele estava irritado. Usando a mão esquerda, ele fechou o punho do braço direito e o arremessou em Argent como se fosse um dardo. Ele acertou em cheio o saco de Rod. O Sr. Argent tinha perdido todo o espírito de luta. Mas o Sr. McCartney, não.

Paul levantou Argent como se ele fosse um saco de penas e o jogou de volta para o ar, provavelmente ainda mais alto do que Lennon. Harrison correu e segurou Argent antes que ele batesse no chão outra vez e fez o pobre homem ficar contorcido na forma de um pretzel.

E então George disse a Paul:

— Este cara é um grande babaca, mas eu até que gosto da banda dele. Talvez devêssemos mostrar um pouco de piedade.

Paul respondeu:

— Sim, aquele cover de "Goin' Out of My Head" que eles gravaram é muito bom, sabe? Será que deveríamos, quem sabe, fazer o nosso truque?

Ringo disse:

— *Seria* uma coisa bonita. Carma positivo e tal.

John falou:

— Voto SIM. Qual de vocês quer mandar ver?

George respondeu:

— Foi minha ideia, eu acho, então vou tomar as rédeas. Ringo, você pode finalizar Rod para eu poder ter acesso ao cérebro dele?

Ringo disse:

— Será um prazer. — Então deu um soco no coração de Argent e pronto.

George pareceu sentir grande prazer em transformar Argent — aquilo apareceu no filme como uma celebração, embora de uma forma estranha de celebração zumbi —, mas não havia forma de colocar aquele momento particular no corte final, pois era para passar na BBC e não nos cinemas. Aquilo me impressionou, no entanto; aquela cena foi uma inspiração para muitas outras mais importantes de *Poltergeist* e, acredite ou não, *A lista de Schindler.*

Provavelmente é melhor não falar sobre o restante do material, que pode ser resumido em duas palavras: snuff movie.

•

PAUL McCARTNEY: Nós quatro estávamos em um estado horrível depois que *Magical Mystery Tour* fracassou. Ringo e George acharam suas próprias formas de se entreter, o que foi ótimo para eles; no entanto, John e eu precisávamos de algo para ocupar nossas mentes, porque, se ficássemos à toa, coisas ruins poderiam ter acontecido, sabe? Coisas muito ruins. Coisas das quais nem se fala. Então, humm, não devo falar delas.

Houve dias, no final de 1967, em que John e eu não podíamos ficar no mesmo ambiente — tínhamos ficado juntos quase todos os dias durante dez anos, e seu cheiro estava me causando mais náuseas a cada semana. E tenho certeza de que meu fedor o incomodava também. George estava na dele experimentando com mais guitarras esquisitas; ele desenvolveu algo chamado Cabelison, um bandolim que usava cordas feitas com pelos pubianos de suas vítimas mulheres. Ninguém sabia onde diabos Ringo tinha se metido e tudo estava uma bagunça. Depois da morte de Eppy, os Beatles eram como um avião que mal funcionava voando sobre o Triângulo das Bermudas. Uma rajada de vento mais poderosa e estaríamos acabados.

CAPÍTULO SETE

1968

GEORGE HARRISON: Planejei uma viagem à Índia para fazer algumas aulas de meditação transcendental com Maharishi. Convidei os rapazes — achei que eles podiam se beneficiar disso. Além do mais, aquilo podia nos impedir de nos afastar ainda mais —, mas John não quis ir, porque ainda estava com aquele pensamento de "tenho medo de perder minha integridade". Insisti que seria impossível qualquer zumbi perder sua integridade, principalmente um tão ranzinza quanto ele. Ele arrancou meu braço e me bateu com ele por cerca de cinco minutos, então uma luzinha se acendeu dentro dele e ele disse:

— Ah. Humm. Você até que pode ter razão, cara.

Eu falei:

— Eu *sei* que tenho razão. Além do mais, depois do que você fez com Maharishi no País de Gales, ele provavelmente vai ajustar seu plano de estudos do jeito que você quiser. Quero dizer, as únicas extremidades dele que você não arrancou foram a cabeça e o troço, e acho que ele vai querer essas duas, por isso, se você disser "pule", ele vai perguntar: "quantas vezes?".

John murmurou:

— Algo me diz que aquele idiota sem perna não vai querer discutir pulos.

JOHN LENNON: Maha não era o tipo de cara que usaria um membro artificial — ele preferia mostrar as feridas para que todos soubessem que ele estava de bem consigo mesmo, ou algo do gênero —, então, quando entramos em seu complexo em Rishikesh, tiveram que trazê-lo em uma coisa pequena que parecia um vagão, coberta de diamantes e joias, sendo empurrada por três das mulheres mais lindas que eu já tinha visto. Cutuquei George com o cotovelo e disse:

— Isso é o suficiente para fazê-lo querer arrancar os próprios membros e jogá-los no lixo, não é?

Ele me olhou com desprezo e disse a Maha:

— Obrigado por nos receber em seu lar. Como uma pequena prova de gratidão, gostaria de tocar uma música que escrevi especialmente para a ocasião.

Então ele pegou aquela porra de peletarra e aquelas garotas lindas fugiram para as montanhas, gritando como banshees.

Maha, que repentinamente começou a parecer um pouco verde também, sorriu e disse:

— Está tudo bem, meu filho. Uma canção não é necessária porque as canções da natureza vão encher minha alma. Além disso, suas vibrações positivas são poderosas, muito poderosas, e isso é o suficiente para mim. — Então, em um perfeito sotaque de Liverpool, ele disse: — Agora coloque essa porra desse instrumento musical fedorento de volta em seu case antes que eu bote meu curry para fora.

Não deixe ninguém lhe dizer que o velho Maha não tem senso de humor.

RINGO STARR: Paul e eu chegamos a Rishikesh alguns dias depois de John e George, e, quando aparecemos, ambos já pareciam de saco cheio. Quando entramos no complexo, eles estavam de bobeira sob uma árvore bem longe do resto das pessoas, jogando strip-pôquer. Eles obviamente jogavam havia bastante tempo, porque não estavam apenas nus, mas também sem as pernas.

John olhou para Paul e disse:

— Macca, esta merda de lugar é tão chata que até estou feliz de vê-lo.

Paul disse:

— Excelente, cara! Mas se você está tão entediado, por que não faz algo produtivo?

John perguntou:

— Como o quê?

Paul sugeriu:

— Ah, Deus, humm, sei lá, talvez escrever umas músicas ou algo do tipo?

George falou:

— Não é uma sugestão ruim. Mas tenho uma ideia melhor.

JOHN LENNON: A ironia é que eu sempre fui o cara que inventava aquele tipo de esquema. Nunca achei que George fosse capaz de fazer o mesmo.

RINGO STARR: George era o zumbi mais espiritual que eu já tinha conhecido, mas, quando ele nos explicou seu plano, percebi que havia um limite para a espiritualidade de um zumbi.

PAUL McCARTNEY: Por um lado, achei que a ideia de George era horrível, que aquilo nos traria má publicidade, azar e tudo mais. Só que, por outro lado, eu estava muito, mas muito faminto, sabe?

GEORGE HARRISON: A atriz americana Mia Farrow estava no complexo conosco, assim como sua irmã Prudence. Mia era a boa menina e participava de todas as atividades e comia toda aquela merda de comida do Maharishi conosco. Porra, ela até se juntou a nós para uma partida de strip-pôquer. Prudence, por outro lado, estava sempre no quarto com a porta trancada, fazendo Deus sabe o quê. Então, minha ideia foi: vamos comer Prudence. Mas não apenas seu cérebro: *tudo*. Pele, ossos, órgãos, músculos, olhos, a coisa toda.

Ringo disse:

— O cérebro eu consigo entender, mas por que todo o resto?

Eu falei:

— Porque podemos. Além do mais, ela é uma chata e ninguém vai sentir falta dela mesmo.

JOHN LENNON: Bem naquele momento, bem quando ele sugeriu que fizéssemos da querida Prudence uma refeição, não pude ter ficado mais orgulhoso de George Harold Harrison. Meu pequeno garoto tinha finalmente se tornado um homem.

PAUL McCARTNEY: Decidimos entrar escondidos no quarto de Prudence no meio da noite, mas, para falar a verdade, todo mundo no complexo estava tão absorto consigo mesmo que poderíamos ter entrado lá ao meio-dia carregando cartazes que diziam, "Prudence Farrow está prestes a virar nosso almoço" que ninguém ia nem piscar.

GEORGE HARRISON: Eu a hipnotizei primeiro, por isso ela não sentiu nada. Só porque ela era uma chata antissocial, não quer dizer que ela merecia morrer sofrendo.

JOHN LENNON: Não foi nada muito grandioso. Nós a trucidamos e paramos por ali. Fomos bem cuidadosos com tudo e não deixamos uma simples gota de sangue ou pedaço de cartilagem no quarto; afinal de contas, comer um colega de meditação transcendental não é a forma ideal como um convidado da escola de meditação transcendental deve se portar, assim sendo, o mínimo que podíamos fazer era tomar cuidado para não sujar tudo.

Nosso piquenique foi muito civilizado. Fiquei com os drumetes, George pegou as coxas e as asas, e Paul ganhou os peitos.

PAUL McCARTNEY: O que posso dizer? Meu negócio é peito, sabe? Além do mais, sempre preferi carne branca.

RINGO STARR: As pessoas demoraram uns dois dias inteiros para perceber que Prudence estava desaparecida, e levou mais outros dois dias para o pessoal do Maharishi nos interrogar sobre o assunto. Na verdade, eles não *nos* interrogaram sobre isso — eles *me* interrogaram. E eu dedurei os rapazes.

JOHN LENNON: Sim, Ringo deu uma de Guy Falkes conosco e acabaram botando todos nós para correr, mas por mim não tinha problema algum, porque eu já estava pronto para cair fora de lá. Aquela merda de paz estava me enervando.

No dia seguinte, chegamos ao aeroporto de Nagpur e adivinhe qual panaca aparece do nada?

ROD ARGENT: Eu ainda estava em cima do muro sobre minha recém-descoberta vida de zumbi. Os poderes eram legais e tudo mais, mas será que compensavam o meu cheiro horrível, ou o fato de minha família e minha namorada me evitarem? Sim e não. Eternidade na Terra parecia ter suas vantagens, no entanto seria legal ganhar um abraço dos entes queridos, sabe? Acho que todos os mortais que se tornam mortos-vivos em uma idade mais avançada têm que lidar com esse tipo de conflito interno.

A única coisa que me deixava muito irritado é que eu não tive nenhuma chance de escolher. Teria sido bacana se Ringo ou Paul tivessem falado "ei, Roddy, sei que você tem tentado se meter conosco pelos últimos cinco ou seis anos, mas, como foi provado pela sua terrível apresentação enquanto filmávamos *Magical Mystery Tour*, não importa o quanto você treine, quantos músculos você desenvolva e o quão rápido você consiga ficar, você não tem nenhuma chance. Então, o que acha de nós o zumbificarmos e tornarmos isso uma luta mais justa? Você ainda não vai ser capaz de nos vencer porque somos mais numerosos — além disso, temos um ninja no grupo —, mas talvez, quem sabe, se você marcar um ponto ou dois contra nós, como remover brevemente o braço de John ou jogar George de um penhasco, você acabe se sentindo melhor sobre essa coisa toda".

Eu provavelmente teria dito não, jogado a toalha e me concentrado em minha música. Quero dizer, depois de um certo número de vezes que você tem a cara quebrada, é hora de desistir. Mas eles não perguntaram. Apenas fizeram. Dessa forma, a batalha continuou.

A imprensa cobria cada movimento dos Beatles, por isso foi fácil encontrá-los na Índia. Achei que ir atrás deles em um aeroporto desconhecido seria uma forma de tirar a vantagem deles. Da mesma forma que lançar um ataque em, vamos dizer, Abbey Road teria sido suicídio... não que eu pudesse realmente morrer, mas você entende o que eu quero dizer. Além disso, queria que o máximo possível de jornalistas ficasse sabendo; algumas boas matérias no jornal teriam ajudado nas vendas dos discos dos Zombies, e precisávamos de toda a ajuda que pudéssemos conseguir.

Eles estavam voando em um avião fretado, naturalmente, e é muito provável terem achado que pegar a própria aeronave os manteria a salvo. Mal sabiam eles que o velho Roddy Argent estava esperando por eles na pista.

PAUL McCARTNEY: Argent parecia irritado e tinha poderes de zumbi agora, e eu estava sentindo meu estômago pesado depois de comer as boas peitolas de Prudence Farrow, você sabe, e não queria participar daquilo, então, depois que Rod propôs o desafio, mostrei meu dedo do meio e entrei no avião.

RINGO STARR: Eu estava com muitas saudades de Londres e queria chegar em casa o mais rápido possível. Além disso, não tinha comido nada além de feijões enlatados durante as duas semanas anteriores — de forma alguma eu ia tocar em alguma merda indiana daquelas — e não estava em forma para enfrentar Rod. Então, também mostrei meu dedo do meio e entrei no avião.

GEORGE HARRISON: Eu estava carregando sete instrumentos: minha peletarra; meu cabelison; meu pirocofone de duas palhetas; minha gaita de dedo do pé; meu contra-cabeça--tempo; minha flauta nasal e minha harpa de mandíbula. Eram todos instrumentos delicados, e eu não estava com nenhuma vontade de me envolver em uma Mania sem sentido com Rod Argent, então delicadamente apoiei tudo que estava segurando no chão, mostrei meus dois dedos do meio e entrei no avião.

JOHN LENNON: Rod ficou inconsolável quando não aceitamos o convite para a batalha, então, me aproximei dele e disse:

— Escute, cara, nós entendemos por que você está sempre chateado conosco. Se quatro besouros gigantes começassem uma banda e vendessem um monte de discos baseado em uma remota conexão conosco, é possível que eu ficasse chateado também. Mas só porque somos zumbis, não quer dizer que você não pode ser um Zombie. Além do mais, você é um zumbi agora também, então é melhor você se acostumar ao seu estado vital. Nós lhe desejamos toda a sorte, e você deve saber que, se algum dia virmos seu rosto de novo, vamos arrancá-lo e jogá-lo no Oceano Atlântico. — Então botei a mão no meu bolso e tirei alguns milhares de rúpias, entreguei a ele e disse: — Vá comprar uma passagem de primeira classe para casa, cara. Você deu duro tentando nos matar e merece algo especial.

E então mostrei meu dedo do meio e entrei no avião.

ROD ARGENT: Toda a minha vontade de brigar foi embora. Voltei ao terminal, comprei minha passagem na primeira classe e nunca mais vi os Beatles.

•

PAUL McCARTNEY: Havia tempos estávamos discutindo abrir nossa própria gravadora, mas começamos a levar aquilo mais a sério quando voltamos da Índia. John queria que se chamasse Maggot Music, mas aquilo foi sumariamente rejeitado. Por mim.

JOHN LENNON: Para nós a indústria musical não funcionava. Uma banda conseguia um contrato de gravação; então, a não ser que chegassem às paradas imediatamente, eles se tornavam *persona non grata*. Não havia apoio. Nem visão. Nem amor. Nem monstros.

PAUL McCARTNEY: Tirando o Grateful Dead, nós éramos a única banda de rock de sucesso que tinha um zumbi, sabe? Havia um monte de monstros do jazz por aí — Miles Davis é um vampiro, claro; e Thelonious Monk é uma divindade inclassificável, meio como nosso velho amigo Roy Orbison, acho —, e o mundo da música clássica estava infestado com criaturas do pântano, mas no rock´n´roll, *nada*. Então decidimos que nosso novo bebê, Apple Records, teria um elenco que consistisse inteiramente de seres sobrenaturais. (George deu a ideia de Apple, porque a mordida em uma maçã o fazia se lembrar da crocância satisfatória de um crânio fresco. Boa, Georgie.) O negócio é que não é fácil encontrar músicos monstros na Europa, e como a Inglaterra não tem muitas casas que ofereçam noites de microfone aberto para tais criaturas, tivemos que espalhar a notícia nós mesmos. E aquilo significava ir para as ruas. E para os esgotos.

JOHN LENNON: Neil e eu desenhamos uns folhetos alertando o mundo monstro que estávamos aceitando demos de não mortais de qualquer forma e tamanho. Penduramos os cartazes por toda Londres e recebemos uma única demo de uma única banda e não pensamos em contratá-los, porque, bem, vamos apenas dizer que "Something Fishy's Going On" do Raspberry Blueberry Booger Booger Beat Extraction, com participação de Willie, the Hydra, não era exatamente um sucesso. Descobrimos rapidamente que a chance de achar uma boa banda só de monstros bem ensaiada era muito pequena, pois o típico homem toupeira não tem como comprar uma guitarra decente ou alugar um estúdio de ensaio razoável.

Portanto, rasgamos os velhos cartazes e os substituímos por novos pôsteres anunciando uma audição de apenas um dia. Fosse você monstro, humano, homem, mulher ou criança, se você fosse bom, seria contratado. Mas, se fosse ruim, seria assassinado.

PAUL McCARTNEY: John falou muito, mas não fez nada. Não matamos ninguém na audição, embora John tenha dado umas pancadas de teste em um sujeito americano chamado James Taylor, que saiu correndo rapidamente de volta para Heathrow. Assim que abandonamos a ideia dos monstros, demos um tempo da gravadora. Aquilo nos deixou disponíveis, sabe, então John e eu juntamos nossas cabeças e pensamos no que parecia ser uma grande ideia.

No final dos anos 1960, zumbis eram aceitos na maior parte da sociedade, mas aquilo não significava que as pessoas pensavam em nós quando prestavam um serviço — tipo, boa sorte aí procurando um restaurante para mortos-vivos. Então John e eu achamos que devíamos dar algo de volta a nossos irmãos zumbis.

Uma forma como zumbis são iguais a pessoas normais é que eles têm três necessidades básicas: comida, roupas e abrigo. Enquanto houver seres vivos com cérebros em funcionamento andando sobre a Terra, a parte da comida está garantida. Abrigo normalmente é muito fácil de achar: se não houver apartamentos suficientes e todos os hotéis de zumbis estiverem cheios, sempre existem os esgotos. Vestuário, por sua vez, é um problema completamente diferente. A não ser que você tenha um alfaiate que saiba o que está fazendo, seus trapos esfarrapados vão sempre parecer trapos esfarrapados... e cheirar como eles também. Então decidimos que, além de nossa nova gravadora, abriríamos uma loja que vendesse roupas especificamente talhadas para os mortos-vivos.

JOHN LENNON: Até lançarmos nossa pequena loja de roupas no final de 1967, as palavras *zumbi* e *moda* eram raramente ouvidas na mesma frase.

PAUL McCARTNEY: Nós a chamamos de Apple Boutique, e, do meu ponto de vista, era excelente. Nós oferecíamos uma grande variedade de roupas para o zumbi estiloso, tudo, desde calças esfarrapadas com as cores do arco-íris a camisas de seda esfarrapadas, chapéus esfarrapados com penas, jeans esfarrapados, jaquetas esportivas quadriculadas esfarrapadas e roupas íntimas femininas esfarrapadas. E tudo, mas tudo mesmo, era forrado com um escudo antifedor desenvolvido em laboratório. Se você fosse um zumbi, poderia vir à Boutique e sair bonito e cheiroso. Tudo bem, você não ia ficar *com um cheiro bom*, mas pelo menos ficaria *com um cheiro melhor*, sabe? Quero dizer, há coisas que nem 23 cientistas ganhadores do Prêmio Nobel podem fazer.

JOHN LENNON: Nossa primeira semana de negócio foi maravilhosa. Todos os zumbis que eram alguém apareceram e gastaram cinquenta, cem, até mesmo duzentas libras nos farrapos mais bacanas que eles já tinham possuído. Mas depois daquilo, apesar do mural de mutilação multicolorido no lado do prédio que devia hipnotizar todo mundo para que gastasse seu salário na Boutique, a loja morreu. Praticamente todos os dias durante seis meses, Paul e eu ficamos parados em frente ao prédio quase implorando para que as pessoas entrassem. Não funcionou. Eles odiaram nossas roupas, odiaram *Magical Mystery Tour* e pareciam nos odiar.

Nossos dois maiores problemas eram: zumbis não tinham nenhum dinheiro, então não podiam comprar nada; e seres vivos não podiam usar roupas de zumbi sem ficar com espinhas gotejantes, então eles *não queriam* comprar nada.

PAUL McCARTNEY: Não pensamos direito em nada daquilo. Não éramos bons cineastas. Não éramos bons empresários. Não éramos bons gurus da moda. As únicas duas coisas que os Beatles sabiam fazer com sucesso eram tocar música e transformar seres vivos em criaturas horrorosas e fedorentas que a maioria dos humanos não conseguia suportar. Acho que todos estávamos à procura de mudanças. Mas alguns de nós as questionaram, porque, humm, elas eram questionáveis.

•

JOHN LENNON: Conheci Yoko ainda em 1966, na Indica Gallery. Ela estava apresentando uma exposição chamada *Undead Death March... April... May... June*, e ,pensando agora, acho que aquilo era especificamente para chamar minha atenção.

Não entrei com nenhuma expectativa, Yoko era uma artista, e eu gosto de arte. Se a arte dela fosse excitante, ótimo, eu ficaria ali por horas. Se fosse chata, eu poderia ir até a casa de Paul e jogar seu Aston Martin na sala de estar dele.

Acontece que era excitante.

Havia por volta de cinco dúzias de minúsculas fotografias dela em vários estados de despimento espalhadas pela galeria. Por exemplo, em algumas seu rosto estava coberto por um capuz, enquanto em outras Yoko tinha algo como um cinto feito de balas de metralhadora na cintura. A única coisa que todas as fotos tinham em comum era que em cada uma ela segurava uma espada. E aquela espada parecia horrivelmente familiar, como algo com que Ringo brincaria por aí.

Andei até perto dela e me apresentei. Ela apontou para a boca e balançou a cabeça. Eu falei:

— Então, o que é isso? Você não está falando?

Ela disse:

— Não.

Então ela ficou com uma expressão assustada, pegou uma estrela ninja de seu bolso e fez um pequeno buraco em seu antebraço; já havia cerca de quinze ou vinte ferimentos ali. Depois que limpou a gota de sangue, ela apontou novamente para sua boca e balançou a cabeça.

Eu disse:

— A espada que está nas fotos. Você pode me falar algo sobre ela?

Yoko disse:

— Bem, John, ela vem de...

Novamente ela cobriu a boca e mais uma vez deu uma estocada em seu próprio braço. Saiu um pouco mais de sangue dessa vez, e fiquei impressionado. Qualquer garota que pudesse tolerar aquele tipo de dor — especialmente se fosse causada por ela mesma — estava bem em meu julgamento.

Ela então pegou um bloco de papel e escreveu que a arma era sua espada ninja e que ela era uma lorde ninja do nono nível, mas estava preocupada que o Grande Elevado Ninja Poobahs fosse desonrá-la por utilizar a espada para um motivo artístico, porque ninjas nunca devem usar suas armas para nada além de se defender. Trinta e sete páginas depois, ela finalmente parou de escrever e eu estava extasiado. Yoko tinha resistência, ela gostava de ser fotografada nua, ela sabia usar um equipamento que poderia facilmente cortar a cabeça de alguém, e ela era uma ninja, assim como Ringo. Pensei, *este é o tipo de garota que os outros rapazes vão adorar ter por perto no estúdio de gravação.*

Demorou uns bons dois anos antes que Yoko e eu fizéssemos "aquilo", e valeu a espera, porque a garota sabia como manejar o troço. Nossa primeira noite juntos foi infinita, e depois de 12 horas mandando ver com ela, corri para o estúdio no meu porão, peguei meu gravador de fita de rolo e um microfone, levei de volta para o quarto, liguei, e então Yoko e eu nos enroscamos na cama e gravamos o que ainda considero a maior realização da minha carreira.

RINGO STARR: Na noite seguinte a que John fez "aquilo" com Yoko — e "fazer aquilo" foram palavras dele, não minhas, muito obrigado —, ele veio até meu apartamento e tocou a fita. Eram 29 minutos e 27 segundos de John soltando um gemido zumbi e Yoko harmonizando com um grito ninja. Nada de estrofe. Nada de refrão. Nada de letra. Apenas barulho.

John falou:

— Então? Você gostou?

Eu respondi:

— Bem, não é exatamente "Day Tripper", né?

Ele disse:

— Eu *sei*! Não é *ótimo*? Vamos falar sério aqui, Rings, ninguém vai ouvir essa porra de "Day Tripper" daqui a cinco anos, mas vão tocar essa belezinha no rádio até o próximo milênio.

Eu conhecia John àquela altura havia quase seis anos, e o sorriso que ele me deu foi o maior que vi estampado naquela fuça cinzenta, então soube que se fosse honesto e lhe dissesse que achava que parecia o Coral do Tabernáculo dos Mortos-Vivos viajando com o primeiro lote de ácido de Eppy, eu partiria seu coração. Então me defendi da pergunta com outra pergunta:

— O que você vai fazer com isso?

Ele disse:

— Já tenho tudo na cachola. Você se lembra daquelas fotos do Robert Whitaker que aqueles filhos da puta da EMI não nos deixaram usar como a capa do disco? — Balancei a cabeça, e ele continuou. — Bem, Yoko e eu vamos fazer algo como aquilo... sabe, arrancar nossos braços e meu troço e coisas assim... só que a grande surpresa é que vamos estar nus.

Eu disse:

— Espere um minuto, arrancar *nossos* braços? Yoko é uma zumbi?

Ele disse:

— Ah. Não. Ela não é. Não pensei nisso.

Eu falei:

— Sim, na última vez que chequei, se você remover membros de uma pessoa de verdade, estamos falando de morte ou zumbificação. Você quer zumbificá-la assim tão rápido? Talvez vocês devessem se conhecer um pouco melhor.

John passou a mão no cabelo, que estava indo quase até a bunda naquela época, e disse:

— Boa, Rings, entendi o que você quer dizer. Talvez eu apenas fale para ela esconder os braços atrás das costas ou algo assim.

Eu disse:

— John, não importa o que ela faça com os braços, não tem uma única gravadora no mundo que tocaria nisso.

Ele me deu aquele sorriso novamente e disse:

— Ah, sim, tem.

PAUL McCARTNEY: Falei para John:

— Meia hora de gemidos embrulhada com uma foto da sua piroca de zumbi enrugada descansando sobre a cabeça da Yoko? De jeito nenhum a Apple Records vai lançar isso. De jeito nenhum, de forma alguma, não senhor, não, não, não.

JOHN LENNON: Eis um fato interessante de que muitas pessoas não estão cientes: ninjas que são do nono nível ou acima sabem como fazer zumbis sentirem trauma físico. Não faço ideia de como o fazem. E isso é algo de que James Paul McCartney ficou ciente de um jeito doloroso em uma noite de verão, depois que recebeu uma visita inesperada de uma certa artista performática asiática.

PAUL McCARTNEY: Ah, Yoko me machucou naquela noite, tudo bem. Mas ela nunca me machucou outra vez.

JOHN LENNON: Ah, ela o machucou constantemente. *Constantemente.*

RINGO STARR: Apesar das objeções ferozes de três quartos dos Beatles, a Apple Records acabou lançando *Two Virgins*. Na verdade não foi exatamente a Apple. Foi uma subsidiária que John chamou de Crapple. Sem comentários.

Surpresa, surpresa, a recepção da imprensa para *Two Virgins* foi horrível. A *Mersey Zombie Weekly*, que sempre foi uma de nossas maiores incentivadoras, chamou-o de "a encarnação aural de uma bola de 50 quilos de queijo Limburger, que foi rolada pelos esgotos sob o cemitério de Anfield, e então comida, digerida e excretada por um humano. Depois foi transformada em bola novamente, e comida, digerida e excretada por um zumbi. Aí foi cozida em um barril com um purê feito em sete semanas da carcaça infestada de vermes de um javali que, durante toda sua vida, não comeu nada além de peidos de coelhos solidificados e couves de Bruxelas cobertas com um embutido nojento fora de validade".

Pessoalmente, achei que eles estavam sendo gentis.

PAUL McCARTNEY: Eles tomaram uma surra nos jornais, mas não ficaram nem um pouco perturbados. E, quando foi a hora de voltarmos ao estúdio, John e Yoko não desgrudavam um do outro.

GEORGE MARTIN: Não consegui entender exatamente o que ele viu nela. Yoko não era a garota mais dinâmica que eu já tinha visto e, em termos de conversa, ela não contribuía muito. Devo admitir que sua habilidade para rastejar no teto era impressionante e que ela sabia dar um belo soco, porém, até onde eu conseguia ver, Yoko não tinha nada a ver com um estúdio de gravação... ou, pelo menos, um que abrigasse os Beatles.

Apesar de ela estar todo o tempo calada, John estava sempre distraído com sua presença. Bem, eu não sou o tipo de pessoa que se irrita facilmente, mas, depois de seis semanas em que ele perdia a concentração no meio da música, finalmente o chamei de lado e falei:

— Escute, John, temos um disco para terminar. Yoko está atrapalhando, e você sabe disso. Ela tem que sair. Pelo menos uma parte do tempo.

As partes brancas dos olhos de John ficaram muito vermelhas, e, por um segundo, achei que ele ia fazer comigo o que tinha feito com Mick Jagger e Rod Argent. Mas então ele me deu um sorriso meloso e disse:

— Eu a amo, Georgie. Ela fica.

Eu falei:

— Mas ela está destruindo o...

Seus olhos ficaram vermelhos novamente, e ele gritou:

— Eu disse que *eu a amo*. Eu disse que *ela fica*.

Então ele pegou Yoko pelo pulso e saiu batendo o pé até o porão de Abbey Road para ficar sozinho.

Paul e eu discutimos o assunto por horas e horas, e acabamos decidindo que a melhor forma para John cortar o cordão — ou pelo menos afrouxá-lo — não era com raiva ou violência, mas, em vez disso, com doçura e usando a razão. Então, uma noite, enquanto os rapazes e eu estávamos sentados na sala de descanso comendo um jantar tardio e Yoko usava o banheiro, Paul disse a John:

— Escute, cara, sabemos que ela é sua garota e nós todos respeitamos isso, mas você mesmo tem que admitir que ela está mudando o clima por aqui, sabe? Quando fazemos discos, sempre somos só nós quatro, e nós quatro nos amamos. Ter esse tipo especial de amor parece ter funcionado para nós, não é verdade?

John disse:

— Claro. Mas nunca é demais acrescentar um tipo diferente de amor à mistura.

Paul limpou a garganta e falou:

— Mas, humm, se posso ser franco, nós não amamos a Yoko...

Então, com um único peteleco com o dedo indicador, John mandou Paul voando pela parede da sala até dentro do estúdio, onde ele caiu sobre outro amplificador de guitarra e subsequentemente o quebrou. John gritou:

— Você não entende, cara! Você não entende *de verdade* o amor!

Muito calma e friamente, Paul se levantou, sacudiu a poeira e disse:

— É claro que não entendo *de verdade* o amor. Nenhum de nós entende *de verdade* o amor, porque nenhum de nós tem um coração que bate. — Então ele finalmente perdeu a paciência e gritou: — Mas uma porra que eu *realmente* entendo é como fazer a merda de um disco dos Beatles, e as únicas pessoas que deveriam estar na bosta do estúdio quando estamos gravando a porra de um disco dos Beatles são os malditos Beatles!

John passou correndo pelo buraco na parede, pegou o baixo Rickenbacker favorito de Paul e o chutou através do teto. Então ele procurou Yoko e eles saíram batendo os pés até o porão de Abbey Road para ficarem sozinhos... de novo.

Depois de alguns minutos de silêncio, George disse:

— Companheiros, se vamos acabar de fazer esse disco algum dia, parece que precisamos de um novo plano. — Ele se virou para Ringo e disse: — Yoko é uma ninja. Você conhece o cérebro do ninja. Alguma ideia de como tirá-la daqui?

Sem dizer uma palavra, Ringo passou pelo buraco na parede, foi até o outro lado do estúdio e se sentou em sua bateria. Ele fez uma bela virada, então jogou suas baquetas para o alto; elas se prenderam ao teto. Ele tomou um longo gole de sua cerveja e disse muito calmamente:

— A resposta é maravilhosa em sua simplicidade. Acho que os cavalheiros sabem aonde quero chegar com isso.

Paul continuou:

— Sei *exatamente* aonde você quer chegar, cara, mas como você propõe que façamos isso acontecer? Acredite em mim, a garota sabe bater, e bater forte.

Ringo terminou sua bebida e disse:

— Como o nosso Sr. Harrison salientou, eu conheço o cérebro do ninja. Sei o que ela vai fazer antes de ela fazer.

Paul disse:

— Isso não quer dizer que *ela* sabe o que *você* vai fazer antes de *você* fazer?

George perguntou:

— E ela está um nível acima de você, não é, Rings?

Ringo respondeu:

— Dois níveis acima, na verdade.

George disse:

— *Dois* níveis? Você não tem nenhuma chance.

Ringo disse:

— Valeu, obrigado pelo apoio, cara. Temos que tentar algo, porque o que está acontecendo bem aqui e bem agora não está funcionando. É só uma questão de tempo até Johnny começar com aquela merda de *Two Virgins* de novo. Vocês querem isso? Porque eu com certeza não quero. — E depois de uma pausa, ele repetiu: — A resposta é maravilhosa em sua simplicidade.

Os três votaram, e ficou decidido que Paul iria até o porão e convidaria Yoko para ir à sala de gravação para uma conversa... sozinha, sem John. Acabou que aquilo não foi um problema, porque ela *queria* ter uma conversinha com os rapazes.

Yoko estava usando o mesmo modelito que vinha usando desde que as sessões de gravação começaram: calcinha de couro com tachas, sutiã com tachas, um capuz preto e um par de espadas cruzadas entre as omoplatas. Ela desembainhou uma das espadas, passou o dedo indicador pela lâmina e disse:

— Acho que sei o que os cavalheiros querem discutir. Quero discutir isso também. Respeito que todos vocês amem John. Mas, por favor, respeitem que eu ame John também. Eu o amo de uma forma que vocês nunca poderão imaginar.

George disse:

— Nem quero imaginar.

Yoko gritou:

— *Silêncio, macaco da guitarra.* — Então pegou uma estrela ninja, sabe-se lá de onde, e arremessou nele.

A estrela acertou seu alvo: a testa de George. Ele calmamente a removeu e disse:

— Certo, então. Vou ao banheiro. — Ele olhou para Ringo e perguntou. — Você gostaria de assumir o controle agora?

Ringo disse:

— Com prazer. — Então arremessou uma baqueta de tímpano pela sala.

Se Yoko tivesse se movido 1 milésimo de segundo mais devagar, a baqueta acertaria seu olho e ela teria ficado cega e aquela batalha teria acabado antes mesmo de começar. Considerando o que aconteceu em Abbey Road naquela noite, aquilo provavelmente teria sido melhor para todo mundo.

Ringo então partiu para cima dela com renovado senso de fúria e um fogo que algumas vezes desejei que ele usasse na bateria. Yoko pegou sua espada, mas Ringo pisou em seu pulso; ela soltou um grito no estilo *Two Virgins*, que quebrou os medidores de volume da sala de gravação e fez jorrar sangue dos ouvidos do pobre Geoff Emerick.

O principal problema para Ringo era que Yoko tinha dois níveis de vantagem, e ele não seria capaz de manter o controle da batalha por muito tempo. Ela o jogou para longe — com muita facilidade, aparentemente —, rolou para fora do seu alcance, então pulou no teto como algum tipo de felino sobrenatural. Enquanto estava pendurada de cabeça para baixo, ela disse:

— Nem um único arranhão, colega ninja. Mas não estou surpresa que isso seja o melhor que você pode fazer, Starkey. John me contou que seus poderes são, no máximo, questionáveis.

Acho que nunca vi Ringo parecer tão ofendido antes. Ele perguntou a Yoko:

— John realmente disse isso? — Achei que ele fosse se debulhar em lágrimas.

Yoko disse:

— Sim, lorde ninja. John realmente disse isso.

Assim que recuperou sua compostura, Ringo arrancou sua camisa de botão listrada e a jogou sobre o ombro. Bem, eu nunca tinha visto Ringo sem camisa e fiquei chocado com seus músculos, porque eles não eram apenas músculos, eram músculos sobre músculos, sobre mais músculos. Ele mostrou a Yoko seu olhar mais cortante — que não era muito cortante, porque Ringo realmente é um amor de pessoa —, então disse:

— Os seus são os únicos poderes questionáveis, colega ninja.

Então correu para a bateria, arrancou o prato de condução de sua estante e o arremessou em Yoko. Ela se moveu rapidamente pelo teto, mas não o suficiente; o prato acertou seu braço direito, e várias gotas de sangue pingaram sobre o amplificador de Paul.

Paul ficou olhando para seu amplificador favorito enquanto ele entrava em curto-circuito, e sussurrou:

— Yoko Ono deve morrer, sabe? — Então ele cerrou os punhos, levantou os braços para o céu, caiu sobre os joelhos e gritou. — *Yoko Ono deve morreeeeeeeer!*

Ele soltou um gemido que causou calafrios descendo a minha coluna, então pegou seu amplificador coberto de sangue e o arremessou em Yoko. Como estava cuidando do ferimento em seu braço, ela não esperava por aquilo. Yoko caiu do teto no chão como um saco de batata, batendo com a cabeça primeiro. Ela devia ter uma cabeça dura pra burro, porque nem ao menos piscou. Ela se levantou e soltou um barulho ininteligível; deve ter sido algo em japonês ou talvez algumas sílabas sem sentido, mas, o que quer que tenha sido, aquilo trouxe John do porão, e John não estava feliz.

John olhou para o sangue jorrando do braço de Yoko e para o calombo que estava crescendo em sua testa, se aproximou de Paul e sussurrou:

— Você fez isso.

Paul disse:

— Na verdade foi o Ringo.

John comentou:

— Ringo nunca cometeria um ato tão atroz. Sei que foi você, porque o conheço melhor do que você mesmo. Por mais de dez anos movemos o céu e a Terra. Juntos fizemos músicas lindas. Juntos criamos exércitos de condenados do Inferno. E agora isso. E agora, James Paul McCartney, você deve sentir a mágoa que sinto. Deve provar a dor que provo. Meu sofrimento é infinito, e você deve sofrer igualmente.

Ringo se virou para George, que tinha acabado de voltar do banheiro, e disse:

— Lá vamos nós de novo.

George retrucou:

— Verdade. — Ele deu uma olhada em seu relógio e falou. — Que tal irmos ao pub para uma cervejinha rápida?

Então eles saíram, deixando John e Paul sozinhos no estúdio para destruírem um ao outro, o estúdio da Abbey Road e, quem sabe, o mundo.

Depois que George e Ringo saíram, Paul disse:

— John, não podemos discutir isso antes de cair dentro? Temos um prazo estabelecido por contrato para esse disco. Além disso, uma luta vai custar uma fortuna de aluguel do estúdio. E, ainda por cima, tenho medo de acabar realmente machucando você.

John arrancou o próprio braço e começou a se bater na cabeça:

— Olhe para mim, Paulie! O que você vai fazer comigo que eu não posso fazer a mim mesmo?

Paul deu um passo para trás e disse:

— Humm, essa é nova, cara. — Então ele tirou sua jaqueta, respirou fundo e disse. — Certo, então, vamos acabar logo com isso.

E assim mais uma batalha começou.

GEOFF EMERICK: Àquela altura, eu já estava trabalhando com os Beatles havia quase dois anos e a novidade tinha acabado. No início era excitante escutar George tocar uma guitarra complicada ou escutar John e Paul gravarem overdubs de harmonias vocais de seis partes ou assistir os dois tentarem se matar sem causar muitos estragos a seus próprios instrumentos. Mas agora era tudo normal: *Ah, olhe, que surpresa, John destruiu outro amplificador de Paul,* ou, *caramba, John foi decapitado, nunca vi isso.* Depois de muitos equipamentos destruídos e de uma porrada de membros arrancados, você acaba ficando entediado.

Claro que a briga da Yoko foi a pior de todas — a única peça de equipamento que não ficou totalmente aniquilada foi a peletarra de George, que parece ser indestrutível —, mas, quando você pensa com calma, era apenas outro pega pra capar entre Lennon e McCartney. Eu estava tão de saco cheio que, enquanto observava Paul reatar seu pé e John carregar a Srta. Ono sangrando pela porta para uma suposta segurança, falei para George Martin:

— Você acha que consegue me arrumar um emprego com os Kinks?

George Martin moveu os ombros em um gesto de incerteza e me perguntou:

— Você acha que consegue me arrumar um emprego com os Kinks?

RINGO STARR: Não me lembro exatamente de quantos ferimentos Yoko teve — sei que tinha um corte profundo na cabeça e pelo menos seis ossos quebrados —, mas, como a maioria dos ninjas, ela se curava rápido, e dentro de alguns dias as coisas estavam como sempre foram: Yoko no estúdio,

John perdendo o foco, e Paul jogando microfones na testa de John. Ah, os prazeres de ser um Beatle.

Para falar sério, o prazer tinha acabado. Não consegui dormir a semana inteira depois da briga, porque podia ouvir a voz de Yoko sem parar: *John me contou que seus poderes são questionáveis, John me contou que seus poderes são questionáveis, John me contou que seus poderes são questionáveis.* Eu sei que eu não era 忍の者乱破, ou mesmo a própria Yoko, para falar a verdade, mas ainda assim era muito bom. Aquilo estava me corroendo, e eu estava infeliz.

Então um dia, por volta das cinco da manhã, sem ter dormido nada, decidi que, se John não acreditava em mim, talvez ele devesse achar outro baterista para ele.

GEORGE HARRISON: Eram cerca de seis da manhã, e lá estava Ringo, de pijama, batendo na minha porta da frente e gritando:

— Georgie, Georgie, abra a porta!

Desci a escada correndo, trouxe Ringo para a cozinha e preparei um chá. Quando perguntei o que estava acontecendo, ele disse:

— John me odeia porque acha que sou um ninja de merda, e Paul me odeia porque não acabei com Yoko no outro dia, e você me odeia porque acha que posso ser substituído por um conjunto de instrumentos de percussão. Então estou fora.

Eu falei para ele:

— Eu não o odeio, Ringo. Mas é engraçado você mencionar isso, porque vou cair fora também.

RINGO STARR: Pensei, *ótimo, lá vamos nós de novo, outro Beatle cortando o barato do pobre Richie Starkey.*

GEORGE HARRISON: Ringo perguntou: — De que você está falando?

Eu disse:

— Sim, John me odeia porque, bem lá no fundo, ele está chateado porque minha peletarra tem um som melhor do que qualquer uma de suas Epiphones, e Paul me odeia porque eu fui embora no meio da batalha com Yoko, e você me odeia porque todos os outros me odeiam e você tem uma tendência a sucumbir à pressão do grupo.

Ringo disse:

— Eu não odeio você.

Eu disse a ele:

— Também não te odeio. Então que tal nós irmos até a casa do John e dizer a ele onde ele pode enfiar o Poppermost?

JOHN LENNON: Eram por volta de sete da manhã, e lá estavam George e Ringo, de pijama, batendo na minha porta da frente e gritando:

— Johnny! Johnny, abra a porta!

Desci a escada correndo, trouxe os dois para a cozinha e preparei um chá. Quando perguntei o que estava acontecendo, eles começaram a gritar comigo ao mesmo tempo:

— Você quer nos matar por causa disso, e Paul quer nos matar por causa daquilo, e blá-blá-blá estamos fora.

Eu disse:

— Engraçado vocês tocarem nesse assunto, porque estou saindo fora também.

RINGO STARR: Já dava para ver as manchetes. Estaria escrito em grandes letras maiúsculas: *Zumbi principal deixa os*

Beatles, terra para de girar sobre seu eixo. Então, embaixo, em uma letra pequena: *Aquele sujeito ninja baterista cujo nome esquecemos também fez algo.*

GEORGE HARRISON: Perguntei a John:

— Então você está infeliz, e eu estou infeliz, e Ringo está infeliz. E agora?

John disse:

— Que tal nós três começarmos nossa própria banda?

Ringo disse:

— Perfeito! Vamos contar a Paul.

PAUL McCARTNEY: Eram por volta de oito da manhã, e lá estavam John, George e Ringo, de pijama, batendo na minha porta da frente e gritando:

— Paulie! Paulie, abra a porta!

Desci a escada correndo, trouxe os três para a cozinha e preparei um chá. Quando perguntei o que estava acontecendo, eles começaram a gritar ao mesmo tempo:

— Você quer nos matar por causa disso, nós queremos matá-lo por causa daquilo, e blá-blá-blá estamos fora.

Eu falei:

— Engraçado vocês terem me contado isso. Porque *eu* também estou fora, sabe?

Ringo disse:

— Você está fora? *Você* está fora? Que se foda. Vou voltar para a banda.

George continuou:

— Bem, se *você* vai voltar para a banda, então *eu* vou voltar para a banda.

John disse:

— Os Beatles não podem ser só esses dois idiotas infelizes. Estou de volta.

Eu falei:

— Que se dane! Rapazes, podem contar comigo também.

O rosto de John ganhou um novo brilho. Ele disse:

— Estamos de volta e de volta *para sempre,* amigos! Se o fato de cada um de nós sair da banda não nos separou, nós *nunca* vamos nos separar. Nós somos uma banda, uma *banda* de verdade, e seremos assim por toda a eternidade. Nada pode ficar entre nós — *nada*. E vou matar, mutilar ou destruir qualquer ser vivo ou entidade sobrenatural que tentar nos separar um do outro. Quatro é igual a um. Todos pelos zumbis, e os zumbis por todos, e todos os zumbis pelos lordes ninjas, e Poppermost, aqui vamos nós! — Ele fez uma pausa e disse: — Agora estou de saco cheio de ver as suas caras de babaca. Fiquem longe de mim até 1969.

CAPÍTULO OITO

1969

GEORGE HARRISON: Ficamos sem nos ver por uns bons três meses. Ringo foi para o Polo Norte ou Polo Sul — não lembro qual — para participar de alguma tolice de ninja. Paul saiu em uma turnê gastronômica pela Europa, o que significou que duzentas e poucas pessoas inconscientemente sacrificaram seus cérebros e suas vidas pelo bem do rock'n'roll. John e Yoko criaram uma semente híbrida de cannabis que permitia a um zumbi ficar doidão sem que a cor de sua pele mudasse e sem causar gases em excesso. O Sr. Lennon plantou um monte e o Sr. Lennon fumou um monte; ele tinha uma larica constante e acabou consumindo algumas centenas de cérebros humanos também. Quanto a mim, construí mais alguns instrumentos, me aprofundei em minha meditação e fiz uma turnê na prisão Wormwood Scrubs, onde me alimentei do córtex de alguns dos sujeitos que estavam cumprindo prisão perpétua. Só porque John e Paul pegaram seus cérebros de pessoas inocentes, não significava que eu devia seguir o exemplo.

Estávamos todos nos divertindo, afastados uns dos ou tros, e acabou que esse foi um caso em que ficar longe dos olhos *não* nos deixou mais perto dos nossos corações não pulsantes. Quando nos juntamos para fazer o filme *Let It Be* em Twickenham Film Studios, que mais parecia um caixão, as coisas foram imediatamente ladeira abaixo.

RINGO STARR: Os outros três sujeitos comeram mais massa cinzenta em três meses do que em toda a vida, e eu andei estudando com um lorde ninja do octogésimo oitavo nível em uma pequena ilha no Mar de Weddell, e as habilidades que aprendi, bem, como se diz no cinema, se eu lhe contasse a respeito delas, teria que matá-lo. A questão é que nós quatro estávamos mais fortes do que nunca, o que fez com que sentar em um estúdio fosse duplamente frustrante. E John levou Yoko com ele, o que não ajudou muito.

JOHN LENNON: Não estávamos em Twickenham nem há dez minutos quando Paul lançou um ataque gratuito sobre Yoko.

PAUL McCARTNEY: Juro pela alma eternamente amaldiçoada de Robert Johnson que não queria machucar Yoko. Tudo que fiz foi dar um beijo em seu rosto. Mas — e sei que isso vai soar como clichê, apesar de ser a mais pura verdade — eu não conhecia a minha própria força.

GEORGE HARRISON: No momento em que os lábios de Paul tocaram o rosto de Yoko, ela saiu voando pela sala e caiu sobre um cinegrafista que morreu instantaneamente... cujo cérebro eu comi instantaneamente. Não se pode desperdiçar massa cinzenta fresca, é o que sempre digo.

A única razão por que John não arrancou a cabeça de Paul naquele momento foi por ele ter tropeçado em um cabo de microfone. Quando ele caiu, bateu com a cara em um monte de poeira.

E então ele espirrou.

RINGO STARR: O espirro de John não foi particularmente alto, mas teve a força de um furacão e abriu um buraco no chão de concreto. Deixe-me reiterar: *o espirro de John quebrou o concreto*. Ele ficou olhando para o buraco por um tempo, então se sentou, limpou o nariz na manga da camisa e espirrou novamente, matando toda a equipe de filmagem.

GEORGE HARRISON: Quando Paul foi tentar ajudar Yoko a se levantar, ele acidentalmente a jogou no teto. Bem no estilo Yoko, ela se pendurou como um morcego e disse que não ia descer *nunca mais*. Paul murmurou:

— Ah, se tivéssemos essa sorte.

Tenho calafrios só de pensar no que John teria feito se tivesse escutado o que Paul disse.

RINGO STARR: Estávamos em Twickenham havia pouco mais de duas semanas e aqui está o resultado: George saiu e depois voltou para a banda seis vezes; 17 cinegrafistas, três assistentes de produção e dois carregadores foram mortos; Yoko teve outros 12 ossos quebrados, e John e Paul se engalfinharam por um total de vinte e seis horas. Quando John derrubou toda a parede do estúdio que estava virada para o oeste com seu dedo indicador esquerdo, soubemos que era a hora de mudar de ares.

Em uma jogada engenhosa, decidimos filmar o restante do longa em Abbey Road. Em uma jogada *nada* engenhosa, John pediu a Magic Alex para reformar o estúdio.

•

Pessoas vão para o Paraguai por duas razões: para comer cana-de-açúcar ou para desaparecer. Um país governado de maneira nada rígida, com muitos lugares para deixar alguém escondido, o Paraguai foi um dos refúgios favoritos de nazistas, criminosos de colarinho branco em fuga e prisioneiros fugitivos por quase um século.

Yanni Alexis Mardas — conhecido por especialistas em Beatles como Magic Alex — não está fugindo nem da lei nem de nenhum dos seguidores de Simon Wiesenthal, mas há quatro cavalheiros com quem ele não quer exatamente encontrar. Esses quatro cavalheiros são os Beatles, e — como Alex admitiu em junho de 2009, enquanto estávamos apertados sob um guarda-chuva grande em um campo nas cercanias da cidade de Fuerte Olimpo — John, Paul, George e Ringo têm uma razão legítima para querer a cabeça de Alex.

MAGIC ALEX: Era 1965 e eu tinha 21 anos, e parecia que todo mundo que eu conhecia estava aproveitando a era do amor livre... menos eu. As moças não estavam interessadas em um rapaz da Grécia que falava inglês mal e tinha sobrancelhas realmente grossas. Foi por isso que tentei acabar com os Beatles. Se eu acabasse com a maior banda do mundo, ficaria famoso e, se ficasse famoso, conseguiria arrumar uma menina bonita para me amar.

Eu era um jovem esquelético e sabia que uma abordagem física não funcionaria para mim — afinal de contas, veja o que eles fizeram a um caçador de zumbis forte e experiente como Mick Jagger. Então, se eu fosse mandar os Fab Four para a morte eterna, teria que tomar um caminho diferente. E esse caminho era a eletrônica. Mas tudo o que eu sabia fazer era trocar uma lâmpada, plugar e desplugar um fio, e ligar e desligar alguma coisa, então o primeiro passo era aprender algo sobre eletrônica. Levei algumas semanas para sacar como desmontar e montar uma televisão. Aquilo já era um começo.

Segundo passo: conhecer alguns ou todos os Beatles e ganhar sua confiança, que acabou sendo mais fácil do que parecia. Veja bem, John Lennon gostava de assistir televisão, então paguei um velho ninja grego que era meu amigo para entrar na casa de John, enquanto a banda estava em turnê, e destruir sua televisão. No dia seguinte, deixei um panfleto na caixa de correio de John, anunciando meus serviços de conserto de eletrodomésticos. Ele me ligou, consertei a televisão dele, lhe dei um ácido dos bons, e logo ficamos amigos.

Terceiro passo: construir uma máquina que agiria como uma bala de diamante aural. Naturalmente, aquilo se provou mais difícil. Levei três anos para construí-la, e aquilo me custou dois dedos do pé, assim como as vidas de seis outros caçadores de zumbis, mas valeu a pena. Criei um conjunto de alto-falantes que, quando dispostos apropriadamente, geravam uma frequência que mataria qualquer zumbi em um raio de 2 metros. Era o que eu esperava.

Quarto passo: convencer a banda a me deixar instalar meu sistema em Abbey Road. Eu ganhara a confiança de John, então foi moleza. Problema nenhum.

Quinto passo: convencer George Martin a me deixar instalar meu sistema em Abbey Road. Problema dos *grandes*.

GEORGE MARTIN: Magic Alex foi a pessoa mais ridícula que já conheci na minha vida. Eletronicamente falando, ele era bom em três coisas: trocar lâmpadas, plugar e desplugar um fio, e ligar e desligar coisas. Aparentemente ele sabia consertar televisões, mas nunca o vi fazer nada que me levasse a acreditar que ele ao menos sabia o que um tubo de imagem era.

Mas John acreditava nele, então não estava apenas feliz, estava empolgado porque o ridículo do Alex ia instalar seus ridículos alto-falantes no que estava prestes a se tornar uma sala de mixagem ridícula.

MAGIC ALEX: Ah, meu Deus, como era lindo o som daqueles alto-falantes.

GEORGE MARTIN: O som da gravação parecia sair de 72 rádios de pilha, e um terço deles estava com a pilha fraca. Mas eu não podia falar mal daquilo, porque, em 1969, o que os Beatles queriam, os Beatles conseguiam.

RINGO STARR: Eu estava lá enquanto Alex fazia os ajustes finais em seu sistema. Quando ele ligou metade das caixas, o som que saía era uma merda. Mas o som não estava apenas ruim, o som estava... *errado*.

MAGIC ALEX: Meu maior erro tático foi não fazer testes com zumbis. Achar um zumbi para escutar algumas músicas nos alto-falantes do Magic Alex não teria sido um problema, porque em Londres os mortos-vivos estão sempre procurando trabalho, e eu poderia ter arrumado um zumbi para vir ao meu estúdio oferecendo dez centavos.

RINGO STARR: Assim que Alex fez todos os 72 alto-falantes funcionarem, o som ficou um pouco melhor, mas só um pouco. Mesmo assim, algo ainda não estava certo.

MAGIC ALEX: Não ligo para o que ninguém diz, mas Ringo Starr é um ninja tão bom quanto você pode achar por aí. Não estava esperando por ele. Tudo o que senti foi um *woosh*, então eu estava nu. E aí a temperatura do estúdio caiu. Muito.

RINGO STARR: Bati a porta e disse:

— Certo, Alex, você vai receber suas roupas de volta quando me disser o que está acontecendo.

Ele começou a tremer e resmungou:

— E eu estou c-c-c-c-congelando.

Eu disse:

— E eu estou c-c-c-c-curioso. Fale-me sobre seu pequeno sistema aqui. É tudo agudo e médio. Por que não consigo ouvir o grave? Quem monta um sistema de som que não tem nenhuma frequência baixa?

Ele disse:

— O gr-gr-gr-grave está lá. Você só não consegue escutar.

MAGIC ALEX: O ouvido humano não consegue ouvir 58 mil hertz, mas o corpo pode *sentir*. Não acho que o ouvido do zumbi pode ouvir também, mas a teoria que eu estava usando era que 58 mil hertz, combinados com a quantidade apropriada de agudo e médio, criariam uma frequência idêntica à de uma bala de diamante sendo disparada de uma Howitzer. Um acorde mi menor, três Beatles zumbis mortos.

RINGO STARR: Alex me ofereceu uma explicação sem sentido sobre baixas frequências serem boas para a alma. Foi necessária apenas uma shuriken no peito para arrancar a verdade daquela pequena aberração grega.

MAGIC ALEX: Depois que Ringo arrancou uma confissão de mim, cortando fora meu mamilo esquerdo, ele disse:

— Deixarei você viver, mas só porque não quero que George Martin tenha que limpar manchas de sangue de sua mesa de mixagem de novo. Vou, no entanto, dizer aos outros rapazes exatamente o que aconteceu aqui, então recomendo que você saia do continente o mais rápido possível. Você tem uma hora de vantagem, então vou dar três telefonemas rápidos.

Fui para a Grécia, e para os Estados Unidos, aí fui para o Canadá, depois para o México, então de volta à Europa, e agora aqui estou, no belo Paraguai. E quer saber? Não me importo se você publicar onde estou morando. Já se passaram trinta anos e não dá para imaginar que os rapazes ainda estejam putos comigo.

JOHN LENNON: Espere, você sabe onde Alex está? Me dê o endereço daquele pequeno filho da puta...

•

PAUL McCARTNEY: Depois que George Martin montou o estúdio novamente, terminamos de filmar e, como o filme não tinha um clímax de verdade, sabe, decidimos fazer um show no telhado de Abbey Road. E todos sabem como aquilo acabou.

GEORGE HARRISON: Desde o começo aquele show foi uma confusão. Não sei qual era a temperatura exata do lado de fora, mas estava do tipo que podia incomodar até sujeitos de sangue-frio como nós. O frio também causou problemas aos meus instrumentos; o pirocofone de duas palhetas mal se mantinha colado, e minha peletarra ficou tão ressecada que chegou a rachar. Para piorar tudo, estávamos a vários andares de altura e não conseguíamos receber vibrações positivas da plateia; mas, mesmo se estivéssemos no nível da rua, não teria feito muita diferença, pois a maior parte da plateia era formada por policiais, e os heróis de Londres não têm muitas vibrações positivas para oferecer.

Quando começamos a tocar a terceira música, eu estava de mau humor, muito mau humor, então, quando John acidentalmente arrancou o cabo da minha guitarra do amplificador, meus reflexos tomaram conta.

NEIL ASPINALL: Zumbis podem voar? Não por conta própria, mas, quando empurrados por outro zumbi, eles podem cobrir uma bela distância no ar. E isso foi exatamente o que aconteceu quando George empurrou John do telhado de Abbey Road.

JOHN LENNON: Eu estava simplesmente parado ali, concentrado, tocando o que achava que era um belo solo, tentando fazer minha melhor imitação de Eric Clapton, todo na minha, ligadão na música, quando, de repente, estava enrolado em um arbusto de junípero a três quarteirões, com o braço da minha Epiphone enfiado no peito, exatamente onde fica meu coração. Era a definição do dicionário de empalamento, e, se eu fosse um vampiro que rezasse no altar de Les Paul em vez de Jesus Cristo, estaria morto.

Arranquei minha guitarra do peito — nem meu instrumento nem meu corpo ficaram severamente danificados, graças aos céus — e corri como o vento de volta a Abbey Road.

PAUL McCARTNEY: Do momento em que John caiu no arbusto até o momento em que ele voltou ao telhado, estamos falando de, humm, quinze segundos, talvez vinte. Para você ter uma ideia melhor, George o arremessou durante a ponte da música e ele estava de volta no final do terceiro verso.

Depois que terminamos a canção, John se aproximou do microfone e disse:

— Muito obrigado, senhoras e senhores. E agora, para seu prazer auditivo, eu vos apresento o Sr. George Harrison.

Então ele desplugou a guitarra de George e o jogou na calçada.

GEORGE HARRISON: Caí em cima de um policial gordo, então não sofri nenhum dano significativo. O policial, no entanto, não parecia muito bem, mas eu não tinha tempo para ajudá-lo; afinal de contas, eu tinha um show para o qual voltar. Um maravilhoso, horrível, encantador e terrível show.

RINGO STARR: Quando George voltou ao telhado, ele empurrou Paul, que estava no seu caminho, para chegar até John. Não acho que ele tinha intenção de machucá-lo, mas pareceu que Paul não se importou com as intenções de George, especialmente quando caiu de bunda em cima de um dos poliças.

Depois disso foi cada zumbi por si.

GEORGE MARTIN: Eu tinha deixado a mesa de mixagem aos cuidados de Geoff Emerick para poder almoçar em meu escritório no terceiro andar. Estava sentado em minha mesa, depois de dar uma mordida no meu sanduíche de bacon, alface e tomate, quando vi George cair pela minha janela. Antes que pudesse me levantar para ver onde ele tinha aterrissado, lá estava John voando pelos ares. E aí, na ordem correta, Paul. Depois, muito impressionantemente, George de novo, e então, naturalmente, John. Era um tal de bum, bum, bum, bum, bum, um depois do outro.

Sentei de volta, com medo de olhar para o que estava acontecendo lá embaixo, e usei meu poder: liguei para Geoff e lhe disse para sair e me informar sobre o que estava acontecendo.

GEOFF EMERICK: Na hora em que cheguei à calçada, os rapazes tinham parado de brigar e começado a tocar música, por isso vi apenas o resultado. A única observação útil que posso dar é que aqueles Beatles tinham uma pontaria excelente: cinco quedas separadas, cinco policiais diferentes esmagados. Era uma demonstração impressionante, verdadeiramente impressionante, e a partir daquele momento passei a achar que aqueles desgraçados eram incapazes de errar. Se quisessem dominar o mundo, eles tinham meu voto, porque ninguém mais seria capaz de fazê-lo melhor.

•

JOHN LENNON: Arremessar George e Paul do telhado e observá-los caindo sobre aqueles porcos me animou. Eu me sentia como se estivesse de volta ao Indra Club ou ao Star-Club ou ao Cavern Club, doidão de anfetamina, tocando música a noite toda e causando estragos a quem ou ao que tentasse me impedir de chegar ao Poppermost. Pensei, *essa é uma boa maneira de se sentir. É assim que todos os zumbis deveriam se sentir. Não, é assim que todos os humanos deveriam se sentir.* Então, depois que Yoko e eu nos casamos, nós dois começamos um protesto. Nosso lema: dê uma chance à guerra.

PAUL McCARTNEY: Eu era simpatizante do sentimento de John — que graça tem a vida sem um pouco de sangue derramado? —, mas a imprensa o estava matando e achei melhor deixá-lo fazer aquilo sozinho. Além disso, comecei a me distanciar dele e da banda como um todo.

RINGO STARR: Não fiquei surpreso de ver John encorajando as massas a caírem na porrada, mas Yoko participar disso era outra história. Ela era uma lorde ninja e lordes ninjas não toleram comportamento agressivo e beligerante — em outras palavras, não começamos as merdas, acabamos com elas. E lá estava Yoko ao lado do homem mais agressivo e beligerante da história do rock, o incentivando. (忍の者乱破) me ligou, e ele estava puto, e é preciso muita coisa para emputecer 忍の者乱破.

Ele estava tão furioso, na verdade, que sugeriu veementemente que eu ligasse para Rory Storm e organizasse uma reunião dos Hurricanes. Ele achava que precisávamos demonstrar que ninjas que faziam parte do mundo do rock'n'roll não eram todos artistas performáticos que pregavam a violência.

Falei a ele que ia pensar na ideia. Mas não pensei. Talvez devesse ter pensado.

GEORGE HARRISON: Ignorei toda aquela merda de protesto do John. E falando em Mania, isso que é uma.

JOHN LENNON: Yoko e eu não íamos tomar as ruas e começar a destruir tudo. Aquilo teria levado a motins, e motins são bagunça demais para qualquer um. Não, Yoko e eu estávamos procurando guerras de verdade, com planos de batalha de verdade e estratégia de verdade. Qualquer babaca aleatório poderia jogar outro babaca aleatório de um telhado — Paul McCartney e George Harrison são dois excelentes exemplos —, mas era preciso um tipo especial de pessoa para participar de uma ação militar bem organizada.

Eu não estava querendo começar a Terceira Guerra Mundial, e algo como o Vietnã era muito desleixado para o meu gosto. Acho que se você botasse uma arma carregada de diamantes em minha cabeça e me pedisse para escolher que tipo de conflito eu queria, eu teria dito: "Que tal uma revanche da Guerra da Independência dos Estados Unidos? Aposto que acabaríamos com a raça daqueles ianques dessa vez."

No final foi Yoko que pensou no que inicialmente achei ser uma ideia brilhante: construir uma cama gigante em frente ao museu do sexo em Amsterdã, cercá-la com bombas, arame farpado, armas e coisas do gênero e ficar deitado por sete dias seguidos. Porra, minha esposa era um gênio.

NEIL ASPINALL: John sabia que Paul, George e Ringo não viajariam até a Holanda para ajudá-lo com sua ridícula ideia da cama, então ele ligou para mim. Ele sabia que se fosse para ele, eu estaria sempre pronto a ajudar, mesmo se soubesse que sua ideia era a coisa mais estúpida da história da música.

Depois do segundo dia, o público começou a evitar o Museu do Sexo, como se John e Yoko fossem a peste negra. Mas você não faria o mesmo? Em primeiro lugar, tinha o cheiro. Em um bom dia, o fedor de zumbi de John era difícil de aguentar, mas depois de 48 horas sem um banho, dava para sentir uma borrifada do eau de Lennon a meio quilômetro de distância. Em segundo lugar, não existiam muitas pessoas, mortas-vivas ou vivas, que fossem simpatizantes da causa. Se você é um zumbi e tem aquela suposta natureza zumbi trabalhando a seu favor, violência é agradável, mas longe de essencial. E para pessoas como eu — você sabe, pessoas que gostam de viver —, dar uma chance à guerra era apenas tolo.

JOHN LENNON: Acabamos com aquilo no quarto dia. Como dizem na porra dos Estados Unidos, não dá para ganhar todas.

•

Allen Klein, o contador mais notório e ameaçador do mundo da música, foi contratado pelos Beatles em 1969 para organi-

zar os assuntos financeiros, que tinham ficado cada vez mais bagunçados depois da morte prematura de Brian Epstein. O negócio é que nem todos os quatro Beatles concordaram com a contratação, o dissidente solitário sendo Paul McCartney, o que era mais um item na crescente lista de razões por que estava quase impossível que John, Paul, George e Ringo ficassem no mesmo ambiente juntos.

Entrevistei Klein em fevereiro de 2009, e, embora estivesse se aproximando do fim de sua longa e colorida vida, ele era uma presença marcante, e é fácil perceber como e por que ele apavorou clientes importantes. Porque — como cada frase que ele falava era gritada no nível de decibéis de um pequeno jato — ele me deixou apavorado sem nem se levantar de seu leito de morte.

ALLEN KLEIN: Escute, irmão, gerenciar músicos é um pé no saco. Eles são todos *kvetch, kvetch, kvetch,* e é sempre *"cadê meu dinheiro, cadê meu dinheiro, cadê meu dinheiro"* e *"me arrume um avião particular em uma hora"* e *"me ajude a me livrar dessa prostituta morta"* et cetera, et cetera, et cetera, porra! E isso são só os músicos normais, humanos. Acrescente três zumbis irritados, um ninja confuso e um portfólio financeiro totalmente fodido à equação e você está de frente para uma aporrinhação que não dá nem para acreditar.

Não tenho a menor ideia do que aconteceu entre John, Paul, George e Ringo que os fez se odiarem tanto. Pode ser que tenham tido diferenças criativas. Pode ser que tenham começado a amadurecer e a se afastar. Quem sabe? Tudo o que sei é que nossas reuniões de negócios se tornavam horas e horas de acusações e dedos em riste... e dedos removidos.

A "verda" foi jogada no "mentilador", como dizem, no inverno de 1969. Eu estava assistindo outro festival de reclamações na grande sala de conferências no escritório da Apple Records e, como sempre, John e Paul estavam se desentendendo, soltando socos de vez em quando, George estava sentado no chão, no corredor, em um transe, tentando entrar em contato com seu sei-lá-o-quê interior, e Ringo estava jogado em uma cadeira, parecendo que ia chorar. Era uma cena triste, muito triste, e, se eu não estivesse recebendo uma porra de uma pilha enorme de dinheiro, teria dito para eles se separarem e se foderem, então teria entrado em um avião para Jersey e lavado minhas mãos quanto àquele assunto. Mas eu *estava* recebendo uma porra de uma pilha enorme de dinheiro e achei que seria legal fazer algo para merecê-la, por isso, depois que Paul jogou John em um armário porta-arquivo, peguei um grampeador e taquei pela janela. Nada. Então peguei o telefone e arremessei pela janela. Nada. Então peguei o Sr. Harrison, que ainda estava em transe, e o joguei pela janela.

Aquilo chamou a atenção deles.

Quando George voltou, mandei todos eles calarem a boca, porque estava na hora do professor Klein dar uma aula de como ser um rockstar. Eu disse:

— Escutem o que digo, seus babacas ingleses mortos-vivos, vocês ainda têm dúzias de discos para gravar e todos eles vão vender muito, e é aí que está o dinheiro de vocês. Se levantarem essas bundas mortas-vivas da cadeira, vocês podem começar a excursionar de novo e vão vender ainda mais discos e ter ainda mais dinheiro. Se pararem de jogar seus colegas de cima de prédios, talvez leiam uma matéria de jornal em que não se referem a vocês como "decadentes caçadores de emoção". Algumas palavras, rapazes: Deem. A. Porra. De. Um. Jeito. Em. Suas. Vidas.

Depois que McCartney bateu na cabeça de Lennon com uma prancheta, ele disse:

— Você pode estar certo, Allen. John me transformou em um zumbi para que pudéssemos fazer música juntos para sempre, e você quer saber? Isso foi há apenas 12 anos. São 12 anos passados e a eternidade pela frente. Agora, não conheço outros músicos zumbis que sejam tão bons quanto John Lennon e George Harrison e, tirando o brilhante Ringo Starr, não conheço nenhum músico ninja que não seja uma merda.

John olhou em volta da sala, balançou a cabeça e disse:

— Entendo o que você está dizendo, Paul. Entendo clara e perfeitamente.

Então ele virou a mesa da sala de conferência. Com o dedo mindinho. Naquele momento, dei o fora de lá. Tive um palpite que estava tudo acabado, menos as formalidades, e com certeza eu não ia querer estar ali quando as formalidades começassem.

Duas semanas depois, recebi uma ligação de Lennon no meio da noite:

— Ei, Kleiny, acorde, cara, estamos acabando com tudo. Ligue para Paulie e diga a ele que, se eu vir aquela fuça horrível dele de novo, vou enfiar uma bala de diamante tão funda em sua garganta que ele vai cagar cinco quilates.

Eu disse:

— Parece ótimo, John. Vou lhe mandar minha conta.

E desliguei o telefone. E aquele foi o fim dos Fab Four.

•

MICK JAGGER: Eu devo muito aos Beatles, muito mesmo. Quem sabe onde eu estaria agora se não tivesse recebido o beijo-zumbi de Lennon e McCartney. Morto em uma sarjeta do Soho? Talvez. Cantando em uma banda tributo aos Rolling Stones em Galway? É bem provável. Levantando dinheiro para fazer um documentário sobre caça de mortos-vivos? Quem sabe?

Mas fazendo a turnê mundial do *Bigger Bang* em 2006? Claro que não.

GEORGE MARTIN: Quando algumas pessoas perdem alguém importante em suas vidas, elas guardam pequenas coisas daquela pessoa como uma lembrança do seu amor. Algumas vezes é uma camisa que guarda um certo cheiro, ou uma mensagem carinhosa na secretária eletrônica. Gosto dessa ideia. Gosto muito.

Eles fizeram da minha vida um inferno, mas eu verdadeiramente amo John, Paul, George e Ringo, então guardei dúzias de memórias físicas dos Beatles, como a mesa de mixagem que Paul derreteu com sua mente durante a gravação de *Revolver* e o Gibson J-160E que George comeu e depois regurgitou quando estávamos gravando *Beatles For Sale*. Aliás, ainda não limpei a mancha no carpete feita com o sangue que Ringo derramou perto do final daquela luta devastadora com Yoko durante as sessões do *White Album*. E quer saber? Nunca vou limpar.

BRIAN EPSTEIN: Amei cada minuto do que George sempre chama de Mania: as sessões de gravação infinitamente criativas; a excitação de excursionar; ver o mundo sentado na primeira classe; observar John e Paul zombando da imprensa. Até a tragédia do Shea Stadium foi de alguma forma mágica.

Só fico feliz de ter permanecido morto durante a maior parte das coisas ruins.

PAUL McCARTNEY: Tivemos bons momentos, mas uma hora chega, sabe? Quero dizer, quantas vezes você pode lutar as mesmas batalhas com os mesmos guerreiros? Ser amassado, mutilado, decapitado ou estripado dia após dia não me machucou fisicamente — *nada* me machucou fisicamente —, só que eu estava entediado. Você não estaria? Imagine acordar sabendo que você vai ter que bater em John Lennon com um tronco de árvore de manhã, e enfiar uma serra elétrica em seu rabo de tarde, então arrancar suas duas orelhas depois do jantar. E imagine que você vai ter que fazer isso de novo no dia seguinte e no outro, e no dia depois desse. Então imagine que você vai ter que fazer isso por toda a eternidade. Pensar nisso já me deixa exausto.

Ninguém merece. Não é jeito de viver. Não é jeito de morrer. E, humm, especialmente não é jeito de ser morto-vivo.

GEORGE HARRISON: Foi o dramaturgo grego Menandro que disse primeiro: "O tempo cura todas as feridas", mas claramente ele não era um zumbi, porque nossas feridas duram para sempre. As cicatrizes, pontos e manchas de sangue não vão a lugar nenhum. Nossa zumbitude é um uniforme que não podemos remover... ou nem mesmo lavar apropriadamente.

Mas não acho que nós, mortos-vivos, recebamos crédito suficiente por nossa sensibilidade. Todos presumem que, só porque mataríamos um homem tão facilmente quanto apertaríamos sua mão, não temos sentimentos. Toda vez que John me chamou de cadáver putrefato que não consegue se achar na escala de dó sustenido menor sem uma lanterna, aquilo doía. Toda vez que Paul me dizia que eu seria um guitarrista melhor se botasse meus dedos da mão esquerda na direita e os da mão direita na esquerda, eu ficava sentido. E sempre que Ringo me castigava, bem, isso era especialmente doloroso, porque Ringo jamais castigava *ninguém*.

Para mim, desligamos os aparelhos da banda na hora exata. Pense nisso: quantos tiros no coração um zumbi pode levar? Posso dizer inequivocamente que o número é finito... mesmo que aquele coração seja inanimado.

RINGO STARR: Eu poderia ter continuado tocando com eles. Porra, se qualquer um dos outros tivesse demonstrado o mínimo interesse em continuar, eu teria feito qualquer coisa para que isso acontecesse, *qualquer coisa*. Mas zumbis são um povo teimoso e, quando tomam uma decisão, é quase impossível alguém mudar isso.

Acabar com a banda não foi de todo ruim. Minha bateria não ia a lugar algum, então eu sempre poderia tocar. Eu tinha dúzias e dúzias de níveis de lorde ninja para conquistar. E, além disso, assassinar humanos por comida ou diversão sádica não era exatamente o meu estilo — eu nem gostava de *testemunhar* aquele tipo de comportamento. E, se eu pudesse me aninhar em minha cama sabendo que não teria mais que ver John passando sua língua pelo buraco sangrento no pescoço de um pobre fã na manhã seguinte, bem, isso não era uma coisa ruim.

JOHN LENNON: Nós éramos uma banda de rock. Nada mais. Nada menos. Eu nem sei por que estamos falando disso. Os discos estão lá, e os cadáveres estão lá, e isso é tudo de que você precisa, porque no fim do dia, isso é tudo o que os Beatles foram: música e morte.

EPÍLOGO

1970-Presente

Por conta dos cinco grandes motins, das 18 prisões, das dúzias de escolhas musicais estranhas e o número incontável de tentativas de assassinato, recapitular a vida pós-Beatles de Lennon, McCartney, Harrison e Starr requereria um livro inteiro sobre o assunto. Depois de passar tanto tempo em espaços fechados com zumbis, o valor do meu plano de saúde tinha ido às alturas, então deixarei essa jornada para outro jornalista intrépido.

Apesar de errantes e algumas vezes menosprezadas, as carreiras individuais de John, Paul, George e Ringo tiveram alguns destaques definitivos, sendo que meu preferido é a destruição espetacular de Phil Spector por John Lennon. Depois que o lendário produtor remixou — e, na cabeça de Lennon, arruinou — o álbum *Let It Be,* John o achou em seu complexo subterrâneo na Bolívia e o hipnotizou pra valer, transformando o já desequilibrado Spector em um demente violento de peruca. Para mim, aquilo foi muito mais elegante e apropriado do que uma mera morte. A morte acaba em um instante, mas a loucura dura uma vida toda.

Por outro lado, foram muitos fiascos também. A troca de acusações entre Lennon e McCartney dois anos depois da separação na *Mersey Zombie Beat* foi uma vergonha para todos os envolvidos. A tentativa de Harrison de fundar sua própria religião — que ele desastradamente chamou de Plenitude Interior Exterior Transcendental Morta-Viva — foi um fracasso muito caro e muito público. As constrangedoras demonstrações ninja viajantes de Starr teriam sido impossíveis de assistir mesmo se tivessem quinze minutos. No entanto, seis horas? Você é o cara, Ringo, mas qual é?

Os fiascos acabaram superando os destaques e, na virada do milênio, a banda estava quase esquecida. É claro que você ia dar de cara de vez em quando com um tributo aos Beatles em uma rádio universitária, e volta e meia você ouvia falar de uma convenção de fãs em alguma cidade aleatória como Bismarck, na Dakota do Norte ou em Portland, no Maine, mas, no começo do novo milênio, os Fab Four eram notícia requentada.

O mais doloroso era que a situação financeira dos rapazes tinha ido às picas, e — tirando McCartney, que foi um investidor astuto — os liverpudianos estavam quase falidos. Duplamente doloroso, porque hip-hop, batidas sampleadas, bandas pré-fabricadas e ídolos pop montados eram a norma da indústria musical, e nenhuma gravadora ou produtor de shows estava interessado em financiar uma reunião dos Beatles.

Quero dizer, até 2003, quando o livro de Max Brook, *O guia de sobrevivência a zumbis*, chegou ao topo das listas de mais vendidos e, de repente, zumbis voltaram a ser bacanas.

No ano seguinte, a refilmagem do clássico zumbi *Madrugada dos mortos* e a comédia de mortos-vivos *Todo mundo quase morto* foram sucessos de bilheteria. Três anos depois, Brooks seguiu o sucesso do *Guia de sobrevivência* com outro best--seller, *Guerra Mundial Z*, então, três anos depois disso, *Orgulho e preconceito e zumbis*, de Seth Grahame-Smith ajudou a transformar os mortos-vivos em um fenômeno cultural legítimo. À medida que a década acabava, filmes de zumbi estavam pipocando nos cinemas, e lojas de roupa de zumbi estavam pipocando em shoppings. Quando menos se esperava, era seguro para um zumbi andar na rua sem medo de ser perseguido, fosse ele uma aberração funcional ou um gemedor disfuncional.

Quando menos se esperava, os Beatles eram novamente uma entidade viável.

•

O único Beatle que continuou em contato comigo depois que terminei minhas entrevistas para este livro foi Ringo Starr, então foi meio que um choque quando o nome John Lennon apareceu na tela do meu celular. Coloquei meu telefone no viva-voz, apertei gravar no meu gravador de voz digital, apertei o botão verde do telefone e disse:

— Ei, John. Quanto tempo, hein?

— Boa tarde, escriba, boa tarde. E é claro que tem muito tempo. Por que diabos eu teria me dado ao trabalho de te ligar se não tivesse nada específico para conversar com você?

Não fiquei ofendido. Aquilo era apenas John sendo John.

— Entendi — falei. — E isso quer dizer que você tem algo específico para conversar comigo.

— Tenho — disse John. — Definitivamente, tenho. — Ele fez uma pausa. — Eis uma questão para você, cara: se você botar a frase "a banda está se reunindo" no Google, quantos resultados você recebe?

— Do que você está falando, John? — perguntei. — Isso não faz nenhum... espere um segundo. Você está dizendo o que eu acho que você está dizendo?

John me ignorou.

— Quatrocentos e vinte e nove mil, este é o número. Agora, quantos resultados aparecem quando você bota no Google "The Beatles"?

— Não faço ideia — falei.

— Trezentos e dezoito mil. O que quero dizer é que uma busca por "The Beatles" precisa exceder uma busca por "a banda está se reunindo". Então, você sabe, os Beatles estão se reunindo. E você precisa cobrir nosso primeiro show.

— Você está de sacanagem? — perguntei. — Eu não perderia isso por nada neste mundo. Onde vai ser? No estádio de Wembley? No Rose Bowl? No Folsom Field?

— Não — disse John. — No Double Door.

— Você está de sacanagem — afirmei.

O Double Door é um bar a alguns quilômetros do meu apartamento. Tem capacidade para cerca de quatrocentas pessoas e é um refúgio para bandas de indie rock emergentes ou decadentes que tenham um público selecionado (leia-se: limitado).

— Por que, em nome de Deus, os Beatles tocariam no Double Door?

— É um período de ensaios. Quarta que vem. Às seis horas. Não vamos nem divulgar.

— Sem divulgação numa noite de quarta-feira? — perguntei. — Meu Senhor, você vai tocar para uma casa vazia.

— Contanto que tenha uma pessoa lá, está tudo bem. Então você vai estar lá, certo.

Não havia um ponto de interrogação no final da frase. John não estava perguntando. John estava mandando.

•

Em termos de tamanho, o Double Door tem mais ou menos a metragem somada de quatro banheiros de avião. As paredes são cobertas de cartazes feitos a mão, grafite e adesivos, e o chão é pegajoso por causa da bebida espirrada há meses — não é exatamente o tipo de lugar em que você esperaria ver John, Paul, George e Ringo se prepararem para a grande volta.

Os rapazes foram bastante amigáveis comigo, mas um tanto distantes, o que atribuí simplesmente a um grande nervosismo; afinal de contas, eles não faziam um show para uma plateia pagante desde 1966, e você teria que ser desumano e desalmado para não ficar nervoso.

Paul me pediu para espiar a plateia e dizer quantas pessoas estavam lá. Incluindo o barman e o segurança, havia um grande total de 11 corpos.

— Ótimo — murmurou Paul — Isso não vai nem pagar a gasolina até Milwaukee.

Nós, silenciosamente, comemos alguns pedaços de uma pizza horrível e bebemos algumas garrafas de cerveja, então era chegada a hora. Eu lhes desejei sorte, e John, Paul e George partiram para o palco. Mas Ringo, que estava vestido com sua melhor vestimenta de kabuki, ficou para trás.

Ele me olhou longamente e perguntou:

— O que você acha de tudo isso, Alan? Você acha que vai ser bom?

— Quem sabe? — falei. — Pode ser horrível, mas pode ser um estouro. Uma coisa que eu sei é que, não importa como seja, vai ser interessante.

Ringo me deu um pequeno sorriso e disse:

— Interessante. Certo. — Então ele botou a mão no bolso e pegou um par de plugues de ouvido. — Aqui — disse ele —, use isso.

Fiz uma piada:

— Por quê? Vocês viraram uma banda de metal? Vocês vão botar os amplificadores no onze?

Ele balançou a cabeça.

— Apenas confie em mim. Estou usando meu próprio par. Agora coloque-os ou vou dar uma de ninja na sua bunda.

Os plugues eram um pouco ocos e não bloqueavam muito o som, mas Ringo era um cavalheiro confiável, então segui sua instrução.

Depois que dei nele um daqueles apertos de mão/abraços de hipster, falei:

— Vejo você depois do show. Quebra tudo.

Ele me deu um sorriso estranho e disse:

— Provavelmente vou quebrar algo.

•

Como em muitas pequenas casas de show, o sistema de som do Double Door deixava algo a desejar, então, depois que Paul contou o um-dois-três-quatro e eles começaram a tocar "All My Loving", o som estava uma merda. A guitarra de George estava cheia de microfonia, o som do baixo de Paul estava totalmente abafado e a única peça da bateria que dava para ser ouvida com algum tipo de clareza era o contratempo, mas, estranhamente, os rapazes não pareciam perturbados; muito pelo contrário, eles pareciam estar adorando, especialmente John, cujo sorriso iluminava seu rosto e seu tom de pele estava tão vibrante quanto seria possível para um zumbi.

Assim que a pequena plateia percebeu que eles estavam assistindo aos Beatles de verdade, botaram seus telefones para funcionar e começaram a espalhar a notícia; em vinte minutos, a casa estava lotada. Depois de 45 minutos e dez clássicos bem tocados, John disse:

— Gostaríamos de agradecer a todos por virem esta noite. Antes de acabarmos, há uma coisa que eu gostaria de dizer.

Então ele pronunciou uma curta frase de cinco palavras. Ainda não sei em que língua foi. Possivelmente latim. Possivelmente sânscrito. Possivelmente um dialeto antigo que apenas zumbis entendem.

E o efeito da frase foi chocante.

Um yuppie que estava bem ao meu lado esquerdo começou a sangrar pelos ouvidos. E pelo nariz. Então pela boca. Depois pelo pescoço. E algo pulou de seu peito. Pode ter sido seu coração. Ou pode ter sido um rato.

Um garoto que não podia ter mais de 17 anos voou diretamente para o teto a cerca de 40 quilômetros por hora. E caiu de volta no chão. Então seu crânio se estilhaçou em dúzias e dúzias de pequenos cacos brancos.

Uma jovem mulher exatamente atrás de mim gritou:

— Ai, meu Deus! Meu peito caiu! Puta que pariu! Meu peito esquerdo caiu!

Outra jovem mulher se ajoelhou para ver o que tinha acontecido ao peito de sua melhor amiga, e sua cabeça imediatamente explodiu, cobrindo todos nós que estávamos por perto com uma gosma cinza e amarela muito quente e fedorenta.

Então os Beatles largaram seus instrumentos e desceram do palco para a balbúrdia.

Enquanto observava Paul McCartney sugar o cérebro do barman pela orelha, George Harrison arrancar os dois braços do segurança de seus ombros e Ringo Starr salpicar a plateia indefesa com estrelas ninjas, John Lennon me segurou pela gola da camisa, me jogou contra a parede, arrancou meu plugue de ouvido e sussurrou:

— Bem-vindo ao Poppermost, escriba. Aproveite a viagem.

AGRADECIMENTOS

Quanto mais faço essa coisa de escrever livros, mais percebo que é um trabalho de equipe, e ninguém pode pedir companheiros de time melhores do que minha editora hipertalentosa, Jaime Costas, da Gallery Books, e meu agente ultrabondoso, Jason Ashlock, da Movable Type Literary Group. Da concepção à execução e à conclusão, a crença e criatividade dos dois ajudaram a trazer este projeto à vida... e à morte-vida. Em qualquer ramo da indústria do entretenimento, você tem sorte se tiver uma pessoa que o defenda incondicionalmente, e eu tenho duas, e isso é maravilhoso.

Isaac Adamson, C. J. Gelinas e Jaime Woods leram atentamente o que Isaac chamou de primeira leitura totalmente alucinada e ajudaram com muitos fatos, conceitos e piadas musicais, espirituais e sobrenaturais. Eles também corrigiram vários erros; qualquer um que tenha restado é culpa minha.

Louise Burke, Jennifer Bergstrom, Anthony Ziccardi, Stephanie DeLuca, Richard Yoo, Felice Javit e toda a equipe da Simon & Schuster foram nada menos que exemplares. Essa é uma editora de primeira em seu melhor momento, minha gente. Um agradecimento especial a Jaime Putorti por seu trabalho de design simplesmente incrível.

John Lennon, Paul McCartney, George Harrison, Ringo Starr e George Martin forneceram a trilha sonora interna para não apenas este projeto, mas para a maior parte da minha vida como ouvinte de música. Se eles gostassem desse livro 0,0000000001 por cento do que adoro suas músicas, eu seria um menino feliz.

E finalmente, obrigado à minha linda, inteligente e intrépida copiloto Natalie Rosenberg, pois, sem seu apoio e suas ideias, este livro não cantaria. I love you, yeah, yeah, yeah.

Este livro foi composto na tipologia Palatino
LT Std, em corpo 10,5/15 e impresso em
papel off-white no Sistema Cameron da
Divisão Gráfica da Distribuidora Record.